學問、思想與情懷

當代中國的「人文學」

陳平原 著

目錄

001 ——序

004 ——學者的人間情懷

013 ——近百年中國精英文化的失落

035 ——當代中國人文學者的命運及其選擇

058 ——數碼時代的人文研究

075 ——大眾傳媒與現代學術

104 ——從左圖右史到圖文互動 —— 圖文書的崛起及其前景

130 ——閱讀大學的六種方式

160 ——解讀「當代中國大學」

196 ——全球化時代的「大學之道」

208 ——人文學的困境、魅力及出路

244 ——人文學之「三十年河東」

262 ——校園裡的詩性 —— 以北京大學為中心

序

除了最後一文，本書各章選自我在大陸刊行的四書：《當代中國人文觀察》（北京：人民文學出版社，2004 年；增訂本，北京：北京大學出版社，2010 年）、《學者的人間情懷——跨世紀的文化選擇》（北京：三聯書店，2007 年）、《大學有精神》（北京：北京大學出版社，2009 年）以及《讀書的「風景」——大學生活之春花秋月》（北京：北京大學出版社，2012 年）。

作為大學教授，我主要從事文學史、學術史及教育史方面的教學與研究，但在主業之外，保留了觀察並介入「當代中國文化進程」的習慣。那些介於論文與隨感之間的文化評論，可古可今，亦文亦學，其基本面貌是：以「學者的人間情懷」為宗旨，以「當代中國人文觀察」為方法。

在《當代中國人文觀察》自序中，我談及：「面對當代中國諸多讓你或悲或喜、亦驚亦歎的文化現象，張大嘴巴的同時，也不由得睜圓了眼睛，觀察、記錄、分析、考慮，甚至直接將其作為研究對象。記得很清楚，當初之所以『越界』，

撰文剖析『當代中國』，不外想藉此保持與當下文化建設『不即不離』的聯繫。」幾年後，為增訂本撰寫「新版序言」，我提及：「依舊扮演『觀察者』的角色，有『視野』，有『情懷』，偶爾也有『介入』，但從來不是登高一呼的『英雄』。那是因為，我始終記得舉鼎絕臏的教訓。心境不即不離，態度不慍不火，論題不大不小 —— 偶爾發言，也只求『切己』、『深信』以及『力所能及』。」

如今有機會在香港三聯刊行選本性質的新書，我依舊強調構成本書經緯線的「觀察」與「情懷」，並且堅信：比起專治「當代中國」的學者，我的文章或許不夠專深厚重，但注重歷史溯源，強調當代人的切身感受，自認還有可取處。

本書的開篇之作《學者的人間情懷》，撰寫於 1991 年 4 月，那時我正在香港中文大學訪學。文章完稿後，交給了在中國學界享有盛譽的《讀書》雜誌。主編斟酌了大半天，終於抓住時局變幻的縫隙，將其刊於《讀書》1993 年第 5 期。此文剛發表時備受爭議，日後逐漸被接受，分別收入《另一種散文》（上海：上海教育出版社，1998 年 2 月）、全日制普通高級中學《語文讀本》第五冊（北京：人民教育出版社，1999 年 7 月）、《北大百年散文精選》（北京：中央編譯出版社，2002 年 1 月）、《中國當代作家面面觀》（北京：華東師範大學出版社，2002 年 2 月）、《白話的中國》（北京：商務印書館，2003 年 12 月）等各種選本。

至於選擇同樣撰寫於香港的《校園裡的詩性 —— 以北京大學

為中心》殿後，很大程度基於我的「大學想像」——詩意的校園，乃當代中國「人文學」最後的堡壘，不能不堅守。

本書與我此前在香港三聯書店刊行的《歷史、傳說與精神——中國大學百年》（2009），從學術立場到著述文體，均相互支撐，請有心人參照閱讀。

2013 年 11 月 11 日於香港中文大學寓所

學者的人間情懷

六十年前，魯迅在回憶「五四」退潮後的心境時說：「後來《新青年》的團體散掉了，有的高陞，有的退隱，有的前進，我又經驗了一回同一戰線中的夥伴還是這麼變化⋯⋯」（《〈自選集〉自序》）這句話常被引用，史家且坐實了誰高陞誰退隱誰前進。平心而論，以繼續堅持思想啟蒙和文化批判的魯迅道路來否定前二者，實在不算是公允。如把這三條路抽離特殊語境，還原為普泛化的概念：從政、述學、文化批判（或者政治家、學者、輿論家），我以為魯迅體驗到的統一戰陣中夥伴的變化，正是大的政治變動或文化轉型必然出現的知識分子的大分化 —— 如今亦然。

魯迅作以上表述時一腔悲憤，學者們更引申發揮，抨擊「高陞」者的墮落與「退隱」者的倒退。表面上這是以是否有利於革命運動為評價標準，其實質則是堅持知識分子對社會的批判功能。有趣的是，將這段話普泛化後，可以清楚地看出現代中國人的潛在思路：知識分子階層特殊的社會責任感。我對此既受鼓舞又感不安。在我看來，這三條路都能走，很難區分正負高低，只不過各人性格、才情、機遇不同，選擇

的路向不一樣而已。但至今仍有好些堅持「前進」的朋友，似乎對「高陞」者和「退隱」者評價過苛。

中國傳統士大夫追求內聖外王，做官是正途。只有做官，治國平天下的理想才可能實現，故讀書人很少滿足於單純的「清議」。民國以來，一方面是仕途不大順利（科舉制度已被廢除），另一方面是西方政治思想的輸入，不少讀書人不再以做官為唯一出路，而是發展其文化批判性格（近乎「清議」）。當官的固然看不起知識分子，知識分子也看不起當官的，起碼表面上形成了兩種讀書人之間的對峙。清流們將政治視為骯髒的勾當，將學者文人的從政稱為「墮落」，其結果只能人為地擴大政治權威與知識集團的距離。像聞一多《死水》所吟詠的，「這裡斷不是美的所在，不如讓給醜惡去開墾」，畢竟不是好辦法。我主張有能力有興趣的讀書人不妨從政，只是不該頂着「管理教授」或「管理研究員」的頭銜，那顯得對「政治」缺乏誠意和自信。遊戲不同，規則當然也不同，清流可以監督、批判「混跡政壇」的「前學者」。所謂「一入宦途便無足觀」，就像過去的「一為文人便無足觀」一樣，是一種情緒化的謾罵。我相信政治運作很不簡單（起碼比我的文學研究複雜多了），值得全身心投入。讀書人從政，切忌「猶抱琵琶半遮面」，那樣必然一事無成。

相對來說，知識者比較容易認同或欣賞學者（述學）和興論家（文化批判）的角色。但這兩者也自有其困境。20世紀初到抗戰以前，好多知識分子自辦報刊書局，形成了一種制約政府影響決策的興論力量。從事這一活動的知識者，主要起

文化批判和思想啟蒙的作用，如梁啟超、章太炎、陳獨秀、胡適、魯迅等；還有辦《京報》的邵飄萍、辦商務印書館的張元濟、力主教育救國的陶行知等，也屬這一行列。這些「輿論家」（借用胡適的概念），可能並非專門學者，也不從事直接的政治運作，而是以民間的文化人身份對社會發言，形成一種獨立的力量。十年改革，文化學術界的生機，與一批並非專門學者的文化人的努力大有關係。不過，由於客觀條件的限制，這批輿論家兼學術活動家先天不足後天失調。但我相信，隨着中國社會逐漸正常運轉，扮演這一角色（其職業可能是教授、作家、記者、編輯，也可能是公務員甚至政府官員）的知識者將發揮越來越大的作用。二三十年代有一批熱心議政的知識者（如胡適為代表的英美留學生），被左翼人士譏為「小罵大幫忙」——其實這正是獨立的輿論界的基本特徵，改良政治與穩定社會的雙重目標使其無法極「左」或極「右」。遺憾的是，國共兩黨水火不相容的政治、軍事鬥爭，使得輿論界的獨立性大大降低。

其實，從政或議政的知識者的命運，並非我關注的重心；我常想的是，選擇「述學」的知識者，如何既保持其人間情懷，又發揮其專業特長。我的想法說來很簡單，首先是為學術而學術，其次是保持人間情懷——前者是學者風範，後者是學人（從事學術研究的公民）本色。兩者並行不悖，又不能互相混淆。這裡有幾個假設：一、在實際生活中，有可能做到學術歸學術，政治歸政治；二、作為學者，可以關心也可以不關心政治；三、學者之關心政治，主要體現一種人間情懷而不是社會責任。相對來說，自然科學家和意識形態色

彩不太明顯的學科的專家，比較容易做到這一點，比如物理學家愛因斯坦和語言學家喬姆斯基都是既述學又議政，兩者各自獨立互不相擾。可人文學者和社會科學家就比較難以做到這一點。不過，述學和議政，二者在價值取向和思維方式上有很大區別，這點還是分辨得清的。即如 20 年代初，魯迅在寫作《熱風》、《吶喊》的同時，撰寫《中國小說史略》。前兩者主要表現作者的政治傾向和人間情懷（當然還有藝術感覺），後者則力圖保持學術研究的冷靜客觀。從《小說史大略》到《中國小說史略》，一個突出的變化就是刪去其中情緒化的表述，如批判清代的諷刺小說「嬉皮笑罵之情多，而共同懺悔之心少，文意不真摯，感人之力亦遂微矣」。熟悉那一階段魯迅的思想和創作的讀者，都明白「共同懺悔」是那時魯迅小說、雜文的一個關注點；可引入小說史著作則顯得不大妥當。因中國歷來缺少「懺悔錄」，那又怎麼能苛求清代諷刺小說，再說諷刺小說作為一種小說類型，本就很難表現「懺悔」。魯迅將初稿中此類貼近現實思考的議論刪去，表明他尊重「述學」與「議政」的區別。

原定二十年不談政治的胡適，1928 年辦《新月》，1932 年辦《獨立評論》，直接議政。先是人權問題，接着是民權作用，後來又有對日外交方針、信心與反省、民主與獨裁等一系列論爭，當年聲勢很大，直接影響當局的政治決策。與此同時，胡適又寫作了大批沒有明顯政治色彩的學術著作，如《荷澤大師神會傳》、《淮南王書》、《醒世姻緣考》、《說儒》等。十年間，胡適始終堅持兩個方向同時活動：議政的文章越作越「熱」，而述學的著作越寫越「冷」。

徐復觀也是個長期既寫論著又撰雜文的學者，余英時說「很少人能夠像徐先生一樣深入到政治與學術之中」（《血淚凝成真精神》）。徐氏的《雜文自序》說自己每週五天面對古人，兩天面對當代。這話當然不能完全當真，不過他的《中國思想史論集》、《兩漢思想史》、《中國藝術精神》等著作，與其雜文很有區別，這點大概不會有什麼爭議。雜文主要是針砭時弊並表達政見，而「學術行為，是專以求真為職志的」（《擴大求真的精神吧》）。徐氏的這一思路，與魯迅、胡適相當接近，儘管這三人的政治理想大相徑庭。

這裡有幾點容易引起誤解，需要略加分辨。

人文學科無時無刻不受社會人生的刺激與誘惑，學者的社會經驗、人生閱歷乃至政治傾向，都直接影響其研究的方向與策略。如魯迅撰小說史而不做駢文史，胡適研究禪宗只談史實不論教義，都有其思想史背景，單從學術思路說不清。不過，由人生體驗而來的理解與感悟，對於學者來說很可寶貴，但不能代替嚴謹的學術思考。我強調的是對學術傳統的尊重（可以反叛）、對學術規則的理解（可以超越），以及具體研究中操作的合理化。也就是說，學者選擇學科選擇課題時不可能不受現實人生的制約，可一旦進入具體研究，從搜集資料、設計理論框架到撰寫論文，都要依循理性和科學的原則，盡量避免因為政治見解或現實需要而曲學阿世。完全純淨或徹底獨立的「學術」並不存在，學術難保不因「自動掛鉤」而為權勢所用；也就是章太炎所說的，「學術雖美，不能無為佞臣資」（《王文成公全書題辭》）。搞人文科學的，

如履薄冰，陷阱太多了，即使成熟的研究者，也難保不立論偏頗或操作失誤；但這與借學術發牢騷或曲學阿世，明顯不是一回事。

像康有為那樣「借經術以文飾其政論」，在政治史上有其意義，但學術史上則只能算是「歧途」。有人想用心學術之邪正來區分兩類借學術談政治的學者，我不大同意。就一時一地而言，此類背後有「影事」的文章可能反應甚好，讓同一陣營的讀者感覺「出氣」；可從長遠看，對學術發展弊多利少。政治局面不會因你在論文中安插幾處借古諷今的「文眼」而略為改觀，而你這幾句苦心經營插科打諢的「妙語」，反而會損害論著的嚴肅性。在我看來，在研究過程中，政與學，合則兩傷，分則兩利。談學術時正經談學術，這樣有理路可依循，有標準可評判，爭論時也容易找到共同語言。弄成雜文漫畫式的學術論著，你不知道他的遊戲規則屬於哪一類，無法對話。有政見或牢騷，可以寫雜文或政論，為了「出一口氣」而犧牲學術，實在不值得。上兩代學者中不少人為了服從政治權威而放棄學術的尊嚴，難道我們這代人願意為了反叛政治權威而犧牲學術的獨立？若如是，殊途同歸。之所以苦苦維護學術的獨立與尊嚴，不外認為它比政治更永久，代表人類對於真理的永恆不懈的追求。

還必須談談中國學者自身的非學術傾向。政治家要求學術為政治服務，這可以理解；有趣的是，中國學者也對「脫離政治」的學術不大熱心，即便從事也都頗有負罪感。梁啟超在《清代學術概論》中提倡「為學術而學術」的「學者的人格」，

可任公先生首先自己就做不到這一點。在政治與學術之間徘徊，並非只是受制於啟蒙與救亡的衝突，更深深根植於中國學術傳統。除事功的「出世與入世」，道德的「器識與文章」，還有著述的「經世致用與雕蟲小技」。作為學者，其著述倘若無關世用，連自己都於心不安。東林黨人的「家事國事天下事事事關心」，是傳統士大夫的精神寫照，難怪其對無關興亡的純粹知識普遍不感興趣。進入 20 世紀，「士」這一角色明顯分化，出現許多專家型的讀書人，可專業化思想仍未深入人心，連專家本人也對自己無益於人生（實際上是無益於政治生活）表示慚愧。夏衍的《法西斯細菌》、老舍的《四世同堂》、曹禺的《明朗的天》等，都讓知識分子現身說法，批判專業思想。丁文江 30 年代的名言：「治世之能臣，亂世之飯桶」── 挺沉痛的懺悔與感歎，只是思維方式一如傳統文人，以能否經國來判斷學術之有用無用。我們已經習慣於批評學者脫離實際閉門讀書，可我還是認定這一百年中國學術發展的最大障礙是沒有人願意並且能夠「脫離實際」、「閉門讀書」。這一點中外學者的命運不大一樣。在已經充分專業化的西方社會，知識分子追求學術的文化批判功能；而在中國，肯定專業化趨勢，嚴格區分政治與學術，才有可能擺脫「借學術談政治」的困境。

我也承認，在 20 世紀中國，談論「為學術而學術」近乎奢侈。可「難得」並非不可能不可取。我贊成有一批學者「不問政治」，埋頭從事自己感興趣的專業研究，其學術成果才可能支撐起整個相對貧弱的思想文化界。學者以治學為第一天職，可以介入、也可以不介入現實政治論爭。應該提

倡這麼一種觀念：允許並尊重那些鑽進象牙塔的純粹書生的選擇。

當然，我個人更傾向於在從事學術研究的同時，保持一種人間情懷。我不談學者的「社會責任」或「政治意識」，而是「人間情懷」，基於如下考慮：首先，作為專門學者，對現實政治鬥爭採取關注而非直接介入的態度。並非過分愛惜自己的羽毛，而是承認政治運作的複雜性。說白了，不是去當「國師」，不是「不出如蒼生何」，不是因為真有治國方略才議政；而只是「有情」、「不忍」，基於道德良心不能不開口。這點跟傳統士大夫不一樣，在社會政治生活中，並不自居「中心位置」，不像《孟子》中公孫衍、張儀那樣，「一怒而諸侯懼，安居而天下息」。讀書人倘若過高估計自己在政治生活中的位置，除非不問政，否則開口即露導師心態。那很容易流於為抗議而抗議，或者語不驚人死不休。其次，萬一我議政，那也只不過是保持古代讀書人以天下為己任的精神，是道德自我完善的需要，而不是社會交給的「責任」。也許我沒有獨立的見解，為了這「責任」我得編出一套自己也不大相信的政治綱領；也許我不想介入某一政治活動，為了這「責任」我不能坐視不管……如此冠冕堂皇的「社會責任」，實在誤人誤己。那種以「社會的良心」、「大眾的代言人」自居的讀書人，我以為近乎自作多情。帶着這種信念談政治，老期待着登高一呼應者景從的社會效果，最終只能被群眾情緒所裹挾。再次，「明星學者」的專業特長在政治活動中往往毫無用處——這是兩種不同的遊戲，沒必要硬給自己戴高帽。因此，讀書人應學會在社會生活中作為普通人憑

良知和道德「表態」，而不過分追求「發言」的姿態和效果。
若如是，則幸甚。

1991 年 4 月中旬

（初刊《讀書》1993 年第 5 期）

近百年中國精英文化的失落[1]

精英文化（elite culture）與通俗文化（popular culture）之間的對話與轉化，是 20 世紀中國文化發展的一個重要側面。相對於秦漢或者明清這些大、小傳統交流較為暢通的時代[2]，近百年中國雅、俗文化的急劇轉化仍是個無法迴避的嚴肅課題。晚清維新志士考慮的是如何使精英文化「通於俗」，以利於改良群治；如今「讀書人」討論的是在通俗文化大潮衝擊下，如何為精英文化保留一席地位。表面上還是雅、俗對話，可主動權和立足點均發生了根本性的變化。物換星移，百年一覺，當初苦苦追求「通於俗」、「大眾化」的精英們，如今反過來，必須為捍衛自己的文化理想而抗爭。這一大趨勢，說好聽是通俗文化的崛起，說不好聽則是精英文化的失落。

---

1 本文係作者提交給在香港中文大學召開的「文化中國展望：理念與實踐」學術研討會（1993 年 3 月 10—12 日）的論文。

2 參閱余英時《漢代循吏與文化傳播》和《中國近世宗教倫理與商人精神》，均見《士與中國文化》，上海：上海人民出版社，1987 年。

一、商品經濟大潮與通俗文化的挑戰

通俗文化的崛起非自今日始，精英文化的失落也不是中國獨有的現象；只不過千里之堤潰於一旦，不免有點觸目驚心。1992 年很可能是中國文化發展的重要轉折關頭。早已醞釀、積蓄多年的商品經濟大潮，終於得到官方意識形態的認可。此後文化精英們所主要面對的，已經由政治權威轉為市場規律。對他們來說，或許從來沒像今天這樣感覺到金錢的巨大壓力，也從來沒像今天這樣意識到自身的無足輕重。此前那種先知先覺的導師心態，真理在手的優越感，以及因遭受政治迫害而產生的悲壯情懷，在商品流通中變得一文不值。於是，現代中國的唐·吉訶德們，最可悲的結局可能不只是因其離經叛道而遭受政治權威的處罰，而且因其「道德」、「理想」與「激情」而被市場所遺棄。代之而起叱咤風雲的是「躲避崇高」因而顯得相當「平民化」的玩主們，用王蒙的話說，「他們很適應四項原則與市場經濟」[1]。

在中國，通俗文化的迅速崛起，與中共十四大確定的建立社會主義市場經濟的理論有關係。儘管在此之前，通俗文化其實已有燎原之勢，可真正解開魔咒，確實得益於市場經濟理論的確立。至此，官方意識形態方才正式認可了市場的這種文化選擇。連中宣部長也都大談起流行歌曲、迪斯科、武俠

1　王蒙：《躲避崇高》，《讀書》1993 年第 1 期。

小說等通俗文化如何值得重視來，這在此前是不可思議的。對通俗文化採取「重視、支持、引導」的策略，除了強調「廣大群眾需要」還隱約可見「工農兵文藝」的遙遠回聲外，主要立足點是在促進「市場經濟」與「工業化過程」[1]。市場需求和政府引導相結合，通俗文化焉能不如虎添翼？更何況近百年中國經濟、政治、教育等領域的發展，其實已經為通俗文化的崛起準備了足夠的外部條件。經濟的增長、教育的相對普及和人民生活的改善，使得文化消費的需求迅速增加。以報刊發行為例：晚清影響極大的《時務報》和《民報》，最高發行量都只有 1.7 萬份[2]，而 1993 年中國發行量超百萬的期刊就有 20 種[3]；1924 年中國平均 164 人閱讀一份報紙或其他印刷物[4]，而今天全國報紙發行量已達 1.7 億份[5]。如此龐大的報刊產業，一旦真的被推向市場，通俗文化不愁沒有用武之地。在市場競爭中，靠增加信息量或提高品味遠不及突出娛樂功能來得便捷。去年年底各報大戰週末版和擴大版，今春又有不少「嚴肅」刊物改換門庭，靠的大都是「明星追蹤」、「熱點透視」以及無奇不有的「紀實文學」。如果再將已成規模

---

1 徐惟誠：《為建立社會主義市場經濟的目標提供信息服務》，《新聞出版報》1993 年 2 月 12 日。

2 參閱拙著《二十世紀中國小說史》第 1 卷 72 頁，北京：北京大學出版社，1989 年。

3 據《新聞出版報》1993 年 2 月 8 日第一版「本報訊」。

4 戈公振：《中國報學史》第 187 頁，北京：中國新聞出版社，1985 年。

5 徐惟誠：《為建立社會主義市場經濟的目標提供信息服務》，《新聞出版報》1993 年 2 月 12 日。

的暢銷書生產線、流行歌曲排行榜，還有以播放娛樂節目為主的全國七百多家電視台、五百多家廣播電台考慮在內，通俗文化在數量上已佔有絕對優勢。

與通俗文化的蒸蒸日上相反，精英文化日漸冷落蕭條。八八年初春，文化熱方興未艾，王蒙已看透熱鬧背後的蒼涼，討論起失卻轟動效應後的文學走向來。雖說「涼一涼以後才會出現真正的傑作」的預測似乎過於樂觀，「文學的黃金時代」也沒有依約出現；可文學熱在降溫這一總的判斷還是相當準確的[1]。不過，這裡所說的正在降溫的「文學」，其實是指「純文學」或「高雅文學」；同期通俗文學不但沒有降溫，反而獲得長足的進步[2]。1980 年代後期純文學的衰落，可作為精英文化面臨困境的表徵。只是由於突然的政治變故，人們往往習慣於將注意力集中在文化精英與政治權威的衝突上，忽略了市場為背景及動力的通俗文化的潛在挑戰。就在精英文化因受挫而迷茫、困惑並重新調整組合的幾年中，通俗文化卻因有利於創造祥和的氛圍與輕鬆的生活環境而被官方和民間所接受，並因此而得到迅速發展。一夜醒來，文化精英們面對已變得如此強大的競爭對手，一時啼笑皆非不知所措。有破口大罵其庸俗無聊的，有欣然認可其消解政治權威的，有

1　陽雨（王蒙）:《文學失去轟動效應以後》,《人民日報》（海外版）1988 年 2 月 12 日。

2　參閱胡平《通俗文學的現狀與發展》,《通俗文學評論》1992 年第 1 期。

步其後塵殺向市場的，也有冷眼旁觀穩坐書齋的。反應自是千差萬別，但有一點可能是共同的：通俗文化的崛起及其對整個社會生活的深刻影響不容漠視。

在市場競爭中，通俗文化因其娛樂性容易被一般受眾所接納，又因其複製性可以批量生產，就牟取商業利潤而言，精英文化決非其對手。在任何走向現代化的國家中，只要把文化推向市場，必然會出現通俗文化獨領風騷的局面。此前因政府干預或意識形態對抗所造成的精英文化主宰社會歷史進程的「神話」，很可能在一夜之間煙消雲散。在一個正常發展的社會中，精英文化和通俗文化各有其位置，也各有其不可替代的功能。所謂的雅俗對峙與競爭，不應該也不可能走向誰家的一統天下。近年中國通俗文化的急劇崛起其實不值得大驚小怪，真正令人驚異的是精英文化面臨此百年未有的大變局時的舉止失措。

相對於大量作家經商、教授下海之類的社會新聞，《曼哈頓的中國女人》一書引起的爭論或許更值得重視。因為前者畢竟只是個人的職業選擇，沒必要橫加褒貶；後者則顯示出精英文化對通俗文化的屈從，頗有象徵意味。這麼一部平庸的通俗回憶錄（或稱紀實文學），就因為滿足了眼下中國人的發財夢，再加上成功的商品推銷術，以及新聞媒體的推波助瀾，於是紅透了半邊天。此類讀物暢銷本不足為奇，令人不可思議的是，居然有著名評論家站出來斷言：「從某種意義上來說，我們未來的文學應從這部書開始」；也有著名學術刊物發表專文論證此

書「在中國當代文學史上所起的開拓作用」「不容忽視」[1]。這些過於離譜的評價，似乎很難用「詩無達詁」來辯解。吳亮建議「批評界應當反省它的失職」[2]，我則感慨面對商品經濟大潮中崛起的通俗文化的挑戰，精英文化竟如此無所作為。屈從於商品廣告和大眾輿論固然不足取；即便批評精當，也絲毫無礙此書的暢銷和傳播。文化精英的意見（除了能促銷者被廣泛傳播外），已經不為公眾社會所關注。真正影響大眾的文化消費的，再也不是訓練有素的藝術家和批評家，而是書商和大眾傳媒。比起排山倒海的廣告攻勢來，文化精英的意見實在微不足道。要不媚俗，要不沉默，明知《曼哈頓的中國女人》的製作成功，是「對中國讀書界和批評界智商的侮辱」[3]，可文化精英們幾乎只能袖手旁觀。最後引起公眾對此書價值的懷疑的，是一場近乎滑稽的文壇官司，仍然與文化精英的褒貶無關[4]。

從「瓊瑤熱」，到「《渴望》熱」，再到《曼哈頓的中國女人》走紅，中國的通俗文化製作日趨成熟，已經不再需要精英文化的「引導」和「教訓」了。在市場競爭中，精英文化的生存空間將日漸縮小，這點幾乎已成定局；再加上不少識時務者的臨陣倒戈，在世紀之交的中國，精英文化的處境將十分

1　參閱《文學報》1992 年 7 月 16 日發表的報道《〈曼哈頓的中國女人〉倍受青睞》以及《文學評論》1993 年第 1 期《生命的火焰正在熾烈地燃燒》一文。

2　吳亮：《批評的缺席》，《上海文化藝術報》1992 年 10 月 2 日。

3　趙毅衡：《拜金文學》，《文藝爭鳴》1993 年第 1 期。

4　參閱《光明日報》1993 年 1 月 15 日發表的題為《〈曼哈頓的中國女人〉在爭議中》的長篇綜合報道。

艱難。從「化大眾」到「大眾化」，近年中國精英文化的明顯失落，似乎很難單純歸因於現代化進程的必要代價。這一雅俗易位的過程，有幾點「中國特色」值得注意。

二、文化精英的社會角色及經濟地位

百年中國，在雅俗對峙中，精英文化基本上處於主導地位。儘管在絕對數量上，通俗文化早就佔有明顯優勢；可整個社會的價值觀念，仍然繫於精英文化的詮釋。清末民初的上海，各種或「品花」或「嘲世」的遊戲文字風行一時，追求的都是「一編在手，萬慮都忘，勞瘁一週，安閒此日」的娛樂效果[1]。這一通俗文化潮流，同時受到兩種力量的夾擊。先是傳統士大夫斥責其傷風敗俗，若《遊戲報》主筆李伯元便受到「文字輕佻，接近優伶」的指控；後又有新文化人批評其拜金主義，若文研會和創造社聯手「攻擊《禮拜六》那一類的文丐」[2]。「五四」以降，拜金色彩濃烈的通俗文化一直難登大雅之堂，很大原因是遭到新文化運動的沉重打擊。

新文化運動以提倡白話、抨擊「貴族文學」起家，很容易被

---

1 鈍根：《〈禮拜六〉出版贅言》，《禮拜六》第 1 期，1914 年。
2 參閱《李伯元研究資料》（上海：上海古籍出版社，1980 年）第 9 頁和《鴛鴦蝴蝶派文學資料》（福州：福建人民出版社，1984 年）第 745 頁。

誤認為推崇通俗文化；可實際上不管是欣賞白話小說的胡適，還是倡導平民文學的周作人，「五四」先驅者全是不折不扣的精英文化代表。他們與傳統士大夫在鄙視通俗文化的拜金色彩及娛樂取向這一點上取得共識；可在是否「文以載道」及載什麼「道」上卻大有分歧。也就是說，「五四」新文化的倡導者既反「國粹派」的「傳道主義」，也反「鴛鴦蝴蝶派」的「娛樂主義」，理由是前者「使文學陷溺於教訓的桎梏中」，後者則「使文學陷溺於金錢之阱」[1]。這種兩面出擊居然大獲全勝，除了「新文化」本身的魅力外，其實得益於帝制覆滅後意識形態的鬆動和政治文化權威的真空；另外，也得益於其時孕育通俗文化的現代都市生活尚未普及。一個有趣的現象是，新文化運動的倡導者中不少人此前曾在上海生活過，甚至《新青年》前身《青年雜誌》也是在上海創刊，可「新文化」作為一種思潮，則只能興起在商品經濟相對不發達的前帝都北京 —— 除了其特有的強烈的政治氛圍、良好的人文環境外，更因其遠離商業氣息和通俗文化。

新文化運動輝煌的成功，在當今反抗流俗的文化精英看來似乎「神話」。歷史無法複製，那樣的「輝煌」大概只能有一次。「士」生今日，無力回天，不在於通俗文化是否必須排斥，也不在於遠比當年強大的通俗文化能否被排斥，而在於精英文化本身沒有能力重振雄風。「五四」新文化運動的成功，研究者一般都歸因於「民主」與「科學」的口號，以

1　西諦（鄭振鐸）：《新文學觀的建設》，《文學旬刊》第 38 號，1922 年。

及其蘊含的意識形態內涵在歷史上的進步意義；可我想補充兩點並非無關緊要的「細節」：新文化倡導者優越的社會角色和經濟地位。這自然是基於對今日中國精英文化困境的思考：知難，行亦不易 —— 即便找到了「突圍」的最佳方案，能否實施也都大成問題。

在傳統中國處中心地位的「士」，進入 20 世紀，轉化為日漸邊緣化的「知識分子」。從晚清到二三十年代，知識分子仍然在歷史舞台上扮演重要角色，其思想、言論及倡導的文化運動，仍是整個社會變革的導向，不管是北洋軍閥還是國、共兩黨，都不能不心存敬畏並有所顧忌。正如余英時指出的，這種文人振臂一呼武人倉惶失措的狀態，「除了因民族危機而產生的種種客觀條件之外，在很大程度上還托庇於士大夫文化的餘蔭」[1]。一方面是「士為四民之首」的傳統觀念，另一方面是「尊西人若帝天，視西籍如神聖」的西化狂潮，使得新文化人佔據極有利的社會地位，出則可以組成專家治國的「好人政府」，入則可以評議朝政指點江山。北伐成功，國民政府推行黨化教育，輿論日趨一律，新文化人處境也因而日漸窘迫；連大名人胡適也都喪失了言論自由，餘者可想而知。丁文江於是慨歎我輩讀書人「治世之能臣，亂世之飯桶」[2]。這一自嘲不幸而言中，此後 20 年炮火連天，知識分子微弱的聲音幾乎全被槍林彈雨所淹沒。1950 年代以後知識分

---

1 余英時：《中國知識分子的邊緣化》，《二十一世紀》第 6 期，1991 年 8 月。
2 胡適：《丁在君這個人》，《獨立評論》第 188 號，1936 年 2 月。

子的社會地位更是江河日下，從反右到「文革」再到近年的反自由化，歷次政治運動的中心課題是以工農兵名義整肅敢於胡思亂想的知識分子。先有戰火的煎熬，後有政治運動的批判，日漸邊緣化的知識分子，已經沒有當年「吾曹不出如蒼生何」的抱負與「振臂一呼江山易幟」的雄姿了。更可悲的是，幾十年宣傳教育的結果，一般民眾對知識及知識分子已經沒有敬畏和信賴之感，有的只是偏見和蔑視。1980年代初期曾經有過短暫的「科學的春天」，1990年代也曾重獎科技專家，可知識分子整體地位的提高，仍然停留在報刊的社論上。必須大張旗鼓地宣傳為「臭老九」摘帽，這本身就非常滑稽可笑。帽子好戴不好摘，更何況為知識分子加緊箍咒，符合一般民眾的「平等要求」。幾十年「工農翻身得解放」的意識形態宣傳，要求知識分子為其曾經有過的政治、經濟特權贖罪。近年雖說給了一個說法：「知識分子是工人階級的一部分」，可其文化上的優勢仍讓「粗人們」耿耿於懷。嘲弄知識分子於是成了最新時尚，文學藝術中「無恥且無知的讀書人」再次被拉出來祭刀。不同的是，此前的「祭刀」很可能是一種政治陰謀（如電影《決裂》、《反擊》），而如今則更多體現為平民百姓的潛意識。或許可以把這理解為通俗文化對精英文化的反叛，而王朔作品的走紅最能說明這一點。請看王朔的一段自白：

我的作品的主題用英達的一句話來概括比較準確。英達說：王朔要表現的就是「卑賤者最聰明，高貴者最愚蠢」。因為我沒唸過什麼大書，走上革命的漫漫道路，受夠了知識分子的氣，這口氣難以下咽。像我這種粗人，頭上始終壓着一座知識分子的大山。他們那無孔不入的優

越感，他們控制着全部社會價值系統，以他們的價值觀為標準，使我們這些粗人掙扎起來非常困難。只有給他們打掉了，才有我們的翻身之日。[1]

這種略帶玩世的反文化品格，時賢頗有冠以「後現代」的，套用王朔的話：「這是哪跟哪呀！」如此嘲弄理想、道德、知識和激情，固然有解構以往僵硬的意識形態及其塑造的文化偶像的作用，可「頑主」們推出的生活理想，一是對金錢的崇拜，一是沿襲此前工農幹部對知識分子的妒忌和蔑視[2]。前者是商業社會和通俗文化的共性，後者則積澱着幾十年中國政治的風雲，更加發人深思。

半個世紀以來，知識分子的思想改造，始終是歷次政治運動的中心課題。為了「徹底打破少數人對於文藝的壟斷，使文藝為最廣大的工農群眾所接受和運用」，文藝戰線開展了一系列鬥爭，「從一九五一年批判電影《武訓傳》開始，經過對《紅樓夢研究》的批判，對胡適、胡風思想的批判和胡風反革命的揭露，到一九五七年又進行了反對丁玲、陳企霞反黨集團及其他右派分子的鬥爭，接着，進行了對修正主義文藝思潮的批判」[3]。周揚在第三次文代會上描述意識形態領域的這一系列鬥爭時，似乎忘了此前有過對王實味、蕭軍的

---

1 《王朔自白》，《文藝爭鳴》1993 年第 1 期。
2 參閱《我是王朔》一書，北京：國際文化出版公司，1992 年。
3 周揚：《我國社會主義文學藝術的道路》，《文藝報》1960 年第 13 — 14 期。

批判，當然也不可能預見到此後還有連他本人也被捲入的各種名目的大批判。這種並不溫文爾雅的「批判」，關注的並非「普及與提高」之類的枝節問題，而是政治權威不能容忍「文化貴族」們可能有的懷疑精神、批判眼光以及「主觀戰鬥精神」。這種沒完沒了的「思想改造」，不能說毫無效果，起碼限制了知識分子的獨立姿態，也大大削弱了一般民眾對「精英」的崇敬與信任。毫無疑問，此後還會有不甘寂寞的「讀書人」為抵制「流俗」而抗爭；但不管他們的姿態多麼優美，精神多麼崇高，都不可能再有「五四」新文化的「轟動效應」。精英已經不是當年的精英，民眾當然也不是當年的民眾，百年政治風雲，豈是三言兩語就能抹去？政治權威對精英文化施加「暴力」所造成的嚴重創傷，恐怕不是短時間內就能治癒的了。

除了文化理想，除了人格力量，精英文化之得以維持與發揚，還有賴於其「經濟基礎」。有錢有閒不見得就能有文化有教養，可文化教養的形成卻離不開金錢和閒暇。「五四」新文化人對其時上海灘頭通俗文化的批判，主要集中在「遊戲」、「消閒」文學觀念背後的「金錢主義」；而避免落入「為金錢而藝術」陷阱的前提，是新文化人經濟上的自立。不要忘記其時大學教授（如陳獨秀、周作人）月薪三五百大洋，而普通圖書館員（如毛澤東）只有八塊錢，而且後者還感覺「工資不低」[1]。

1　參見埃德加·斯諾《紅星照耀中國》中譯本第 131 頁，北京：新華出版社，1984 年。

生活優裕的教授們為了某種精神追求和社會責任，集資辦刊物（如《語絲》、《努力週報》、《獨立評論》等），而且不取編輯費和稿費，這才可能真正做到「拿自己的錢，說自己的話」。文化精英的這種獨立姿態，既指向政治權威，也指向通俗文化。作為一種大眾傳媒，不用追求暢銷，不以牟利為目的，這才談得上貫徹某種文化理想。對於報刊編者來說，抵制流俗甚至比反抗政治權威還難，因為前者直接危及自身生存，而後者處理巧妙可以擴大銷路。

在「五四」新文化運動中，受市場制約最大的不是報刊，而是演劇，因其直接面對觀眾的文化趣味及消費習慣。報刊可以贈送乃至自我欣賞，演戲則不能沒有觀眾。因此，「五四」先驅者在批判傳統舊戲和墮落了的文明新戲、宣佈告別將看戲當作純粹消閒的時代的同時，必須提倡不受「座資底支配」的「愛美劇」（非職業的業餘演劇）[1]。不只是演劇，真正的藝術創造或文化革新，一開始很可能都是「愛美」（amateur）；過早的職業化或商品化，對文化藝術的獨立發展是一種損害。

1920 年代的文人學者能為某種理想集資辦刊或從事愛美劇運動，而後人則沒有這種壯舉。並非後世的文化精英墮落平庸，不思奮進，而是抗戰以後知識分子生活待遇急劇惡化，日食三餐尚須籌措，自然沒有餘裕從事不計功利的文化創

1　陳大悲：《戲劇指導社會與社會指導戲劇》，《戲劇》第 2 卷 2 期，1922 年。

造。胡適 1946 年回國，準備重辦獨立的文化刊物，可政治、經濟兩方面都不允許[1]。1950 年代以後的中國大陸，同人刊物沒有存在的可能，知識分子也沒有集資辦文化事業的經濟能力。「五四」作家喜歡寫作以人力車伕為題材的詩文小說，以表示對勞動人民貧困生活的同情；而今天中國都市中任何一個出租車司機，都可能會發表一通憐憫大學教授的宏論。文化精英經濟地位之所以急劇下降，有商品經濟大潮的衝擊，也有政府決策的失誤。而這種局面，短期內無法根本扭轉。

無論是社會威望，還是經濟實力，今天的文化精英們都無法與「五四」新文化運動的倡導者相比擬；而他們所面臨的作為競爭對手的通俗文化，又遠比「禮拜六派」或「文明新戲」強大。教育普及、社會安定，以及商品經濟發展，改變了以往的文化消費觀念，使得通俗文化佔據越來越重要的地位，這一趨勢不可逆轉。這裡討論的不是通俗文化有無歷史進步意義，也不是雅俗文化能否互相促進共存共榮；而是當代中國精英文化的過度疲軟，對整個民族文化重建與發展的潛在制約。

---

1 胡適：《新聞獨立與言論自由》，《胡適演講集》（三），台北：遠流出版公司，1986 年。

三、泛政治意識、革命崇拜以及平民文學的迷思

如果說商品經濟的繁榮與政治權威的高壓，是當代中國精英文化失落的外部原因；那麼，知識分子自身選擇的失誤，則是這一局面形成的內部原因。在某種意義上來說，後者更帶有中國特色，也更值得認真反省。魯迅當年告誡左翼作家，不要以為「現在為勞動大眾革命，將來革命成功，勞動階級一定從豐報酬，特別優待」，「恐怕那時比現在還要苦」[1]。魯迅主要批評的是「詩人或文學家高於一切人」因而必須「特別優待」的幻想，我卻當作先知的「預言」閱讀。近百年中國知識分子為「富國強兵」、為「民主科學」、為「文化革命」浴血奮戰，不期望「從豐報酬」，可也沒想到反而使得精英文化的處境日益艱難。單從社會進步或民主化進程的必要代價來描述精英文化的失落，未免過於樂觀，也過於「理性化」。眼看着好幾代知識精英，犧牲自己的品味，自覺地「平民化」，因而變得日漸委瑣，也日漸粗俗，在我看來是一種很大的失策。說這話並不意味着道義上的譴責，相反，我對這幾代知識精英的文化理想與激情始終抱很大的敬意。不過世紀末回眸，重在總結歷史經驗教訓，不免近乎吹毛求疵。

當我提到近百年中國知識精英之文化選擇的失誤時，包括其「泛政治」意識，「革命」崇拜以及「平民文學」的迷思。這

---

1 《魯迅全集》第 4 卷 234 頁，北京：人民文學出版社，1981 年。

種文化選擇，肇始於晚清，成形於「五四」，當初確曾生機勃勃，為古老中國的文化重建帶來某種希望；但 1930 年代以後逐漸暴露其負面價值，「文革」中達到登峰造極，其影響至今遠未消失。

傳統中國的「士」，處於整個社會結構的中心，自然肩負起天下興亡的重任。晚清以降，治國平天下的「士」，逐漸轉變為學有所長的現代知識分子。知識分子以其所學（科學技術或文學藝術）貢獻於社會，當然也可能受到民眾的敬仰；可再也不是國家、民族命運的真正主宰。社會分化的結果，使得大部分文化精英對一時一地的政治決策，其實只能袖手旁觀。現代知識分子有其不同於傳統士大夫的歷史使命，很難說升降褒貶。可長期出將入相經世治用的歷史傳統，使得很多知識分子無法適應這一社會轉型，自我定位常常失誤。既然「我輩所學關天命」，當然不能滿足於只成為傑出的學者或文學家。不在政壇上馳騁便是「懷才不遇」，於是「投筆從戎」或「棄學從政」成為一種時尚。晚清還有教育救國、實業救國、科學救國、文學救國等口號，「五四」以後逐漸轉為只有政治革命才能救中國。知識分子全都成了專業或業餘政治家，其憂國憂民的情懷固然令人感動，但這種對政治的過分關注，實在不利於正常的文化建設。胡適歸國之初，也曾「打定二十年不談政治的決心」，目的是「在思想文藝上替中國政治建築一個革新的基礎」[1]。可不到五年，從「問題

1　胡適：《我的歧路》，《胡適文存》二集，上海：亞東圖書館，1924 年。

與主義」之爭，到「好政府主義」的提倡，再到親自起草《我們的政治主張》，胡適實在無法抗拒議政、干政的誘惑。表面上是激於政府腐敗政客無能，深層原因則是傳統士大夫的社會責任感及道德優越感。

鼓勵品學兼優的讀書人從政，可以提高政治家的文化素質；然而現代政治的運作，其實與讀書人的文化理想關係不大。也就是說，從政的精英能否發揮其所學專長，本身就大可懷疑；更何況這種「政治決定論」對正常的文化建設造成極大的衝擊。近百年中國知識者始終對「為學術而學術」或「為藝術而藝術」之類的提法不感興趣，主要不在於這些口號本身學理上的缺陷，而在於其避開「致用」因而無法滿足眾人「經世」的政治激情。王國維曾批評將學術分為「有用」、「無用」者為「不學之徒」[1]，可「學以致用」乃 20 世紀中國文化發展的主潮。真能重求是輕致用，謀學術獨立者，實屬鳳毛麟角，且絕難為社會所理解。陳獨秀撰文專論「學術獨立之神聖」[2]，但陳氏本人恰恰以政治名家；梁啟超主張真學者皆當「為學問而學問，斷不以學問供學問以外之手段」，那又近乎晚年一時衝動的懺悔，「明其道不計其功」並非梁氏的一貫作風[3]；至於創造社諸才子的唯美主義追求，更堅持

---

1 王國維：《國學叢刊序》，《王國維遺書》第 4 冊，上海：上海古籍書店，1983 年。

2 陳獨秀：《學術獨立》，《新青年》第 5 卷 1 號，1918 年。

3 《梁啟超論清學史二種》第 86、80 頁，上海：復旦大學出版社，1985 年。

不了幾天，很快一轉而為革命文學的提倡。動盪不安的時局產生安社稷濟蒼生的社會期待，再加上知識分子不切實際的自我定位，便形成了 20 世紀中國以文化學術為手段謀求政治改良的大思潮。這一思潮的「背面」，是對文化學術自身價值的懷疑。而這，顯然不利於沒有直接政治功用的精英文化建設。

「革命」，是 20 世紀中國最激動人心的字眼。「革命者，天演之公例也；革命者，世界之公理也。」[1]「革命」不只體現在政治上的改朝換代，而且落實為文化上的破舊立新。近百年中國文化思潮，也取「不斷革命」的激進姿態，所謂「文化保守主義」，始終只是極少數讀書人所願意堅持的立場。「六四」以後，知識分子對政治上的激進主義有所反省，可文化上的激進主義卻依然故我。1930 年代初劉半農曾慨歎社會進步神速，「五四」時「努力於文藝革新的人」，如今被「一擠擠成了三代上的古人」[2]。這話常被用來論證新文化的突飛猛進，我卻於浩歌狂熱中見悲涼。文化需要積累，精英需要培育；老是各領風騷三五天，亂哄哄你方唱罷我登場，對文化建設未必有利。精英文化一方面體現為對傳統的維護與修正，一方面體現為對現有規則的反叛，二者缺一不可。既能守舊又能出新，是精英文化保持活力的訣竅。「革命」崇拜

---

1 《鄒容文集》第 41 頁，重慶：重慶出版社，1983 年。

2 劉半農：《〈初期白話詩稿〉序》，《初期白話詩稿》，北京：星雲堂影印，1932 年。

使得知識者忙於追逐新潮，決裂過去，唯恐落後於時代。這種心態，有利於激烈的「批判」，而不利於平實的「建設」。從世紀初對叔本華、尼采的青睞，到世紀末解構主義、後現代主義的走紅，中國知識者似乎對反傳統反文化思潮情有獨鍾；而深刻影響整個現代中國命運的馬克思主義，更是一種精彩的批判哲學。政治上的「革命，革革命，革革革命，革革……」[1]，與文化上的不斷反傳統，根源於同一種過分求新求變求異的文化心態。

毫無疑問，「反叛」與「批判」作為一種文化姿態，遠比「傳統」與「保守」有魅力。不論是其洞察世態炎涼人心險惡的深刻性，還是其橫掃千軍目空一切的人格力量，甚至還有其筆鋒常帶感情的論辯方式，對天生傾向於理想主義的知識分子，都有絕大吸引力。「我們這時代是一個事事以翻臉不認古人為標準的時代。」[2]「不認古人」並非故意數典忘祖，而是祈求一個更加盡善盡美的未來。為了實現某種虛幻的文化理想，知識者不惜一次次以今日之我非難昨日之我，實在無心也無暇停下來從事艱苦而平實的文化建設。因此，令人眼花繚亂的文化論爭與無數激動人心的文化口號，與相對蒼白貧瘠的精英文化創造，剛好形成鮮明的對比。

直到今天，還有許多提倡通俗文化的文章，拉毛澤東工農兵

---

1 《魯迅全集》第 3 卷 532 頁。

2 聞一多：《〈現代英國詩人〉序》，《現代英國詩人》，上海：新月書店，1933 年。

文藝思想與「五四」先驅的平民文學主張做大旗，這是一個有趣的誤會。面對 1980 年代後期通俗文化的迅速崛起，政治權威和文化精英全都束手無策。喊了半個多世紀的「群眾喜聞樂見」，可群眾選擇的既非「工農兵文藝」，也非「平民文學」，而是以市場為導向的「通俗文化」，這才真叫「有心栽花花不發，無心插柳柳成蔭」。同是追求「通於俗」，各家立場其實大有差異；之所以一下子扯不清，就因為三家打的都是「平民」的旗幟。

「五四」文學革命的一個重要口號是「推翻雕琢的阿諛的貴族文學，建設平易的抒情的國民文學」[1]。國民文學又稱為平民文學，關鍵在於「以普通的文體，記普通的思想與事實」，於是在邏輯上展開為對白話文以及寫實文學的提倡。可「五四」先驅者心目中作為德謨克拉西精神在文學界的具體體現的「平民文學」，既反「貴族文學」，也反「遊戲的文學」，因此絕非後世所說的「通俗文學」[2]。1930 年代左翼作家關於文藝大眾化問題的討論，是毛澤東工農兵文藝思想的理論前驅；雖在語言表達等方面設計了若干接近大眾的具體策略，可主旨還是用精英文化來教育大眾。從郭沫若強調大眾文藝「不是大眾的文藝」，而「是教導大眾的文藝」；到毛澤東主張教育者應該先受教育，大眾化的關鍵是「和工農兵大

1　陳獨秀：《文學革命論》，《新青年》第 2 卷 6 號，1917 年。

2　參閱周作人的《平民文學》（《每週評論》第 5 期，1919 年）和茅盾的《現在文學家的責任是什麼？》（《東方雜誌》第 17 卷 1 號，1920 年）。

眾的思想感情打成一片」[1]，對知識分子思想覺悟和社會價值的評估天差地別，但借文藝教化大眾這一總的創作意圖卻沒有歧異。1980 年代後期迅速崛起的通俗文化，既蔑視政治權威教化大眾的要求，又拋棄文化精英遠離銅臭的潔癖，從不諱言「迎合和媚悅大眾」，也不侈談「普及基礎上的提高」。要說「大眾化」，這才是真正的「大眾化」；此前基本上是文化精英和政治權威競相輪番「化大眾」。

明明是「化大眾」，偏要打着「平民文學」的旗幟，自然是託「德先生」的福。當初為了反對「僵死」的文言文學，胡適等人拚命突出「新鮮」的民間文學的審美價值，甚至將「白話文學」和「俗文學」視為中國文學史的中堅，以及新文學發展的主要動力。可以說，這與 1950 年代「民間文學主流論」的風行一時大有關係，起碼為其作了很好的理論鋪墊。後者因過於怪異而早被學術界所遺棄，只是學者難得尋根究源，辨析作為「五四」文學革命支柱的「平民文學」口號本身的理論缺陷。對精英文化價值的質疑以及對大眾文化口味的屈從，在「五四」精英對這一口號的闡釋中已初露端倪。隨着 1930 年代以後中國知識界的迅速左傾，「大眾化」成為一種時尚，為了適應一般民眾的知識水準和欣賞趣味，實際上不能不「俯就」和「迎合」。精英文化當然可以從剛健清

1　參閱郭沫若的《新興大眾文藝的認識》（《大眾文藝》第 2 卷 3 期，1930 年）和毛澤東的《在延安文藝座談會上的講話》（《毛澤東選集》第 3 卷 873 頁，北京：人民出版社，1953 年）。

新的民間文化學到許多東西，但這種「學習」不應該是強制性的。將「大眾化」作為必須遵循的紀律，不單壓抑了學者和藝術家的獨特才情，而且使整個社會的文化趣味日漸鄙俗化。

「精英文化」和「通俗文化」都是理想型概念，現實人生中存在的是大量過渡形態。所謂「精英文化的失落」，也只是言其大趨勢。或許時來運轉，經過這陣經濟大潮的沖刷，精英文化還有復興的希望。若如是，更應認真審察先驅者的足跡，以免重蹈覆轍。

1993 年 2 月 26 日於京西蔚秀園

（原刊《二十一世紀》1993 年 6 月號）

當代中國人文學者的命運及其選擇 [1]

「人文學者」並非榮譽稱號,只是一種職業選擇;因此,已經「為宦」或「下海」的「前學者」,不在本文討論之列。本文不涉及教授賣餡餅倒汽車或者進政協議朝政之類的熱門話題,而是思考願意並仍在從事人文研究的學者命運及其可能的選擇 —— 因後者更多困惑與迷惘,更值得理解與同情。講「命運」及「選擇」,在縱論「天下大勢」時,不免摻進一己之體驗,且注重現實對策而不是理論分析。這種帶「可行性論證」色彩的思考,某種意義上是在為文化轉型期的人文學者重新定位。

---

1 本文係作者提交給在瑞典斯德哥爾摩大學召開的「當代中國人心目中的國家、社會與個人」國際學術研討會(1993 年 6 月 11—15 日)的論文。

一、人文學者的失落感

在 1990 年代的中國，政局的逐漸穩定及商品經濟大潮的興起，使得知識分子群體迅速分化，形成不同的職業階層及利益集團。不要說經商或從政者與校園書生在價值觀念上有很大差別，就連同樣堅持學術研究，也可能因學科不同而命運迥異。老話說「士別三日，當刮目相看」，今日中國隨處可見因職業和境遇的改變而「脫胎換骨」的壯舉。如今再談「提高知識分子待遇」或者「堅持知識分子立場」，已經沒有多大意義了 —— 除非給「知識分子」重新下定義。

昔日的「知識分子」，由於在市場競爭中境遇不同，很難再有相對統一的立場。以大學校園為例，越是實用性強、能直接服務於經濟建設的學科，越受政府的重視、企業的支持。而這意味着這些學科的研究基金、教授的經濟收入，以及招生、分配等均處於有利地位。在所有學科中，最沒有實用價值的，莫過於古老的「文史哲」。因此，其面臨的處境最為嚴峻。1992 年北京大學首次沒有完成國家計劃招生指標，特殊的軍訓固然是主要原因，但不應忽視考生對綜合大學基礎學科的冷淡 —— 招不滿學生的大都是此類學科。北大中文系歷來以錄取分數在文科各系中最高為自豪，這幾年居然也面臨生源危機，開始接納第二志願考生。「一葉知秋」，考生的選擇其實是社會選擇的表徵。大學裡文史哲等人文學科不如經濟、法律、政治等社會學科受歡迎，這在中國是近幾年才出現的新現象。這一現象之所以值得注意，因其代表了當今中國人文學者的命運。政府和企業都願意重獎「有突出貢獻」

的科技精英，經濟學家和法律專家也日益得到社會各界的禮遇，惟有人文學者可有可無備受冷落。所謂「衣食足，知廉恥」；所謂「存在決定意識」、「經濟基礎決定上層建築」；所謂「經濟增長必然帶來體制變更」、「經濟的自由化必然帶來政治的民主化」——窮怕了的中國人（從政府到民間），普遍相信只要經濟發展，一切矛盾將迎刃而解。借用今夏北京流行的文化衫上的話：「有錢和沒錢，感覺就是不一樣！」冷落無法「來錢」的人文學科，對於這個以經濟建設為中心的時代，幾乎是天經地義的。

學者不如流行歌手或體育明星能賺錢，這點大家都能心平氣和地接受，反正各有各的價值追求，各有各的自尊和驕傲。真正讓人惶惑不安的是，同樣穩坐書齋潛心研究，人文學者的研究成果不再引起社會的關注。對於功成名就的老學者來說，最多慨歎一下「人心不古」，反正「要改也難」；對於年青學子來說，盡可「懸崖勒馬」，調整專業方向；最難受的是「實迷途其未遠，覺今是而昨非」的中年學者。這幾年學界的「浮躁」，很大程度根源於人文學者的這種自我調整。相對來說，科技精英以及社科專家的調整比較成功，而人文學者則多有怨言。除了政府決策的某些失誤外，更主要的是人文學者原先不切實際的自我期待落空。

人文學者歷來以知識分子的代理人自居，在各類專家中聲名最為顯赫。一方面因其研究成果比較容易為大眾所理解，只要受過中等或高等教育，都能談幾句文學與哲學；相反，核物理不是每個讀書人都能討論的。另一方面，當知識分子作

為一個群體出現時，考慮的顯然不是具體的專業問題，而討論作為整體的家國興亡文化盛衰，正是人文學者的專長。只要「知識分子」作為一種力量存在或作為一個問題提出，人文學者的作用便毋庸置疑。可一旦「知識分子」因其境遇不同而分化瓦解，社會上只承認各種各樣學有所長的「專家」時，人文學者的「中心地位」便煙消雲散。人文學者往往抱怨政治權威的壓迫，其實正是這種「壓迫」成就了人文學者的聲名，也虛構了人文學者的「中心地位」——似乎真的是在「經天緯地」。隨着經濟建設成為整個社會關注的中心，公眾對意識形態爭論不感興趣，「左派」、「右派」同時受冷落。除了打官司爆冷門，人文學者已經很難再像從前那樣吸引公眾的注意力。

人文學者由中心向邊緣移動，並非始於今日；起碼從科舉制度取消那天起，這一大趨勢就已經不可逆轉。西方教育制度的引進以及賽先生的走紅，使得「專門家」成為現代中國讀書人的主要出路。自然科學家容易適應這一文化轉型，人文學者則因研究對象的緣故，更多關注精神與價值，更能理解並繼承傳統士大夫憂國憂民的情懷。再加上從晚清的改良群治、「五四」的思想啟蒙，一直到 1980 年代的民主運動，意識形態爭論始終是全民族關注的重點，肩負重任的人文學者因此來不及蛻變成為真正意義上的「專家」，基本上保留傳統士大夫的「抗議者」或「衛道者」姿態。近年市場經濟迅猛發展，世人的觀念日新月異。在「十億人民九億商」的年代，精神文化的貶值實屬必然，而意識形態的重要性也正受到前所未有的懷疑。不願困守書齋而又無力回天的人文學

者，其失落感可想而知：政治權威的控制並沒有放鬆，如今又加上民眾的漠視以及自身經濟地位的急劇下降。於是出現各種針鋒相對的激烈言辭：有憤世嫉俗，大罵世道不公的；有順應潮流，宣稱「有本事下海，沒本事閉嘴」的；也有眼不見心不煩，主張乾脆「躲進小樓成一統，管他冬夏與春秋」的。有趣的是，爭論者大都是人文學者，且基本上「君子動口不動手」。也就是說，真正感覺到文化危機、意識到自身角色轉換艱難的，主要是人文學者。或許可以將其視為傳統中國士大夫文化的最後一次掙扎 —— 在以後的世界裡，人文學者將逐漸習慣於站在「專家」而不是「國師」的立場發言。

在當代中國，人文學者日漸邊緣化，不再扮演虛假的「立法者」角色，也不再自作多情地獨立承擔「家國興亡」的重任，這未嘗不是一件好事。社會分化早就剝奪了人文學者「立法」的權利，只不過幾十年過分濃密的政治鬥爭風雨，掩蓋了這一真相。邊緣化的結果使人文學者得以反省自身，謀求獨立的政治姿態及文化品格，並設計可能的發展路向。本文正是依此思路，討論當代中國人文學者的命運及選擇。

二、三個時期三種研究心態

倘若不談「經國之大業」，而從專家治學角度着眼，20世紀中國大陸的學術環境，大致可分為三個時期：從世紀初到1940

年代末為「個體學術」時期；從 1950 年代初到 1980 年代前期為「計劃學術」時期；從 1980 年代後期起逐漸進入「市場學術」時期。當然，這種劃分只是言其大趨勢，不可能一刀切；學界中隨時可能出現抵抗流俗的特立獨行之士。這裡的基本思路是，特定時期的經濟關係及政治環境，深刻影響學者的研究心態。與其從個人修養角度提倡「樂道安貧」，不如探討在已有的政治文化格局中尋求發展學術的可能性。

從 20 世紀初到 1940 年代末，儘管有過抗戰中大學教授捱餓受困的特例，但一般情況下教授的生活水準遠遠高於平民百姓。一方面是傳統士大夫的餘威並未完全消失，另一方面歐風美雨之橫掃中國，使得留學生頗受優待。以 1920 年代北京學界為例，教授月薪三五百者大有人在，而一般圖書館勤雜人員則只有六到八塊大洋。優裕的生活與相對寬鬆的政治環境，使得人文學者能夠「從心所欲」。學有餘力，不妨聚會結社或辦刊出書，力爭拿自己的錢說自己的話。學術研究主要憑個人興趣和眼光，不必考慮政府要求和市場銷路 —— 實際上當年大部分學術刊物和同人雜誌不發稿費，教授們也大都不缺錢花；至於政府的輿論控制，尚未真正危及學術研究的自由。直到 1933 年蔡元培領銜在上海發起紀念馬克思逝世 50 週年，其「緣起」所述「基於嚴正之研究學術立場」與「作研究自由思想自由之倡導」，還能為當局所默許[1]。可以說抗戰以前中國人文學者的活動空間很大，既可議政，亦可述

1　參見《申報》1933 年 3 月 13 日關於「紀念會緣起」的報道。

學，且大體衣食無虞。

所謂「風沙撲面，豺狼當道」的白色恐怖，當然也是真實的存在，不過主要指向政治上的反對派。就純粹的學者而言，個人選擇研究課題和理論框架的自由還是有的，體現在著述中就是沒有所謂統一的指導思想和理論原則。

1950 年代以後，伴隨着計劃經濟出現的是「計劃學術」——國家下達研究課題、研究經費以及理論框架，學者只能在此範圍內施展才華。

在全民所有制國家裡，政府代表人民行使一切權力。似乎不是人民養着政府，而是政府養着人民 —— 尤其是「四體不勤五穀不分」的讀書人。

因而在最高當局的口諭中常有「養起來」、「給飯吃」之類表示施恩的妙語。既然政府提供薪水，自然有權要求被「養起來」的專家提供必要的服務。對於人文學者來說，就是論證現行政策及制度的合理性，鞏固已有的意識形態「神話」。幾十年間歷次政治運動的一個主要目標，就是以人民的名義懲罰那些敢於胡思亂想的人文學者。脫胎換骨的思想改造難得成功，不過釜底抽薪還是相當有效的 —— 絕大多數讀書人不會甘冒無處開工資乃至進勞改場的風險去從事獨立的學術研究。

學者著述並非不再為稻粱謀，而是無法直接為稻粱謀，一切

取決於政府的定奪。連陳寅恪這樣的大學者，都因其所學「不合時宜」而慨歎「蓋棺有期，出版無日」[1]，餘者可想而知。政府在提供生活資料和出版機會的同時，提供共同信念、思維方式乃至具體的研究計劃。在這種供求關係中，人文學者確實被養起來了——很少選擇的機會，因而也很少焦慮和不安。直到有一天供求關係發生變化，人文學者可能換一種活法，也換一個思考的角度，才意識到此前處境的可悲。

從 1980 年代中期起，人文學者的「僱主」發生變化，除了政府仍然發給薪水外，課外講學以及著述的收入成了重要的經濟來源。去年以來，隨着私立學校的興起以及報刊書局的擴充，不少學人的「灰色收入」甚至超過正常的工資。當然不是所有的人文學者都能賣文為生，但畢竟多了條活路。目前中國的大學教授，單靠薪水無法維持「小康」生活。按政府公佈的統計數字，北大教師薪水在北京市職工收入平均線以下；至於出租車司機收入，通常更是北大教師的八到十倍[2]。

1　參閱蔣天樞《陳寅恪先生編年事輯》第 159 頁，上海：上海古籍出版社，1981 年。

2　1990 年北京市職工平均工資為 2653 元（《八十年代北京市國民經濟主要指標》，《北京財貿學院學報》1991 年第 3 期），同年北大副教授月薪約二百元；1992 年北大副教授月薪漲至 250 元，同年全國職工平均工資為 2677 元（《國家統計局關於 1992 年國民經濟和社會發展的統計公報》，《人民日報》1993 年 2 月 19 日），而北京市職工薪水歷來高於全國職工平均收入。關於出租車司機的收入，未見權威性統計數字，筆者今年曾詢問近二十位在運營中的司機，普遍答曰：「月收入二千元左右，但很辛苦。」

這種「腦體倒掛」現象，政府再三許諾給予重視，但短時間內根本改變是不可能的。這就逼使大學教授在盡量不妨礙正常工作的前提下，通過別的途徑獲取生活資料。對於人文學者來說，最正經的莫過於講學或寫稿。合適的講學機會不常有（正規的學術講演往往不付酬；如主辦單位收費，則一次演講的酬金約 50 — 200 元），為報刊或書局撰稿仍是人文學者的主要經濟來源。近年報刊競爭激烈，稿費制度日趨靈活，原有的由政府制定的稿酬統一標準基本被拋棄。不過報刊願高價收買的稿件，主要是能引起社會轟動的「內幕報道」或「熱點追蹤」，非我輩學人所能撰寫。嚴肅的文化刊物和學術著作的稿費，一般為每千字 20 — 30 元，《讀書》雜誌每千字 30 — 45 元，《中國文化》和《學人》因有獨立的經費補貼，每千字付酬 50 元。有些剛創辦或正在籌辦的文化刊物（如廣州的《開放時代》和《東方》），開價每千字 80 — 120 元，但只收短稿。考慮到目前北京的大學教授月薪只等於在一般刊物上發表一篇萬把字的文章，稿費的誘惑力是不言而喻的。

稿費成為不少人文學者的主要經濟來源這一現狀，大大削弱了政府的絕對權威。經濟上的獨立不等於思想的自由；可沒有經濟上的獨立，很難有真正的思想自由。在公開出版的著述中，儘管仍有不少禁區無法涉足；但思想者只要有飯吃，可以把腦袋扛在自己肩膀上。這一點至關重要。在商品經濟大潮衝擊下，文化學術面臨各種危機；惟有一點值得慶幸：長官意志和政治干預比以前少多了。「僱主」由政府轉為市場，人文學者選擇的空間大為拓展。不再是「學成文武藝，

賣與帝王家」；單是有所選擇有所競爭，就令不少「久在樊籠裡」的讀書人興奮不已。可這種「復得返自然」的自由感很快就消失了，「市場」並不像當初想像的那麼可愛——尤其是對那些堅持某種文化理想的人文學者來說更是如此。學術走向市場，固然能夠在某種程度上擺脫對政治權威的依附，然而金錢的壓力照樣可以挫敗學者的獨立與自尊。設想政府與市場的互相牽制，為文化學術的發展騰出大片空間，起碼是不現實的。焉知金錢和權力不能聯手合作，對文化學術造成雙重的壓迫？把文化學術拋向市場，雖然可能淘汰大批庸才，但也可能扼殺所學「不合時宜」的精英。市場要求迎合時尚，真正的人文學者則追求陳寅恪所標舉的「獨立之精神，自由之思想」[1]，對現實存在持超然乃至批判的態度；二者立場相去甚遠。在某種意義上說，抵抗金錢的誘惑甚至比抵抗政治權威的壓迫更為艱難——後者即使失敗，起碼還有一種「悲壯感」值得咀嚼回味。只是市場競爭畢竟比政府的統一計劃有較大的自我設計、自我選擇的餘地，老話說，「兩害相權取其輕」，明知走向市場並非風和日麗，學者們大都仍取積極態度。

所謂人文學者的「走向市場」，並非指下海經商，而是指著述時不以個人學術興趣而以滿足讀者需求為目標。報刊圖書不再是純粹的宣傳手冊，而是一種特殊商品；這種觀念的轉

---

1 陳寅恪：《清華大學王觀堂先生紀念碑銘》，《金明館叢稿二編》第 218 頁，上海：上海古籍出版社，1982 年。

變使得政府對報社書局增加稅收、報社書局要求作者適應市場。「有錢的不讀書，讀書的又沒錢」的現狀，使得高深的文化學術著作出版十分困難。於是出現一種按訂貨要求寫作的趨向，報刊書局和各種叢書的主編因而在文化建設中發揮越來越大的作用。除了少數成名的學者，很少人能完全按照自己的意願和眼光從事著述——除非沒有評職稱或賺稿費補貼家用等世俗考慮。「訂貨要求」有鬆有嚴、有合理有不合理，不一定直接危害學術著述的質量；但如何由適應政府的指令性計劃轉為爭取「訂貨合同」，這對於當代中國的人文學者來說，無疑是個新課題。

目前處於兩種體制並存的過渡階段，但市場的誘惑與壓迫正日益加劇，這就逼使人文學者重新思考自己的立場與對策。對於具體的學者來說，學術生命是相當短暫的，只能爭取在特定環境中最大限度地發揮自己的聰明才智，而不該寄希望於理想的學術環境的到來。太陽一定會重新昇起，可對於那些注定在黎明前死去的人來說，這是一句空話。與其提供這種聊以自慰的空話，不如切實探討在暗夜中行進的可能性。

三、文化人與學院派

政府不可能大規模撥款，把日益龐大的學者隊伍重新養起來；經濟發展刺激起來的消費慾望，又很難因飽讀聖賢書而完全化解。「樂道」而不「安貧」的學者們，必須調整策略，

以適應社會需求。排除徹底下海從事直接的經濟活動者，留在「岸上」的人文學者，大致有兩種選擇：一是能雅，一是能俗。最忌諱的是雅俗都不能到位，總想腳踩兩隻船，到頭來兩頭落空。也就是說，原有的學者可能兩極分化，以適應不同層次的文化需求。當然，「雅」、「俗」之類的說法都過於模糊，無法準確界定；倘若一定要坐實，不妨將學者分為能雅的「學院派」與能俗的「文化人」。這裡的「雅」、「俗」只是指研究心態和策略，不包含價值評判。

1920 年代胡適等人以教授身份出面自辦報刊書局，理由是中國缺乏有遠見的「輿論家」（Journalist or publicist）[1]，這是社會生活民主化的最大障礙。「輿論家」這一概念，不如「文化人」廣為人知。不過，認定學有所長者出而經世的最佳手段是辦報刊開書局，這一設想為各派學者所共同接受。1950 年代以後同人刊物被禁止，專家學者與報刊編輯隔行如隔山。1980 年代後期，各種叢書編委會（如「走向未來」編委會和「文化：中國與世界」編委會）的成立，以及同人刊物的出現（如《東方紀事》），使學者們得以影響整個文化走向。由於在 1989 年的政治風波中各種民間文化團體起了很大作用，政府至今對此仍有很大的戒心。可近年頗為風行的經濟承包，使得不少報紙專欄、雜誌乃至出版社，實際上成了某一批文化人的活動陣地。可以說每一套成功的文化叢書或每一種有

---

1 參閱《胡適留學日記》第 516—517 頁（上海：商務印書館，1947 年）和《雜感》（《努力》第 36 期，1923 年 1 月）等。

獨立個性的學術刊物，後面都有一個小小的文人集團。只不過怕引起當局過分豐富的聯想，好多不打出編委會或主持人的旗號。

據官方的統計數字，到去年年底，全國報紙總數已由 1978 年的 186 種增加到 1755 種（其中約六百家為黨委機關報）；加上 724 家電台和 542 座電視台，全國新聞從業人員為二十餘萬人[1]。今春報紙紛紛擴版或另出週末版，被稱為新聞界中「一場悄悄的革命」[2]。各省報除西藏、青海外，均從 4 版擴大到 8 版，《解放日報》、《南方日報》和《深圳特區報》出 12 版，而《廣州日報》則每週四天 12 版、三天 16 版。擴版的主要意圖是擴大市場招攬廣告，這就決定了辦報人着眼點逐漸從官場轉向民間。如今北京街頭到處是零售報攤，而街頭報攤從不賣《人民日報》、《瞭望》等大報大刊。週末版和各種小報的走紅，逼使報人在政策允許的範圍內盡量增加一點知識性和趣味性，套用老報人趙超構的一句名言，就是「軟些，再軟些」。「軟」有「軟」的問題，但對於此前過分僵硬的政策說教，如今報刊用稿的伸縮度大為增加，文化人可以較為自由地討論社會和文化問題 —— 只要不正面觸犯時忌或違反報刊文章的體例。實際上年初以來，為適應報紙擴版和

1 中宣部新聞局新聞改革調研課題組：《我國新聞改革的調研報告》，《新聞出版導刊》1993 年第 2 期。
2 參閱方政、程青的綜合報道：《新聞界：「悄悄的革命」？》，《瞭望》週刊，1993 年第 1 期（1 月 25 日）。

新刊誕生，稍有知名度的文人學者大都忙得不亦樂乎。循此思路，倘有一批人文學者走出大學校園或研究院，成為專欄作家或自由撰稿人，未嘗不是一件大好事。

學界與傳媒之間的隔閡，短期內不可能完全消除，但目前雙方都表現出某種合作的誠意。學者籌辦叢書和刊物，必須借助傳播媒介；而報刊中開專欄供特稿，同樣期待學界的「聯手」。大眾傳媒容易趨時媚俗，學者則失之迂闊，倘能真誠合作（而不是同化），還是大有可為的。尤其是目前的「廣告文學」和「有償新聞」嚴重損害了大眾傳媒的聲譽[1]，更需要一批有文化理想的人文學者加盟。並非做不了「學問」才寫報刊文章，對於注重文化批判和思想啟蒙的人文學者來說，「覺世」的報刊文章比「傳世」的學術著述更有價值，更值得全身心投入。當今中國的政治文化環境，為人文學者通過大眾傳媒介入社會提供了絕好的機會。精彩的文化評

1　前些年關於企業家的報告文學曾風行一時，其中大部分是高級廣告。自從電視連續劇《編輯部的故事》吹紅了百龍礦泉壺，廠商紛紛希望在電視劇裡做廣告；於是電視劇成了「雜貨舖」，提供資金的廠商對如何介紹產品有嚴格要求。今年4月加來騰公司狀告海馬影視創作室沒有嚴格履行合同，獲取50萬元資助而沒能在《寒冷剋星》中正確宣傳其產品。關於這一令人啼笑皆非的筆墨官司的詳情，參閱《中華工商時報》（週末版）1993年5月14日所刊《王朔自省：我們該有個教訓！》一文。香港《大公報》1993年5月2日曾以《粵記者「商味濃郁」》為題介紹廣東新聞界對記者兼職營商不務正業的反省；其中提及的「有償新聞」禍及全國，屢禁不止，嚴重損害記者聲譽，以至無錫某鄉鎮企業廠門口楹聯為：「求富求知信息，防火防盜防記者」（見前引《我國新聞改革的調研報告》）。

論，非一般記者編輯所能撰寫，其社會影響又非學術著述所能比擬，對於「術業有專攻」而又傾向於經世致用的文化人來說，這是最佳選擇。

撰寫有獨立思想而又為大眾所接納的文化評論並非易事；同樣，在商品經濟大潮中固守校園，從事相對純粹的學術研究，也將步履艱難。前者主要是調整研究心態和敘述策略，一旦成功，經濟收入可觀；後者更符合原有的學術訓練及社會期待，只是必須爭取到足夠的研究資金。政府已經設有「國家社科基金」和「教委社科基金」，支持人文和社科研究的重點項目，對發展學術起了一定作用，越來越為各級學校和個人所矚目。只是僧多粥少，頗有杯水車薪之憾；再加上在指導思想、管理規則和選題方面的諸多限制，有獨特價值的學術課題很難得到應有的資助。比如，《1993 年度國家社會科學基金課題指南》規定資助「中國文學」研究方面的項目有如下十個：（1）鄧小平文藝思想研究；（2）社會主義文藝價值論；（3）社會主義市場經濟與文藝；（4）社會主義文藝管理研究；（5）革命現實主義傳統與當代文學；（6）中國晚清文學研究；（7）《格薩爾》研究；（8）維吾爾長詩《福樂智慧》研究；（9）當代中國重要作家研究；（10）海外華文文學作家作品研究。別的研究題目當然也可以提出申請，但與「課題指南」及其體現出來的思想傾向相去甚遠者，是不可能得到政府資助的。好在近年出現了各種從民間獲取支持學術研究資金的新途徑 —— 後者一般允許研究者在選擇課題和設計理論框架上有較大的自由。

「學在民間」，這是中國文化史的一大特色。三代時官守其書，師傳其學，私門無著述文字；直到春秋時「天子失官，學在四夷」，私學興起促成了先秦諸子的百家爭鳴。兩漢以下，官學與私學並存的局面，一直延續到 20 世紀中葉；其間屢禁屢興，私學自有官學無法取代的獨特魅力。史學家章太炎和呂思勉甚至斷言：「學術文史，在草野則理，在官府則衰」；「學術之命脈，仍繫於私家也」[1]。這裡的「學」，既包括教育體制，也包括學術精神。晚清以來，官學、私學之爭，在理論上未能充分展開[2]；倒是 1950 年代政府一聲令下，私學全部改換門庭。近年隨着改革開放的深入，私學重新崛起，且聲譽日增。從培訓班到職業學校到正規的中小學，再到培養技術人才的大學，民間辦學的步伐越邁越大。今年初公佈的《中國教育改革和發展綱要》第 16 條規定：「改變政府包攬辦學的格局，逐步建立以政府辦學為主體，社會各界共同辦學的體制。」除了中央及地方政府辦學外，各社會團體和公民個人都可以依法辦學，海外僑胞和外國友好人士也可以捐資辦學[3]。這種「藏智於民」的教育改革思路，促使私學迅猛發展。去年上半年北京市審批建立的民辦、私立學校達五百餘所，下半年增加到七百所。據說單溫州一地，民間

1 《章太炎全集》第 1 卷 120 頁，上海：上海人民出版社，1985 年；《呂思勉讀史札記》第 904 頁，上海：上海古籍出版社，1982 年。

2 參閱陳平原《章太炎與中國私學傳統》，《學人》第 2 輯，南京：江蘇文藝出版社，1992 年。

3 《中國教育改革和發展綱要》，《人民教育》1993 年第 4 期。

辦學就接近一千八百所[1]。今年 4 月，報載上海引進外資辦高校，然而只是「意向」，尚未真正實現[2]。倘若真的不怕「和平演變」，允許境外團體或個人來華籌辦綜合性大學，這一步跨得出去，將大大改變原有的文化格局。

民間辦學改變了原有的教育體制，民間贊助文化學術，則將強化人文學者的獨立精神。目前贊助學術的方式大致有如下三種：第一種基本上只出錢不問事，完全委託官方機構代為辦理，如李嘉誠的資助汕頭大學和霍英東的設立教育基金；第二種由前黨政要員掛帥故能吸引海外資金，有眾多學者參加具體操作故能從事比較切實的學術活動，如肖克任會長的中華炎黃文化研究會和葉選平任會長的中華民族文化促進會；第三種是境外基金會直接支持沒有任何官方背景的學者的研究計劃，如日本國際友誼學術基金會（籌）的資助出版《學人》集刊、德國大眾汽車基金會的資助若干中國學者圍繞「中國經濟發展中的非經濟因素」展開研究。第一種資金最為雄厚，但純屬官方控制；第三種民間色彩最濃，可資金來源有限，不該寄予太大希望。絕大部分捐資者希望以某種形式獲得補償，純粹出於文化理想者實屬鳳毛麟角。資助官方或半官方機構可以得到某種回報，起碼也能成為變相的廣告；而直接資助學者個人則幾乎沒有任何社會影響。目前最

---

1 參見夏欣的長篇通訊《私立學校景觀》（《光明日報》1993 年 4 月 6 日）；另外，《光明日報》1993 年 4 月 22 日有補充報道。

2 《上海引進外資辦高校》，《人民日報》海外版，1993 年 4 月 19 日。

為流行的是爭取官、民兼顧，既出學術成果，又有社會影響。

明知「企業贊助文化是一種遠見卓識」[1]，只是國內企業家還沒有闊到捐資時可以不計工本不講實利的地步，大都要求有直接的廣告效果。因此，電視劇製作、體育比賽和文藝表演都很容易找到廠家贊助，而人文研究則基本無人問津。《中國文化》集刊的出版，以及「505 中國文化獎」的設立，都曾得到國內企業家的大力贊助[2]，這總算開了個好頭。倘若中國文化學術的發展，單靠港台以及海外的資金來支持，而國內企業家只是袖手旁觀，那未免太令人失望了。

至於學者自願集資出版學術刊物（如《文學史》集刊），主要是堅持文化理想，體現獨立精神，力爭在商品經濟大潮中保留一方「淨土」，並借同人刊物的形式建立公共空間。但具體操作起來困難很大，如何在雙層夾縫中求生存圖發展，目前尚屬探路階段，無法「推廣運用」。

在政府尚未制訂出建立學術基金會的完整法規、經濟尚未高速發展、社會尚未正常運轉的情勢下，要求企業大規模贊助文化學術事業是不可能的。即便將來學術基金會制度進一步

---

1 從《企業贊助文化是一種遠見卓識》（《光明日報》1993 年 4 月 24 日）所錄對若干企業家的採訪，可略見一斑。

2 《中國文化》集刊的出版經費由編者自籌，資助者以國內企業為主，「505 中國文化獎」由中國咸陽保健品廠捐資 105 萬元在北京大學設立。

完善，申請資助也不是一件十分容易的事。這還不包括有些
資助附帶的條件可能相當苛刻，同樣限制研究者聰明才智的
發揮。也就是說，尋求基金會或企業的資助，是以後人文學
者從事專深且不切實用的研究時可以選擇的一條路，但這條
路並不一定鋪滿鮮花。

所謂「文化人」與「學院派」分途發展的假設，並不包含價
值評判，學者盡可根據自己的才情、志趣與機遇，選擇最適
合自己扮演的角色。這裡只是力圖客觀描述當下中國人文學
者的艱難處境，分析生存與發展的可能性；既沒有力挽狂瀾
的雄才大略，也不想預售天國的入場券 —— 基本上是只談
「問題」，不問「主義」。如此低調的敘述，並非心存忌憚故
「王顧左右而言他」，而是一種自覺的選擇。

四、重建學術自信

1989 年夏秋以來的中國學界，失去此前常有的「熱點」與「中
心」，不再吸引大眾傳媒的關注。這種相對沉寂不全是政治
高壓的結果，更多的是學者的自我調整與自我放逐。對這種
學術思路的調整，各方評價不一；我因身在其中，不便「廣
而告之」。只想略為介紹這一學術思路演進的大致線索，至
於是非功過，留待後人評說。有一點必須說明，這只是部分
（北京）年輕學人的思路，並未成為什麼「主潮」學術；只
因論題涉及，不能不有所交代。

1990、1991 兩年，海內、海外知識分子關注的問題大致相同。先是激進主義與保守主義之爭，亨廷頓（S. P. Huntington）的《變化社會中的政治秩序》於是成了熱門話題；後又有「市民社會」（Civil Society）的說法，哈維爾（V. Havel）的《無權者的權力》也在北京開始流傳。同樣是對剛剛逝去的政治運動的理性思考，只因語境不同，海內外學者觀察的角度以及表述的方式均有很大差異。一個突出的表現是，國內學者不滿足於反省政治鬥爭的策略，更進而反省「知識分子」自身的位置及立場。伴隨着這一反省的，是關於學術史研究的倡導。1991 年 1 月在北京大學的一次學術聚會上，一批年輕學人大談借學術史研究正本清源，重新高揚「獨立之精神，自由之思想」的旗幟[1]。這當然有與當時甚囂塵上的「學科清理」相對抗之意，可也隱含着對時賢借學術談政治的不滿。清理近百年中國學術，發現康有為、章太炎開啟的「求是」與「致用」之爭貫串整個世紀；時至今日，「借經術以文飾其政論」[2]，仍是中國學者的拿手好戲。將文化學術作為政治鬥爭的工具，在這點上，「左派」、「右派」似乎沒有根本的差別。這個世紀的中國人，過分強調「學以致用」，對「不問政治」的純粹書生以及「脫離實際」的文化學術，缺乏必要的理解與尊重。將一切都納入政治鬥爭的軌道，從長遠看，弊遠大於利。

---

1 參見《學人》第 1 輯（南京：江蘇文藝出版社，1991 年）中「學術史研究筆談」所收 11 則短文。

2 《清代學術概論》，《梁啟超論清學史二種》第 5 頁，上海：復旦大學出版社，1985 年。

主張政學分途，從積極方面說，是認定學術乃天下之公器，有比現實政治更永久的獨立價值，值得為之奉獻畢生精力；從消極方面說，則是意識到學者在政治鬥爭中作用甚微，完全有理由卸下「經天緯地」的千斤重擔。「天下興亡匹夫有責」，可學者之責並不比政府官員或商人更重更大。當年胡適自責因注重學術忽視思想鬥爭而導致國民黨政府敗走台灣[1]，如此誇大學者對時局的影響，近乎自作多情。

當今的讀書人，大概不會再有胡適那樣良好的自我感覺。強調學者的天職在學術而不在政治，有權利「閉門讀書」——至於閉緊了門能否讀得好書，那是另一回事。

在過分專業化的西方國家，知識分子追求介入社會，發揮文化批判功能；而在士大夫傳統尚未完全消失的中國，反而必須為「專業化」辯護。所謂「學術獨立」的口號能否成立尚待論證，但政治權威已經判定此中大有「陰謀」——說到底，「不問政治」也是一種政治姿態，而消解權威不見得比對抗權威更能為權威所容忍。

不直接介入現實政治鬥爭，但希望在從事專業研究的同時，

1　此乃司徒雷登向美國國務卿的報告，參見格里德著《胡適與中國的文藝復興》中譯本第 327 頁（南京：江蘇人民出版社，1989 年）。

保持一種「人間情懷」[1]，並非過分愛惜自己的羽毛，而是承認政治運作的複雜性。之所以偶爾出而議政，只是「有情」、「不忍」、基於道德自我完善的需要，而不是爭當「大眾代言人」或自認「不出如蒼生何」。在實際操作中，如何分清「述學」與「議政」，不是十分容易；但認準政治與學術，各有各的遊戲規則，不再借學術談政治（或反之），有利於政治與學術各自的正常發展。這也是近年來不少年輕學人發展兩套思路兩副筆墨——以雜感議政，以專著述學——的主要原因。這一學術選擇，有近年政治環境的制約，有文化保守主義與市民社會理論的影響，但更重要的是被近百年中國學術史的思考逼出來的。正式提倡學術史研究雖在 1991 年初，可認真反省人文學者的「姿態」，早在此前就已經開始。1989 年底（其時戒嚴尚未解除），一批年輕學者在《讀書》編輯部聚會，反省 1980 年代學術思潮，話題直承 1988 年底「文化：中國與世界」編委會為紀念「五四運動」70 週年所作的學術思考。倘若不是 1989 年春夏之交風雲突變，中國學術界也會認真清理近百年中國學術傳統。當然，經歷了這場政治風波，尤其是仍在國內從事人文研究的學者們，對學術傳統的「觸摸」與「解讀」，會有一些「獨到」之處。是禍是福，沒必要過早下結論。

---

1 參閱劉東《不通家法》（《學人》第 1 輯，1991 年）、葛兆光《吾儕所學關天意》（《讀書》1992 年第 6 期）和陳平原《學者的人間情懷》（《讀書》1993 年第 5 期）；後者乃作者 1991 年 4 月在香港中文大學英文系召開的學術討論會上的發言稿。

我曾經試圖用最簡潔的語言描述這一學術思路：在政治與學術之間，注重學術；在官學與私學之間，張揚私學；在俗文化與雅文化之間，堅持雅文化[1]。三句大白話中，隱含着一代讀書人艱辛的選擇。三者之間互有聯繫，但並非邏輯推演；很大程度仍是對於當代中國文化挑戰的一種「回應」——一種無可奈何但仍不乏進取之心的「回應」。

1993 年 5 月 18 日於京西蔚秀園

（原刊《東方》創刊號，1993 年 10 月）

1　關於雅、俗文化之間的對峙與轉化，是筆者近年學術研究的一個重點；其基本立場是理解通俗文化、堅持精英文化。之所以鄭重提及，是因為國內有些朋友一提「民間社會」（指「市民社會」），就滑向「民間文化」，再一轉就幾乎成了「大眾文化」。這是我所絕對不能接受的。

數碼時代的人文研究

21 世紀中國的人文研究，必將面臨諸多挑戰。這其中，有的是延續百年的文化轉型，比如走向專門化過程中如何堅持知識分子立場，以及西方理論框架與傳統學術資源的調適，有的是八、九十年代以來出現的新問題，比如大眾傳媒的迅速擴張與學院派姿態的緊張，重建學術規則的努力與超越規則自由馳騁的衝動。但更值得注意的，還是世紀末崛起、且正以排山倒海之勢席捲全球的互聯網（Internet），其必將改變 21 世紀人類的生存方式及精神風貌，已經是不爭的事實。

電腦及網絡技術日新月異所帶來的巨大的文化震撼，在歐美世界已多有論述。受科技及經濟發展水平的制約，五年前我們對這話題還很陌生，基本上將其作為科學幻想小說閱讀；可現在卻是如此迫在眉睫，以至你無法不認真思考。因為，中國也已經被深深地捲入了「數字化生存」大潮之中。今日中國的城市青年，見面時的問候語，極有可能不再是「吃過了嗎」、「出國了嗎」，而是「上網了嗎」。相對於經濟發達國家，中國擁有電腦以及上網者在總人口中所佔比例很低，

但絕對數目極大，而且增長速度驚人[1]。從專家們正襟危坐談論那神秘兮兮的電腦，到媒體上鋪天蓋地關於網絡的文章，總共才幾年時間[2]。網蟲們早已經上天入地四海遨遊去了，即使後知後覺的我輩，也叫借助一冊《Internet 上的各類常用資源》[3]，瀏覽自己感興趣的各有關站點。

以我所在的北京大學為例，七年前開始規定教師晉陞職稱時必須通過電腦知識考試，那時文科教師中使用電腦的仍屬少數；五年前北大校園網連入 Internet，教師們可以通過家庭電腦撥號入網；三年前研究生大都使用電腦儲存資料並寫作論文；一年前學生們可以在宿舍裡自由上網，漫遊虛擬空間；今年年初以來，校方創建的包含遠程教育、學術動態以及數據庫的北大在線（http://www.beida-online.com）、中文系主持的擁有全唐詩電子檢索系統等學術資料的北大中文系（http://chinese.pku.edu.cn），以及中文系研究生自己製作的專門搜集、刊發學術書評的燕園書網（http://www.bookynet.com）相繼開

---

1 截止 1999 年底，中國上網人數為 890 萬。而據 2000 年 5 月 12 日《人民日報》（海外版）頭版頭條《中國積極參與全球「新經濟」競爭》稱：「目前，中國的上網人數已超過 1000 萬，而且還在以更快的速度發展。預測到 2002 年，中國將發展成為世界上最大的互聯網市場。」

2 在中國文化界影響甚大的《中華讀書報》，原有專業色彩很濃的專版「電腦時代」，現改為相對普及的「網絡時代」（Web Century）。

3 劉波等編著的《Internet 上的各類常用資源》（北京：清華大學出版社）主要介紹當前網絡上的熱門站點，2000 年修訂版包括的資源總量近 3700 條，120 餘類，涵蓋了有關 Internet 的各個領域，其中近 2000 條是國內的，由此也可見中國確實進入了「以網絡為中心的計算時代」。

通。時至今日，網絡離我們越來越近，不管你喜不喜歡，都必須直面其存在。所謂「紙上得來終覺淺，絕知此事須躬行」，今日中國的人文學界，已經不再將借助電腦或網絡從事學術研究的嘗試譏為「雕蟲小技」，而是切實感覺到技術進步所帶來的閱讀以及思維方式的巨大變化。

對於這決定人類未來命運的深刻變化，目前中國學界基本上是一邊倒，除了驚訝、讚歎，就是呼籲國人不可錯失良機，趕快搭乘狂奔於「信息高速公路」上的「時代快車」，而很少思考技術進步所可能帶來的負面影響[1]。反而是書店裡頗受歡迎的譯作，偶有提醒人們不可過於樂觀的。比如摩爾（Dinty W. Moore）的《皇帝的虛衣》（*The Emperor's Virtual Clothes*），便對時下流行的關於網絡功用的誇張表述表示不以為然，稱因特網確實給人類生活帶來許多便利，不該故意迴避，但無論如何「它卻只是一個虛擬的世界」。作者坦承「我留戀真實的世界以及它那遲鈍的缺陷」，而且希望讀者與他一起停下車來，「仔細地端詳眼前的那一片風景」[2]。考慮到

---

1 在當代中國 IT 界很受歡迎的評論家方東興，其文章結集為《騷動與喧嘩》（北京：海洋出版社，1999 年）、《數字神壇》（北京：海洋出版社，1999 年）、《起來》（北京：中華工商聯合出版社，1999 年）。三書的副標題很能說明其立場與思路：「IT 隨筆」、「計算機業批判」、「挑戰微軟霸權」。方君思考的重點是中國計算機業的發展，只是在介紹西奧多‧羅絲托克的《信息崇拜》等書時，略為質疑計算機神話。

2 參見摩爾著、王克迪等譯《皇帝的虛衣》一書的前言及第十四章「回歸自然」，保定：河北大學出版社，1998 年 12 月。

本書作者並非計算機程序設計員，而是一個在大學裡教授文學創作的作家，其欣賞梭羅（Henry David Thoreau）的生活方式以及對因特網保持警覺，很容易被譏為只具有審美意義的「文人習氣」。

與比爾·蓋茨（Bill Gates）的狂飆突進相比，摩爾在中國的影響，幾乎可以忽略不計。一如《未來之路》（*The Road Ahead*）、《未來時速》（*Business @ The Speed of Thought*）的中譯本同樣獲得巨大成功，很快成為時尚讀物。其關於電腦無往而不勝的神奇渲染，儼然成為國人心目中的「金科玉律」，被屢屢引用。尤其是教育界，更是不敢忽略其預言，即假如為每名學生配備一台電腦，則：「獲取數據的能力和分析數據的便利使得信息的內容深刻廣泛，從而提高了基本的技能，例如寫作能力和分析能力。學生們通過更多的觀點來查看和檢查更多信息，從而更有意識地去批判性地觀看數據來源，並做出獨立判斷。」而「關於學校電腦的十條確鑿啟示」，全是正面效應，更是振奮人心。但我懷疑，如此有百利而無一弊的變革，可能嗎？別的還好商量，第八條啟示「電腦並不削弱傳統的技能」[1]，便實在令人費解。

作為人文學者，我不能不對電腦／網絡與傳統文化的關係極為敏感。這是因為，相對於自然科學和社會科學，人文研究

1　參見比爾·蓋茨著、蔣顯璟等譯《未來時速》第 379、382 頁，北京：北京大學出版社，1999 年 4 月。

（包括教學）更多地承擔繼承和發揚光大傳統文化的重任。
不管你喜歡與否，我們都無法抹殺這麼一個事實：闡釋和傳
播經典論著，並致力於保存與轉化我們所謂的「傳統」，始
終是人文學者的重要使命[1]。基於這一考慮，本文暫時擱置更
帶根本性的網絡對於人類倫理道德、情感世界、時空觀念等
的挑戰，而將命題局限在其如何影響傳統的承傳與人文學的
研究。

電子版圖書的大量出現以及數據庫的迅速擴張，使得原先需
要耗費極大精力才能實現的「佔有大量資料」，不再是研究
中的最大障礙。假如你的研究對象是中國歷史與中國文化，
那麼，台灣中央研究院（http://www.sinica.edu.tw）和香港中文
大學中國文化研究所（http://www.chant.org）這兩個站點，絕
對值得訪問。前者的「二十五史」等入庫資料，以及後者藏
品日豐的「古文獻資料庫中心」，在大陸學人中聲譽甚隆。
隨着時間的推移，像這樣擁有大量經過認真整理、使用極其

1　艾倫·布魯姆在《走向封閉的美國精神》（*The Closing of the American Mind*）中如
　此描述人文學教授令人困窘的兩難境地：「無論喜歡與否，他們實質上一直
　從事闡釋和傳播傳統經典論著的工作，致力於保存我們所謂的傳統，而且是
　在一個並不十分看重傳統的民主體制下。他們是一夥閒散和優雅之徒，卻置
　身於一個追求明顯的功利和效用的社會。他們的王國是在永恆和沉思暝想之
　際，可是其社會背景卻注重的是此時此地與行動。他們關於正義的信念是平
　等主義，但同時又追求駭世驚俗，精益求精，超凡入聖。」參見艾倫·布魯
　姆著、繆青等譯《走向封閉的美國精神》第 377 頁，北京：中國社會科學出
　版社，1994 年 3 月。

方便的學術資料的站點，必將大為增加[1]。再加上電子版《四庫全書》、《古今圖書集成》的問世，使得「古書重煥了青春」成為現實[2]；《新青年》、《國聞週報》等全文光盤文獻庫和梁啟超、陳獨秀、蔡元培、梁漱溟、馬寅初等著述及研究資料全文光盤的出現，又為現代中國研究提供了極大的方便。至於提供專業文獻信息服務的數字圖書館（digital library），在目前的中國，因帶寬小、傳輸率低，加上絕大部分圖書是按頁保存的圖形文件，沒有經過 OCR 識別，讀者花費多而得益小，故使用率不高；但誰也不敢否定，作為「信息時代的知識英雄」，數字圖書館前程遠大[3]。以目前的發展速度，用不了十年，除了機密檔案，大部分的傳世文獻將變得「唾手可得」。這是前代學者做夢也無法想像的 —— 想想諸多流傳已久的關於文人雅士歷盡艱辛訪書、借書、鈔書的故事，如今足不出戶便能完成，不難明白這世界確實變化快。

資料公開且索取方便，「博聞強記」因而不再是成為第一流學者的主要條件。這一新局面的形成，使得研究中佔有資料

---

1 如剛剛開通的中華讀書網（http://www.creader.com），便設有以人文學術和社會科學為主的純學術週刊，每期四五十萬字，包括「學術話題」、「學術批評」、「學術文革」、「書生之見」、「學問之道」、「學者檔案」、「學術信息」、「書林集錦」等欄目。

2 參見廖集玲《古書重煥了青春 —— 電子版〈古今圖書集成〉使用記》，《中華讀書報》1999 年 12 月 8 日。

3 參見陳玲《數字圖書館：信息時代的知識英雄》，《中華讀書報》2000 年 5 月10 日。

的重要性相對下降，而獨立思考、懷疑精神、批判意識以及綜合分析能力的培養，變得更為緊迫和重要。「需要」不等於「可能」，而且，「獨立思考」與「批判意識」任何時代都是必不可少的，並不特別苛求或青睞於網絡時代。在我看來，對於網絡時代的人文學者來說，最直接的受益，主要落實在如下三個方面。

首先，自由表達以及業餘寫作成為可能。對於寫作者來說，擬想讀者以及傳播途徑的存在，並非無關緊要。除非你想藏諸名山傳之後世，否則，都會在寫作中不知不覺地帶入審查官或編輯們的眼光，因而無形中為自家的思考與論述設置了方向與禁區。除了意識形態的限制，還有學界同行虎視眈眈的目光，使得你心照不宣地依某種成規寫作。前者具有很大的強制性，容易引起反感；後者在目前的中國，仍處於成長階段，學界普遍對其副作用缺乏警惕[1]。對於以知識增長、精神解放和人格獨立為終極目標的人文研究而言，任何「學術規則」（即便目前行之有效）都必須隨時準備接受挑戰，並做出相應的調整。相對於自然科學和社會科學，人文學者的思考與表達更具彈性，學科的

---

1 我始終認為，在提倡學術規範的同時，必須保留自由思考與隨意寫作的權利：「建立規範是為了超越規範。『規範』在其方生未生之際最有魅力，一旦成型並建立起權威，對探索者又是一種壓制。只是針對如今蔑視傳統不守規則的時尚，才有必要再三強調學術的規範化。學術走上正軌，規範化局面形成，那時又得強調超越，懷念那些膽大妄為的『野狐禪』。」（《超越規則》，《讀書》1992 年第 12 期。）

發展方向因而也就更難預測。而且，我贊同薩依德（Edward W. Said）的說法，即工具理性與專家崇拜正越來越成為保持知識分子情懷的最大壓力，而所謂的「業餘性」（amateurism）——「不為利益或獎賞所動，只是為了喜愛和不可抹煞的興趣，而這些喜愛與興趣在於更遠大的景象、越過界線和障礙、拒絕被某個專長所束縛、不顧一個行業的限制而喜好眾多的觀念和價值」—— 有可能部分化解這種緊張[1]。因此，為中才設立規則，為天才預留空間，我以為不但必要，而且可能。而這，恰好與網絡文化的觀念與功能相吻合。

其次，網絡在中國的普及，極有可能打破凝定的以北京為中心向外輻射的學術／文化格局。此前，雖然上海、廣州、南京、武漢、西安、成都等高校集中的大城市，都聚集了許多志向遠大的學者，也做了大量卓有成效的研究，但全國的人文學術中心在北京，這一點並沒有受到根本性的挑戰。這是因為，除了人才相對集中、文化傳統深厚外，北京的藏書豐富、信息便利、思潮激盪，都是其他城市所無法比擬的。北京「得天獨厚」的這一優勢，由於互聯網的出現，正逐漸為其他地區的學者所共享。具體的學者，無論身處何地，均可借助互聯網，獲得與北京學者幾乎同樣多的信息，並在同一起跑線上競走。這幾年，我有幸在國內許多大學講學，一個突出的印象是，不同地區學者之間的隔閡越來越小，思考基

---

1 參見薩依德著、單德興譯《知識分子論》第 115—121 頁，台北：麥田出版公司，1997 年。

本同步。這一剛剛呈現的大趨勢，對於迅速提升學術意義上的「邊遠地區」之研究水平，將具有決定性的意義。當然，知識生產不等於信息交流，重繪學術版圖，是個相當漫長的過程。但對於中國學界「獨尊北京」心態的逐漸消解，以及極有可能出現群雄並起、百家爭鳴的局面，我還是持樂觀態度的。

第三，由於網絡的「超文本」（Hypertext）特徵，使得跨學科研究的可能性大為增加。任何一個初次上網自由瀏覽的讀者，都會為強烈的好奇心所驅使，由追蹤某一感興趣的命題而跨越現有的學科邊界。鼠標（Mouse）一動，穿越時空，所謂的古今、中外、神人、生死的邊界，似乎都變得十分模糊，一不小心就越界，更不要說文學、史學、哲學這些人為劃分的知識類型。過去的讀書人講究「漫遊書海」，堅信能有機緣在藏書樓或圖書館裡「隨便翻翻」，眼界必定大為開闊。我曾寫文章批評中國的大學圖書館普遍實行「閉架借閱」，使得學生眼界狹窄，思維嚴重受制於教科書以及既定的學科分野[1]。在我看來，允許學生們在書庫裡自由走動，拿起或放下任何一本感興趣或不感興趣的圖書，這種隨心所欲的閱讀，不只是開拓視野，更可能觸類旁通。而現在，相對於大學圖書館工作方式的迅速改進，網上的自由瀏覽無疑更具革命性。首先是感興趣的閱讀，而後才是學術性的思考，伴隨着互聯網長大、習慣於在網上「自由衝浪」的一代，必

1　參見拙文《書海遨遊之夢》，《瞭望》週刊，1992 年第 26 期。

定以其桀驁不遜的姿態，對現有學科劃分的合理性提出巨大的挑戰。這與前輩學者之意識到具體學科的局限，然後小心翼翼地「跨學科」，會有很大的區別。而超媒體（Hypermedia）的實現，更使得文字‧圖像‧音響三者的結合輕而易舉，且「天衣無縫」。由此而導致圖文並茂、動靜相宜的知識傳播與接受的圖景，極有可能催生新的學術意識與知識框架。

在承認電腦及網絡給人文研究帶來巨大便利與刺激的同時，必須意識到，新時代學者所具有的技術優勢，並不能保證其必定在學術上取得超越前人的成就。人文學不同於自然科學和社會科學之處[1]，在於其對學者個人的意志、慧心、悟性、情感以及想像力有較大的依賴。而在這方面，很難說一定是「長江後浪推前浪，世上今人勝古人」。先進的技術手段，對於人文學者來說，永遠只能是輔助工具，而非起死回生的靈丹妙藥。反過來，由於電腦及網絡的誘惑實在太大了，我甚至有點擔心，數碼時代的人文學者，可能面臨記憶力衰退、歷史感淡薄、獨立性減少等諸多陷阱。

由書齋裡手不釋卷的讀書人，轉為屏幕前目不斜視的操作

1　C‧P‧斯諾關於人類知識分裂為兩種文化，人文學者與自然科學家之間「存在着互不理解的鴻溝」的描述，以及對於溝通科學與人文的「第三文化」的呼喚（參見斯諾著、紀樹立譯《兩種文化》第 4、68 頁，北京：三聯書店，1994 年），固然值得重視。但在目前中國學界，對於「科學」的想像，以及「科研基金」的申請、「學術成果」的鑒定等，基本上是依自然科學的準則略加變化，而很少真正考慮人文學的特徵。

員，現代中國的人文學者，並非毫無顧慮。我相信，不少人
會有這種感覺，使用電腦而且上網以後，記憶力明顯下降：
本該脫口而出的人名地名，居然需要花大半天琢磨，且不
見得能夠如願；需要動筆寫作時，不是缺點少劃，就是面目
模糊。我們這一代，畢竟是在紙與筆構成的圍牆下長大，尚
且有此煩惱；下一代、再下一代呢？是否會有這麼一天，脫
離電腦的「讀書人」，既缺乏記憶，更無法寫作？理論上誰
都明白，電腦不過是人類聰明才智的凝聚；可對具體的人來
說，電腦的超級記憶具有極大的威懾力，不由你不臣服，也
不由你不依賴。原先經由寒窗苦讀和苦思冥想方才可能逐步
接近的龐大的知識體系，如今被輕易到手的數據庫所取代，
你感覺如何？「當全世界的知識都可以聲色俱全地通過電話
線或者電纜像自來水一樣廉價和方便地流進你家的時候，你
還用得着辛辛苦苦地去買書交學費上學堂嗎？作為老師，我
忍不住要打一個寒噤。」[1]對於嚴鋒的憂慮，我也有同感。不
是妒忌今人及後人不必經由苦讀就能獲得知識，而是擔心作
為人生教育重要一環的「求知」變得「形同虛設」，因而影
響學生們意志及人格的養成。

過去，當我們談及某老學者博聞強記，經史子集脫口而出
時，敬佩之情，溢於言表。而隨着電腦的普及以及軟件業的
迅速發展，總有一天，每個現代人身上都可裝備功能強大的
數據庫，要什麼給什麼。到那時，還哼着「小呀麼小兒郎，

1　嚴鋒：《現代話語》第 156—165 頁，濟南：山東友誼出版社，1997 年。

背着那書包上學堂」，是不是顯得很滑稽？以前引以為傲的博學，如今只需「舉手之勞」，在我，真的是喜憂參半。最大的擔心，莫過於「堅實的過程」被「虛擬的結果」所取代。不想沉潛把玩，只是快速瀏覽，那還能叫「讀書人」嗎？如果有一天，人文學者撰寫論文的工作程序變成：一設定主題（subject），二搜索（search），三瀏覽（browse），四下載（download），五剪裁（cut），六粘貼（paste），七複製（copy），八打印（print），你的感想如何？如此八步連環，一氣呵成，寫作（Write）與編輯（Edit）的界限將變得十分模糊。如果真的走到這一步，對人文學來說，將是致命的打擊。不要說凝聚精神、發揚傳統、增長知識的功能難以實現，說刻薄點，連評判論文優劣以及是否抄襲，都將成為一個十分棘手的難題 —— 誰能保證這篇論文不是從網上下載並拼接而成？

這當然只是一種極而言之的推論，而且帶有明顯的自嘲成分。可這個戲謔本身，並非空穴來風。因為，我隱隱約約感覺到，作為人文學根基的「含英咀華」，正受到「快速瀏覽」的強有力挑戰。這種即將浮出海面的喧囂與騷動，有可能改變我們看待知識的眼光、培養人才的途徑以及評價著述的標準，故不能等閒視之。

因「不出版，就死亡」的生存壓力，當代學者傾向於為寫作而讀書，這已經是不得已而為之；如今連讀書也免了，需要什麼資料，讓電腦代為「搜尋」就得了。表面上看，工作效率大為提高：引文規範，註釋詳盡，參考書目極為可觀。可同行應該心知肚明，「讀書」和「查書」，感覺就是不一

樣。我預感到，將會有越來越多的「聰明人」，不再耐煩一頁一頁地翻、一行一行地讀了。可對於人文學者來說，「閱讀」本身便是一門學問，遠不只是找尋與論題相關的資料，更包含着體會、反省、懷疑、選擇。成熟的學者，既有一目十行的「隨便翻翻」，但更看重朱熹所說的「聳起精神，樹起筋骨，不要睏，如有刀劍在後一般」的閱讀。假如古人所追求的沉潛把玩、含英咀華，完全被吹着口哨的隨意瀏覽所取代，那絕對不是好消息。朱子八九百年前教導學生如何讀書的老話，只要不過於拘泥，今日讀來還真有點切中時弊：「今人所以讀書苟簡者，緣書皆有印本多了。」「今之學者，看了也似不曾看，不曾看也似看了。」「須是一棒一條痕，一摑一掌血！看人文字，要當如此，豈可忽略！」「讀書之法，先要熟讀。須是正看背看，左看右看。看得是了，未可便說道是，更須反覆玩味。」[1]與朱熹所生活的宋代相比，今日中國的讀書人，需要接受更多的知識，自然不該只是死抱幾冊儒家經典。但「讀書苟簡」總不是好事情，關鍵時刻，還是需要「反覆玩味」的。我擔心的是，由於檢索工具的大為改進，著述時不難做到「瞞天過海」，如我輩意志不太堅定者，很容易養成偷懶的習慣。

有一句流傳久遠的名言 ——「書到用時方恨少」，現在看來，似乎應該倒過來，「書到用時方恨多」。假如你認真檢索，任

1　參見黎靖德編《朱子語類》卷十、十一，第 161—198 頁，北京：中華書局，1986 年。

何一個有意義的課題，都可能找到汗牛充棟的相關資料，以至讓你彷徨無地：讀也不是，不讀也不是。老一輩學者關於做學問找資料必須「竭澤而漁」的教誨，在網絡時代，除了個別小題目，幾乎沒有實現的可能。情勢變了，但「竭澤」的努力，作為一種「奮鬥過程」，其意義依然存在。以我淺見，對於人文研究而言，「過程」很可能比「結果」更值得重視。由「讀萬卷書，行萬里路」，到「秀才不出門，盡知天下事」，方便是方便了，可「尋尋覓覓」的感覺卻丟失了，未免有點可惜。就好像武俠小說裡，一個志向遠大的少年，必須經過獨行千山浪跡天涯的修煉，方才可能成長為縱橫天下的大俠。幻想着福從天降，有逍遙子老前輩將七十餘年勤修苦練的神功直接灌輸給你，除非像金庸筆下的虛竹那樣「內功所習甚淺」，否則苦苦掙扎，非死即瘋[1]。若我輩道行不深者，真有點擔心被各種神功速成的許諾所誘惑，以至於心旌搖動，走火入魔。

將讀書的「過程」說得那麼重要，是否誇大其辭，這取決於對求學目的的理解。在我看來，「信息」不等於「知識」，更不等於「人生智慧」以及「生命境界」。前者屬於公共資源，確實可以金錢購買；後者包含個人體驗，別人實際上幫不了多少忙。十多年前，複印機開始進入中國人的日常生活，大學校園裡出現「貴族學生」，不必聽課，到了學期末，

1　參見金庸《天龍八部》第 31 章「輸贏成敗，又爭由人算」，北京：三聯書店，1995 年。

複印同學的聽課筆記，照樣可以安然過關。那種委託別人聽課的小把戲，比起今日之佔有數據庫而迅速「博學」，實在不值一提。可我還是堅持原先的想法，就像吃飯一樣，最好還是親自品嚐。以目前的醫學水平，別人的口感與味覺，無法傳遞到我的神經中樞。除了資料的抄錄、搜尋、歸類、整理等，真正有價值的人文研究（從命題到主旨，從論證到精神），我不相信「萬能的電腦」能夠代勞。即便有一天，人工智能化達到這樣的地步：只需給出一個命題，電腦就能自動工作，並生成一篇邏輯嚴密、文采斐然的文章，我也不覺得「親自讀書」是多餘的。

因為讀書除了獲得知識，還有養成君子的功能。「君子」的提法，稍嫌籠統，不太好嚴格界定。但因有「我是流氓我怕誰」的時尚用語在先，中國人一般不難心領神會。過去說「博雅君子」，也可理解為書讀多了，眉宇間自然流露出一股無法掩飾的書卷氣。這裡不想討論「書卷氣」的好壞 —— 因那很可能見仁見智，只說「快速瀏覽」造成「虛擬的博學」，同時割裂了原先合而為一的獲取知識與養成人格。其結果很可能是：「博雅」（先不問真假）易得，而「君子」（暫別定高低）難求。缺了「涵養性情」這關鍵性的一環，讀書降為謀生手段，人文研究成了純粹的課題製作，對於許多「別有幽懷」的人文學者來說，將是致命的打擊。

行文至此，已近「盛世危言」，為公平起見，必須實行自我解構。二、三十年代的中國學界，頗有力主「將吾國載籍，編成索引，則凡百學子，皆可予取予求，有裨探尋，豈止事

半功倍」者。此舉雖有章學誠、汪輝祖、阮元等作為「先覺」，但中國「索引運動」之得以形成，還是借鑒西方學術，提倡科學方法的結果[1]。此舉受到「飽讀詩書」者的批評，理由正是索引誘使人不讀書，且「開後人無限鈔襲法門」。對此，積極從事索引編纂工作的洪業，在《引得說》中嚴加痛斥：「若以學者取用此類工具為病，則誠昧於學術進化程序也。……圖表者，目錄者，引得者，予學者以遊翔於載籍中之舟車也。舟車愈善，則其所遊愈廣，所入愈深。且減其手足中之勞，而增其師友磋磨之便，博約深精可期也。……童年而事記誦，白首然後通一經，何足以應今日之需要哉？」[2]索引作為一種「助人善讀其書之工具」，對現代中國學術之形成與發展，起過很好的作用。但我不想因此而全盤否定反對者的警告。如果沒有那些「偏頗」而「痛切」的批評，後來的成功者，當初未必有足夠的自我反省的精神與能力。在這個意義上，「逆潮流而動」的批評者，自有其存在的價值。

正像索引的出現曾引起飽學之士的不滿，但學問並沒到此結束，而是掉轉船頭，另外開闢新的天地。電腦及網絡給人文學者所帶來的，同樣是危機與生機並存 —— 嚴格說來，技術進步本身並無過失，過失在於使用者的不加節制與缺乏反

---

1 參見何炳松《擬編中國舊籍索引例議》，《史地學報》第 3 卷 8 期，1925 年 10 月；萬國鼎《索引與序例》，《圖書館學季刊》第 2 卷 3 期，1928 年 6 月。

2 參見《中國現代學術經典·洪業、楊聯陞卷》第 21 — 24 頁，石家莊：河北教育出版社，1996 年。

省。作為新世紀的人文學者，我們無法、也不應該迴避網絡文化，但必須牢記老祖宗的古訓：「是藥三分毒。」世上沒有十全十美的變革，關鍵在於知其利也察其弊，方才可能騰挪趨避，最大限度地獲益。

「數字化生存」到底給人類帶來了什麼，絕非區區小文所能論述。我只是認定，自覺承擔「為往聖繼絕學，為萬世開太平」的人文學者，其對於網絡功能的基本判斷，很可能不像自然科學家那麼樂觀，更不要說與傳媒和大眾之間存在隔閡。我們的責任，不是表達對於「網絡」這個獨領風騷的「當代英雄」的讚賞或鄙夷，而是努力去理解、適應、轉化，盡可能在趨利避害中重建新時代的精神、文化與學術。

當然，這很可能只是一相情願，網絡這匹狂傲的野馬，其馳騁方向，根本不以人文學者的意志為轉移。那麼，即便只是提出問題，引起關注與思考，也都值得。

2000 年 5 月 22 日於京北西三旗

（初刊《學術界》2000 年第 5 期）

大眾傳媒與現代學術 [1]

　　談論新經濟條件下中國文化的發展前景，不同研究領域的專家學者，因其知識背景、學術立場以及利益驅動不同，很難再「異口同聲」。極有可能出現這樣令人尷尬的局面：經濟學家指責人文學者只會高談闊論，無益於國計民生；而人文學者則反唇相譏，嘲笑經濟學家之缺乏道德關懷。諸如此類基於各自學科視野的「傲慢與偏見」，恐怕一時無法化解；與其不着邊際地強調科際整合，不如退一步，自掃門前雪，理解各自所面臨的具體而微的困境，並尋求真實且可行的超越途徑。對於立志「為往聖繼絕學，為萬世開太平」的人文學者來說，目前所面臨的挑戰，大至整個社會的倫理道德重建與價值系統調整，小到個人在這大變動的時代裡如何安身立命。本文討論的，則是一件迫在眉睫的小事：人文學者如何處理與大眾傳媒之間「剪不斷理還亂」的錯綜複雜關係。立足於筆者有切膚之痛的「人文研究」，題目卻僭稱「現代

1 本文乃提交給浙江大學主辦的「新經濟條件下的生存環境與中國文化」國際學術研討會（杭州：2002 年 5 月 19—22 日）的論文。此前此後，曾以同題在北京廣播學院（1 月 16 日）、四川大學（4 月 18 日）和北京師範大學（6月 5 日）做專題演講。

學術」，並非以偏概全，而是希望以小見大 —— 自然科學家、社會科學家同樣面臨如何協調與大眾傳媒關係的難題，只不過處理危機的方法略有不同而已。

一、「學者在電視上露臉」能否「得分」

去年初夏，《中華讀書報》發表該報記者趙晉華撰寫的《大學人文學科「量化」管理引發爭議》，討論一個在中國高校和學界相當敏感的話題：人文社會科學成果能否「量化管理」。在其披露的三份原始文件 ——《清華大學文科科研量計算辦法》（討論稿）、《南京大學晉陞教授、副教授職務的申報條件》（試行）和《北京師範大學人文社會科學論文獎勵試行辦法》—— 中，最具衝擊力的當屬第一份[1]。此前學界

---

1 《清華大學文科科研量計算辦法》（討論稿）規定：SSCI 和 A&HCI 收錄論文、《中國社會科學》發表的論文，每篇 40 分；《新華文摘》、《中國社會科學文摘》轉載論文（不包括摘要），ISSHP 收錄論文，每篇 30 分；國內權威學術期刊論文，每篇 20 分；國內重點學術期刊論文，每篇 10 分；其他核心期刊論文，每篇 5 分；非核心期刊論文及一般性報刊文章，每篇 2 分。一個責任教授三年科研量為：SSCI、A&HCI 收錄論文一次或《中國社會科學》論文一篇，40 分；權威學術期刊論文 2 篇，40 分；重點學術期刊論文 3 篇，30 分；其他核心期刊論文 6 篇，30 分；非核心期刊論文 15 篇，30 分；學術專著一部，或譯著、教材、古籍校註、工具書 2 部，80 分；國家社科基金一般項目一個，或省部級一般項目 2 個，60 分；10 萬元橫向課題 1 個，10 分；獲省部級二等獎一次，60 分；國際性學術會議一次，10 分；國內學術會議 4 次，20 分；地區性學術會議 5 次，20 分；共 390 分，平均每年 133 分，超過最低標準 13 分。見趙晉華《大學人文學科「量化」管理引發爭議》，《中華讀書報》2001 年 7 月 18 日。

已就人文學術的「量化管理」發表了很多意見，大致而言，教授與管理者的立場明顯對立，此文代表的是學者的立場。被採訪者普遍認為，量化管理「不但不會反映出論文的學術價值，而且只能鼓勵浮誇的學風」、「它鼓勵數量而不是鼓勵學術質量，鼓勵數量其實就是鼓勵急功近利」。這些意見早就見諸各類報刊，這回的焦點集中在清華大學的如下規定：「中央電視台和鳳凰衛視每個專題節目（20分鐘以上）10分，省市級電視台每個專題節目5分。」學界之所以一片嘩然，主要針對的是「學者在電視上露臉得分」。為什麼？因為「學者不是公眾人物，不能以上電視為標準」[1]。

事後，清華大學哲學系教授、社會科學處處長蔡曙山專門撰文，稱2001年7月18日發表的《爭議》一文沒有使用7月5日的新材料，而是用了3月上旬的舊規定，可見提供材料者「居心叵測、別有用心」，而撰文者則「無實事求是之心，有嘩眾取寵之意」。文章逐條批駁「社會科學特殊」、「十年磨一劍」、「要培養學術大師」、「要尊重學術自由」、「研究生發表文章使刊物水準下降，並帶來不正之風」、「非核心期刊並非不重要」等六種有代表性的反對意見。此文頗能代表管理者的立場，值得一讀。針對學者上電視得分的譏評，蔡文做了如下辯解：「清華大學的文科還包括美術學、新聞傳播學等特殊的學科領域，美術學的科研成果有的表現為作品、展品，新聞學的科研成果有的表現為報道、評論，傳播學的

1　參見趙晉華《大學人文學科「量化」管理引發爭議》，《中華讀書報》2001年7月18日。

科研成果有的表現為電視節目，等等。」[1] 將俗稱的「學者上電視」限制在「傳播學的科研成果」，雖有助於澄清事實，卻迴避了一個關鍵性的問題：如何看待人文學者日漸頻繁的「觸電」，以及作為整體的現代學術能否在某種程度上與以電視為代表的大眾傳媒結盟。

換句話說，如果講授的課程不是傳媒學，清華大學的教師參與製作 20 分鐘的「專題節目」，能否以科研成果計分？假如可以的話，所謂的「參與者」指的是製作人、策劃人、撰稿人、主持人還是特約嘉賓？論文及著作均有第一、第二、第三作者之分，學界明白其中各自承擔的工作量及貢獻率，專題節目呢？還有，專題節目的評價標準何在，到底偏於文學創作還是學術研究、收視率還是社會影響？之所以追問這些，因近年大學教師參與教育文化或經濟法律類專題節目製作的，越來越多；而大學科研機構出面組織系列專題片，如北京大學與中央電視台合作《中華文明之光》，也都得到有關方面的高度評價。所有這些，有屬於補貼家用的「業餘打工」，也有作為專業延伸的「學術普及」。二者似乎不能等量齊觀，但如何區分高低貴賤？能否將其納入學術評估的考察範圍？這才是清華大學方案所必須面對的難題。

從批評者的嬉笑怒罵以及當事人的曲為辯解，不難推想中國

1　蔡曙山：《論人文社會科學的科學化、規範化管理 —— 兼析〈中華讀書報〉的不實報道及其錯誤觀點》，《學術界》2001 年第 6 期。

學界對這個問題的解答。一方面是傳媒的影響力迅速擴大，尤其「中央電視台和鳳凰衛視」，更是「無遠弗屆」，從政府官員到大學教授，無論雅俗，誰都不敢掉以輕心。可另一方面，「電視基本上是一種娛樂的媒介」[1]，假如只是作為「特約嘉賓」，走進演播廳接受各式或深或淺的提問，甚至參與其智力遊戲，不管是前些年的「正大綜藝」，還是近年流行的「實話實說」、「非常男女」、「鏘鏘三人行」，都不可能是「學者本色」。被編織到晚會或訪談中的學者形象，只能隨編導所設計的節奏起舞，偶爾表達一點自家的學術見解，也都很可能在後期製作中犧牲在剪刀下。如此「耍嘴皮」式的「上電視」，與傳統學者的博學深思、正襟危坐相差甚遠，以至令人懷疑其是否曲學阿世。可電視裡播放的不全是娛樂節目，也有相當高雅的專題片；學者之介入傳媒，也不限於在電視上「拋頭露臉」。

確實有學者將「上電視」作為成名的終南捷徑，所謂十載寒窗無人識，一夜電視天下知。可社會名聲不可能自然而然地轉變為學術評價，在很多大學裡，學者的「上電視」，即便不是「學術毒藥」，也無濟於其晉陞職稱。同樣屬於學術普及工作，人們會用景仰的語氣，來褒揚朱自清的撰寫《經典常談》或王力的出版《詩詞格律十講》；但一談到學者的「觸電」，高明之士大都表示鄙夷不屑。如此決絕的態度，雖表

---

1 參見威爾伯·施拉姆等著、陳亮等譯《傳播學概論》第 275 頁，北京：新華出版社，1984 年。

明學界之清高，可也包含某種偏見。就我所知，北大教授之為《中華文明之光》系列專題片撰稿，可謂殫精竭慮，一點不比寫論文省力。雖然播出的效果不太理想，但畢竟代表了一種方向，即學術普及工作正從書本向電視延伸；而且，這種嘗試大有生長的空間。

至於懷疑這種嘗試有無學術上的意義，我想舉以下三種譯成中文的書籍為例[1]。《美國劃時代作品評論集》（*Landmarks of American Writing*）集合眾多專家學者，討論 32 部代表美國歷史及精神價值的重要作品，書中各文原是為美國之音對外廣播而作。《人文科學中大理論的復歸》（*The Return of Grand Theory in Human Science*）則是英國廣播公司第三台談話部的系列談話，分別請專家撰稿，討論伽達默爾、德里達、福柯、哈貝馬斯、阿爾都塞、年鑑學派等話題，這組廣播談話的問題意識很明顯，那便是「大理論的復歸」。《思想家 —— 當代哲學的創造者們》（*Mens of Ideas*）則是 1970 年代中期由英國廣播公司製作的電視系列節目的記錄整理稿，該節目分別邀請十幾位當代著名哲學家、主要思想學派的代表人物，如柏林、馬爾庫塞、奎因等，進行哲學對話和辯難，不難想像這十五集電視系列節目的學術含量。這些二三十年前基於廣播或電視

1　參見柯恩編、朱立民等譯《美國劃時代作品評論集》（北京：三聯書店，1988年），昆廷·斯金納編、王紹光、張京媛等譯《人文科學中大理論的復歸》（香港：社會理論出版社，1991年），布萊恩·麥基編、周穗明等譯《思想家 —— 當代哲學的創造者們》（北京：三聯書店，1987年）。

文稿而編纂的舊書，在當代中國的人文學者中至今仍很有人緣，可見學術普及工作的巨大潛力。

一句不太恰當的概括「學者在電視上露臉得分」，之所以會引起公憤，問題不在學術普及工作值不值得做，而是因電視成了第一媒體，利益所在，眾人趨之若鶩。比起「板凳甘坐十年冷」的人文研究來，講求「輕輕鬆鬆學習」的電視節目[1]，其製作過程明顯要輕鬆得多；更何況，後者比前者更容易獲得掌聲與金錢。如此「多快好省」的建設、「投入少見效快」的營生，何樂而不為？可也正因此，潔身自好者多不願涉足此等「俗務」。所謂上電視得分，這只是個極端的例子；現實生活中，我們每時每刻都面臨這樣的艱難選擇：到底是固守書齋，專心治學，還是走出校園，與大眾傳媒結盟。

而後者所可能導致的學者明星化以及學術傳媒化，目前已初露端倪，難怪清華方案「一石激起千重浪」。

---

1 威爾伯·施拉姆等《傳播學概論》稱：「所有電視都是教育的電視，唯一的差別是它在教什麼」（第 261 頁）；而對於接受者來說，電視上的「教育」之不同於教科書或課堂講授，很大程度在於其受教育的過程相對來說「輕鬆愉悅」。

二、人文學者如何面對大眾傳媒

相對於講求經世致用、有時不免和光同塵的社會科學家，人文學者普遍追求人格獨立與精神超越，因其「格外愛惜羽毛」，對大眾傳媒的誘惑及其可能設下的陷阱，也就更為敏感。只要稍作觀察，很容易發現一個有趣的現象：同是學者，經濟學家（比如吳敬璉、厲以寧）經常在電視上拋頭露面，發表一些老生常談或驚世高論，無論對錯，均能博得一片掌聲。畢竟天有不測風雲，即便說錯了，也還算是好心辦壞事。但如果是哲學家或史學家，情況就大不一樣了，如此做派，必定招來諸多非議。也就是說，在學界和公眾心目中，人文學者應該更為持重、清高、超然些才是。讓人文學者高居雲端，不食人間煙火，如此「抬舉」，使得人文學者與大眾傳媒之間的合作，很難拿捏得好 —— 要不太冷，要不太熱。

隨着技術的進步與文化的普及，大眾傳媒的定義也在不斷變遷。今天之熱中於觀看電視裡的肥皂劇，與一百年前的癡迷於報紙上的連載小說，雖有電子媒體與印刷文字之別，作為受眾，其心理狀態與欣賞趣味卻大致相同。至於文人學者，晚清的利用新興報刊，與今日的頻繁出入電視，其運作方式與社會功能也不無相通處。在這個意義上，每個時代都有自己的特別擅長利用傳媒的「當代英雄」。比如，晚清時主持《時務報》、《新民叢報》、《新小說》等雜誌的梁啟超，便創造出一套「務為平易暢達，時雜以俚語、韻語及外國語法，縱筆所至不檢束」，且「條理清晰，筆鋒常帶情感的」的

「新文體」[1]；至於「以痛哭流涕之筆，寫嬉笑怒罵之文」的李伯元[2]，除以《官場現形記》聞名天下，還創辦了小報《遊戲報》、《世界繁華報》等。按照今日中國的職業劃分，梁、李二位大概只能歸入「傳媒人」行列。此後，現代中國史上的學界名流，像陳獨秀、胡適、顧頡剛等，也都與大眾傳媒有着千絲萬縷的聯繫。到了 1990 年代，最擅長利用大眾傳媒的中國文人，作家當推王朔，學者則非余秋雨莫屬。差別僅僅在於，王朔作為成功的小說家及編劇，其借助傳媒造勢，以及偶爾「裝瘋賣傻」，一般讀者都能諒解；余秋雨則沒那麼幸運，其學者身份既是其最初進入傳媒的通行證，也為日後的備受攻擊留下後患。可是，指責余先生表述誇張，有嘩眾取寵之嫌的批評家，大概忘了，進入大眾傳媒且如魚得水的余先生，已經不再是原先的戲劇史專家。

作為鳳凰衛視歐洲之旅的嘉賓主持，余秋雨用半年時間走過 26 個國家 96 座城市，並出版了記錄這一旅程全部感受的《行者無疆》。書甫上市，即大為暢銷，可文化界反彈之聲立起。如去年底《文學故事報》摘錄《北京青年報》的《余秋雨又做思想秀》，還配發兩則批評性的短文，其一為《學學錢鍾書先生吧》[3]。將相信學問是荒山野老屋中二三素心人商

1 梁啟超：《清代學術概論》，《梁啟超論清學史二種》第 70 頁，上海：復旦大學出版社，1985 年。

2 吳沃堯：《李伯元傳》，《月月小說》1 年 3 號，1906 年 12 月。

3 見《文學故事報》2001 年 12 月 3 日第 3 版所刊諸文。

量培養之事，朝市之顯學必成俗學，因而堅決拒絕接受任何電視採訪的錢鍾書先生，與余秋雨之在鏡頭前顧盼自如相比照，希望余能見賢思齊。此類揚錢抑余的議論，三年前也曾有過。這是一段有趣的逸事，值得稍為花費些筆墨。

先是 1998 年第 1 期《文友》雜誌上發表余秋雨的訪談錄，其中有一段話激起公憤：「我完全不拒絕現代傳媒，上電視為什麼不可以？只不過介質不同。魯迅當年寫小說、白話文上《晨報》副刊。真正有文化良知的人不吝於把自己的聲音送到每一個平民的耳朵裡，為什麼要在象牙塔、小庭院裡孤芳自賞、以自閉的方式保存文化的崇高感，充當文化貴族？我的體驗、感悟是與生活的土地生息與共的，上電視其實是在走向通俗，走向大眾。在這點上我不贊同錢鍾書的觀點。楊絳曾經說，他們就像紅木傢具一樣，稍微一碰就會散架。事實上，很多時候媒體很需要專家發表他們的意見、看法，而真正在電視屏幕上談吐、形象都合格的人並不多，中國的知識分子要不要上電視就跟慈禧當年與大臣商議要不要坐火車一樣可笑。」[1] 孤立地看，這段話並沒有什麼太離譜的，不外表達了余先生近年來的一貫見解，而且不無真知灼見，比如「媒體很需要專家發表他們的意見」，以及中國學者中「真正在電視屏幕上談吐、形象都合格的人並不多」。可因牽涉到與之風格迥異的著名學者錢鍾書，再加上春風得意的余先生口無遮攔，不免招來一片譏諷。

1 林子、秦西：《余秋雨回答》，《文友》1998 年第 1 期。

面對「錢老閉門鑽研為何遭余先生抨擊」這樣的嚴厲責問[1]，素來對批判文章不予理睬的余先生，「這次終於作第一次回應，因為事情關及讀者無法作出判斷的原始真實，又關及我素來敬仰的錢鍾書先生」。余秋雨的三點說明，最關鍵的當屬希望「澄清事實」的第二點：「去年到西安開會，我確實對記者提出的一系列問題作過一次書面總答覆，一共好幾頁。我沒有留底稿，西安新聞界的朋友應該能夠找到這份答卷，我願意對這份答卷負責。一翻答卷便知，記者問及『回歸學問』的問題時指的是陳平原先生而不是錢鍾書先生。」[2]讀到相關報道，我深感榮幸，能讓一場醞釀中的風波很快平息，即便當一回替罪羔羊也值得。在學者有無必要「上鏡」以及如何與大眾傳媒合作這個問題上，我與余先生確實有過交談，且意見不太一致。可我不覺得有拿錢鍾書來打壓余秋雨的必要，因二人的路子明顯很不一樣，誰也學不了誰。我的問題是，既然這兩條路不可通約，是否可以並存，或者說相互尊重？

十年前撰寫《學者的人間情懷》[3]，我曾談到中國的知識分子

---

1 參見劉策《錢老閉門鑽研為何遭余先生抨擊》，《中華讀書報》1998 年 3 月 25 日。文中有這麼一段嚴厲的責問：「浮躁的人大抵上總是比屁股整天坐冷板凳的學人們的生活浪漫、風光得多。常言道：人往高處走，水朝低處流。誰人不希望生活很浪漫、風光呢？從這一點上講，我能夠理解余先生。但浪漫風光沒必要對書生學士那麼『不贊同』，並且溢於言表。余先生盡可以『通俗』、『大眾』，盡可以做文化平民，但不必傷及『貴族』，或者說用批評『貴族』給自己找個台階。」

2 《余秋雨針對上文作出我的說明》，《中華讀書報》1998 年 3 月 25 日。

3 參見拙文《學者的人間情懷》，《讀書》1993 年第 5 期；此文後收入我的一本小冊子並被選作書名，見珠海出版社 1995 年版《學者的人間情懷》。

形象過於單調，頗有基於自家學術及道德立場排斥異己的傾向，尤其提到應允許並尊重那些鑽進象牙塔的純粹書生的選擇。十年後，我想反過來，為另一種傾向辯護：即走出安靜的書齋，擱置專深的研究，投身到目前還略嫌粗俗但明顯生機勃勃的傳媒事業中。與麥克盧漢四十年前不遺餘力地謳歌電視的意義，以至被後來者譏諷為「很容易滑到為控制傳播媒介的公司利益進行辯解的立場上去」迥異[1]，我只是認同其技術進步必定「堅定不移、不可抗拒地改變人的感覺比率和感知模式」[2]，因而有必要尊重、理解乃至利用新媒介的說法。就好像民營企業「戴紅頂子」是過渡時期的現象一樣，隨着高校體制的改革以及傳媒人自信的迅速增加，會有越來越多原先腳踩兩隻船的學者義無返顧地走出校園。在我看來，這不是壞事，與其身在曹營心在漢，還不如「學學」余秋雨，乾脆步出書齋，用全身心擁抱大眾傳媒。

當然，在我看來，最為艱難的選擇，屬於既想固守書齋，又不希望放棄面對公眾發言的權利與機遇。這一選擇，並非沒有任何可能性，但確實存在一定的風險，弄不好兩頭都落空。既保持「天下興亡匹夫有責」的書生意氣，又不失為現代意義上「術業有專攻」的人文學者，如何處置方能左右逢

1　參見丹尼爾‧傑‧切特羅姆著、曹靜生等譯《傳播媒介與美國人的思想 —— 從莫爾斯到麥克盧漢》第 196 頁，北京：中國廣播電視出版社，1991 年。

2　參見馬歇爾‧麥克盧漢著、何道寬譯《理解媒介》第 46 頁，北京：商務印書館，2001 年。

源（而不是狗熊掰棒子），確實需要花費一番心思。為了替這些做出如此「艱難選擇」的學者壯膽，我提出兩個假設：第一，大眾傳媒曾經而且仍將贊助現代學術；第二，學者介入大眾傳媒不妨採取「不即不離」的態度。

在具體論述前，有必要略為介紹傳媒研究的基本狀態。借用戴維‧巴特勒《媒介社會學》的說法，西方研究傳播媒介大致可分為三個階段：20 世紀初至 1930 年代後期，以法蘭克福學派為代表，將傳媒看作具有影響傳播對象行為和信仰的巨大力量，着力批評其使具有獨立思考的「個人」變成隨聲附和的「群眾」；1940 年代至 1960 年代，美國的研究者中出現傳播媒介無害論，稱真正影響傳播對象的不是媒介，而是社會群體，媒介所傳播的信息必須通過這些群體的「過濾」方才發生作用；1970 年代以後，學界的研究重心轉移到大眾傳媒的內容以及傳媒生產的過程上來[1]。

受制於傳媒事業的自身水平以及意識形態的現有格局，當代中國的傳媒研究少有上乘表現，其成果不太被看好。精細的技術分析基本局限於行內，引不起思想文化界的廣泛興趣；而理想主義色彩濃厚的人文學者，接受的又多是法蘭克福學派的文化批判理論。1990 年代以後，受德國思想家哈貝馬斯影響，公共空間（Public Sphere）一時間成為時尚話題。但此

---

1 參見戴維‧巴特勒著、趙伯英等譯《媒介社會學》第 15—17 頁，北京：社會科學文獻出版社，1989 年。

類糾合着言論自由與政治參與，一方面鼓勵和保障民眾參與公共生活與民主進程，另一方面又要對國家機器行使批判和監督的巨大命題，如何落實在近現代中國史的研究中，還是個懸而未決的難題。倒是後現代學者之挑戰精英趣味，表彰大眾文化，使得傳媒人原先備受詬病的「媚俗」與「表演」，如今成了頗為前衛的「反諷」與「叛逆」。儘管此類「過度闡釋」不大被看好，但學界對於大眾傳媒的偏見與道德壓力已明顯減弱。借用加拿大學者麥克盧漢的書名，當代中國學界對於「媒介」的態度，已經從「批判」轉向「理解」。

「理解媒介」，可以像麥克盧漢那樣強調「媒介即是信息」[1]，也可以像戴安娜·克蘭那樣側重媒介與都市藝術亞文化的關係[2]，更可以延續利維斯、阿多諾等人的思路，將其與大眾文化相鉤連。這些都是朝天的大路，值得專門家認真經營；我

1　為了說明「媒介即是信息」這一著名論斷，麥克盧漢舉了個有趣的例子：「鐵路的作用，並不是把運動、運輸、輪子或道路引入人類社會，而是加速並擴大人們過去的功能，創造新型的城市、新型的工作、新型的閒暇。無論鐵路是在熱帶還是在北方寒冷的環境中運轉，都發生了這樣的變化。這樣的變化與鐵路媒介所運輸的貨物或內容是毫無關係的。」參見麥克盧漢著、何道寬譯《理解媒介》第 34 頁。

2　美國賓州大學社會學教授戴安娜·克蘭主張用核心領域、邊緣領域和都市文化這樣的三分法，來「取代過時的高雅文化和流行文化這兩個術語」。更重要的是，在她看來，「全球性文化在很大程度上局限於發達國家，但根據它目前呈現的形式，它似乎很可能增強核心文化的影響，而與此同時，它威脅到都市藝術亞文化的生存，作為文化創新的熔爐，都市藝術亞文化的角色越來越難以為繼」。見戴安娜·克蘭著、趙國新譯《文化生產：媒體與都市藝術》第 6—13 頁，南京：譯林出版社，2001 年。

這裡只想拾遺補闕，談談相對來說比較隱晦的大眾傳媒與現代學術的關係——有歷史的回顧，有現實的刺激，也包含若干很可能是無法落實的預測。

三、大眾傳媒能否贊助現代學術

20世紀的中國，大眾傳媒「應運而生」並逐漸「引領風騷」，知識分子與大眾之間因而構成一種新關係，其間雙方的生活方式、政治表達以及審美趣味等，一直處於不斷的對話狀態。在這個意義上，描述並闡釋大眾傳媒的興衰，乃理解知識分子命運的另一特定角度。

談論大眾傳媒，一般看重其與大眾文化或都市文化的聯繫，從這個角度進去，很容易關注市場因素、「看不見的手」、膚淺與享樂、程式化與金錢至上等弊病。但在很長時間裡，中國的傳媒事業主要受意識形態而非商業利益的驅動，起主導作用的是「精英」而非「大眾」。套用郭沫若談論「大眾文藝」的名言，大眾媒介「不是大眾的媒介」，而應該「是教導大眾的媒介」[1]。稍做梳理，我們可以得出一不斷變遷的「大

1　一直到 1930 年代，「大眾化」的口號已經叫得滿天響，郭沫若依然認定大眾文藝「不是大眾的文藝」，而應該「是教導大眾的文藝」。參見郭沫若《新興大眾文藝的認識》，《大眾文藝》第 2 卷 3 期，1930 年。

眾傳媒」形象：晚清至 1920 年代 ——「傳播文明之利器」；
1930 至 1940 年代 —— 建構現代民族國家的主力；1950 至 1980
年代 —— 執政黨和政府的喉舌；1990 年代起 —— 越來越多地
代表大眾的欣賞趣味。需要說明的是，以上關於大眾傳媒功
能及重心轉移的描述，採取的是疊加而非取代的方式，也就
是說，不是「你死我活」，而是「此起彼伏」。還有一點同
樣不能忽視，每個時期佔主導地位的傳媒形式及實體，更容
易受主流意識形態的影響與牽制；處於邊緣地位者，其輻射
及影響力固然有限，可自由活動的空間更大些。所謂的思想
革命或文化創新，往往是由這些非主流的、同人性質的媒體
發起或完成的。

在現代中國文化史、思想史及文學史上，大眾傳媒的巨大影
響，實在無法迴避[1]。如果一定要在文化領域找一指標，說明
20 世紀中國與傳統中國的差別，我寧願選擇大眾傳媒的迅速
崛起並獨領風騷。讀書人的寫作，從預想中的「藏之名山，
傳之後世」，轉變成「朝甫脫稿，夕即排印，十日之內，遍
天下矣」[2]，不只是生產及傳播速度加快，更包括閱讀趣味與寫
作心態的變異。面對這一魅力無窮的新興媒介，文化人罕有
不動心的。現代中國文學史上的著名作家，幾乎都曾專業或

---

1 去年 6 月，德國馬堡大學曾召開「贊助新文化：1910 年代的文學期刊」國際
　學術研討會，其基本假設便是，文學期刊在催生及贊助新文化方面曾產生巨
　大作用，故討論現代中國的文化及文學，都不能脫離報刊等大眾媒介。
2 解弢：《小說話》第 116 頁，上海：中華書局，1919 年。

業餘從事過報刊或出版。現代中國文學史上的重要作品，也都是先在報刊發表或連載，而後才結集出版的。至於文學風氣的養成，文學潮流的推進，文學社團的誕生等，更是無一不與報刊緊密相連。

學界的情況略有不同，學者們致力於傳道授業解惑，不妨以講台為中心；而一旦謀求走出校園面向公眾，便不免與報刊這一新興媒介掛鉤。尤其是那些有志於學術革新或文化建設者，往往不滿足於出版個人著作，而更希望改變大的政治、文化環境，此時，借報刊提出命題，組織討論，凝聚力量，形成潮流，有效地推動學術發展，便成了不二法門。最典型的，莫過於胡適、顧頡剛等人的工作。1950 年代以後，記者／編輯與作家／學者分屬不同職業，前者偶有堅持創作或研究的，後者則很少再涉足傳媒事業。直到進入 1990 年代，情況才有所變化，不少或學有餘力、或心有旁騖的學者，不同程度地介入了報刊、出版、電視等事業。隨着中國加入 WTO，大眾傳媒的功能及佈局不可避免地發生了某些微妙的變化，學者介入大眾傳媒的熱情，還會有所提升。

討論學者之介入大眾傳媒，不是指鄧實主編《國粹學報》或胡適編輯《國學季刊》，此乃學術工作的自然延伸。值得關注的是，由於文人學者的介入，新文化運動時期《晨報副鐫》和《時事新報・學燈》如何南北呼應，1930 年代《申報》和《大公報》的文學及文史副刊又怎樣紛呈異彩。從戈公振撰《中國報學史》起，新聞史家一般都會提到文學副刊的意義；至於大眾傳媒如何贊助現代學術，則尚未引起學界的廣泛關注。

抗戰勝利後，百廢待興，學術成果的發表面臨很大壓力。當時的報紙紛紛開闢文史方面的專刊，邀請著名學者擔綱主持。如胡適為《大公報》編「文史週刊」，顧頡剛為《益世報》編「史苑」，譚其驤為《東南日報》編「歷史與傳記」，趙景深為《中央日報》編「俗文學」等。除錢南揚文所列舉的[1]，其時「講考據的報紙副刊」，還有朱自清為北平《新生報》所編「語言與文學」週刊。朱先生率眾弟子王瑤、季鎮淮、范寧等，紛紛在此週刊上發表文章。這種師生共同經營某一學術園地，形成小小的學術共同體，在 1930 年代的中國已經很普遍。不算是「小圈子」，因其同樣收錄外稿；但有穩定的作者隊伍，而且往往以師生關係為紐帶。這是大學教授突破校園限制，面向社會所開設的一扇窗口。

報紙之所以開設學術性的「文史週刊」，很可能基於以下三種考慮：第一，那時的讀者修養及趣味較高，願意欣賞此類簡短的述學之文；第二，札記體流行，文史學者的考據趣味，促使其撰寫此等解決小問題的短文，如王瑤發在《新生報》「語言與文學」週刊上的，便是《魏晉詩人的隱逸思想》、《讀司馬相如傳》、《談古文辭的研讀》、《顏謝詩之比較》等；第三，辦報者注意到這種供需關係，更希望借學者大名以壯門面。那時講考據的副刊，編者都是一時之選，而且專業

1　參見錢南揚《介紹幾種講考據的報紙副刊》，見《圖書展望》復刊第 2 期（1947年 1 月）；徐頌平《現代印刷媒介與學術研究的結合》（載《東方文化》2001年第 6 期）對錢文有所評述與發揮，可參閱。

分工明確。至於學者為何願與傳媒結盟，有學術出版物很不景氣、學者需要補貼家用等外在因素，也與主持其事者相信「文化是一點一滴地造成的」，希望藉此營造「讀書俱樂部」，抵制假大空的論述有關[1]。因副刊篇幅有限，邊界明確，必須論題集中，文筆簡潔。此類文章雖有趣，但不可能吸引大量目光，畢竟還是小眾文化，一旦報紙需要核實成本考慮銷路時，很容易夭折。故此類副刊存在的時間一般不會很長，能延續三年兩載就很不錯了。

提供發表園地，這只是傳媒贊助學術最表面的成績。我關注的是，傳媒之幫助引領學術潮流。這方面最成功的例子，當屬胡適的創辦《努力週報·讀書雜誌》。原先的設想是辦成刊登文學、譯作、新書評介等的文史專刊，但因主持人追慕「差不多一百年前，清朝的大學者王念孫和他的兒子王引之兩個人合辦了一種不朽的雜誌，叫做《讀書雜誌》」[2]，自然而然地，此專刊最後以討論國學為中心。1923 年 5 月 6 日出版的第 9 期《讀書雜誌》上，發表了顧頡剛的《與錢玄同先生論古史書》，錢玄同、劉掞黎、胡堇人等紛紛介入論爭，一時間，如何看待顧氏「層累地造成的中國古史」的假說成為學界的熱門話題。不到一年，胡適在第 18 期《讀書雜誌》

---

1 參見胡適《〈文史〉的引子》，天津《大公報·文史週刊》第 1 期，1946 年 10 月 16 日。

2 參見《努力週報》1922 年 8 月 27 日的《本報特別啟事》和胡適《發起〈讀書雜誌〉的緣起》（初刊 1922 年 9 月 3 日《讀書雜誌》第 1 期，收入《胡適文存二集》卷一，上海：亞東圖書館，1924 年）。

上發表《古史討論的讀後感》，已經在總結這場討論的偉大意義了[1]。而實際上，由《努力週報‧讀書雜誌》發起的古史討論，確實也是民國學術史上最為值得關注的事件之一。

另一學界與傳媒結盟的佳話，同樣與顧頡剛有關。1924年11月出版的《歌謠週刊》第69期上，發表顧文《孟姜女故事的轉變》。此文的基本框架來自顧炎武的《日知錄》，但材料大為擴張，且突出故事中心的幾次轉移，顧氏着力於解釋何以有如此變革，而不是簡單地嘲笑傳說之無稽。文章發表後，引起各地學者的廣泛興趣，紛紛參與資料的收集與考訂。顧頡剛的孟姜女故事研究，其「歷史演進」思路明顯來自胡適；而同一故事橫向的分佈、交流、演變，因涉及地域、風俗、階層、文體等，有賴於各地文史學者的熱心參與，否則，短時間內根本無法進行如此大規模的田野調查。在這方面，《歌謠週刊》的鼓吹、聯絡、刊發、總結，不只有效地推進了具體課題的研究，同時誘使整個學界關注傳說，對於「俗文學」作為一學科之迅速崛起起了很大作用。

倘若不是《努力週報‧讀書雜誌》以及《歌謠週刊》提供發表的便利，而顧頡剛又初生牛犢不怕虎，願意將尚未成熟的

1　胡適在《古史討論的讀後感》（《讀書雜誌》第18期，1924年2月22日）中稱：「這一件事可算是中國學術界的一件極可喜的事，他在中國史學史上的重要一定不亞於丁在君先生們發起的科學與人生觀的討論在中國思想史上的重要。」

假設公之於眾，在激烈的爭辯中逐步自我完善，而是像清人那樣追求「文理密察，發前修所未見，每下一義，泰山不移」[1]，那麼，許多新穎但不成熟的觀點很可能胎死腹中。從《新青年》開始，新文化人就很喜歡借「通信」或「隨感錄」等形式，公開發表屬於「大膽假設」而尚未「小心求證」的「思想草稿」。如此不避諱尚未成熟、不懼怕引起爭論，這種學術心態，不只催生了《古史辨》、《孟姜女故事研究》等具體著述，更重要的是活躍了學界的思維與氣氛，刺激了學術潮流的形成。而所有這些，與傳媒的介入與鼓勵密不可分。

從晚清開始，王韜、鄭觀應、黃遵憲、嚴復、章太炎、譚嗣同、梁啟超等文人學者，都曾自覺分辨「文集之文」與「報館之文」[2]。所謂「自報章興，吾國之文體，為之一變」[3]，很快成為不爭的事實。無論是談「文學革命」的發生，還是着眼於「述學文體」的遷移，甚至落實到某位文人學者撰述之是否「平易暢達」，都可以從其拒斥或擁抱大眾傳媒的角度入手。在我看來，單談文章風格還不夠，大眾傳媒對於現代學術的「贊助」，還包括學者發言的姿態、引發潮流的過程、理論嬗變的契機，以及學術生產與傳播的途徑等。如此「贊

---

1 此乃章太炎對俞樾、黃以周、孫詒讓等清代一流學者的評價，見《章太炎全集》第 4 卷 119 頁，上海：上海人民出版社，1985 年。

2 參見拙著《中華文化通志·散文小說志》第 7 章「從白話到美文」（上海：上海人民出版社，1998 年）以及《掬水集》（天津：百花文藝出版社，2001 年）第 67—73 頁。

3 《中國各報存佚表》，《清議報》第 100 冊，1901 年 12 月。

助」，效果明顯，但不見得全是正面的。這取決於學者介入傳媒的時機，更取決於學者個人的趣味與定力。與大眾傳媒結盟後，逐漸放棄自家立場，為名利所誘而隨波逐流，或故作驚人語以欺世盜名，等而下之甚至混水摸魚，這樣的例子不勝枚舉。

對於 1980 年代以前的學者來說，所謂與大眾傳媒結盟，主要是指在某種程度上介入報刊及出版事業。最近二十年，隨着電視霸主地位的迅速確立，對於學者的主要誘惑，一轉而成為是否「觸電」。過去以「淺俗」著稱的報紙上的專欄文章，而今比起電視來，明顯地小巫見大巫。一般來說，越是新興、越是活躍、越是受眾多的媒體，越可能以追求最大利潤為目標，而且因缺乏必要的文化積累而顯得粗俗不堪。電子媒體的春風得意，使得不少紙質媒體調整方向，有可能因希望做深做細而進一步謀求與學界結盟。也就是戴安娜·克蘭所說的：「電視出現之前，廣播網和雜誌在全國範圍內服務於幾乎毫無差別的大量受眾。一旦電視開始被廣泛接受，其他類型的媒體被迫使它們的活動面向專門化受眾。」[1] 面向專門化的受眾這一傳媒發展的大趨勢，意味着有的媒體會越來越俗，有的則反其道而行之，變得日漸高雅起來。就連電視本身也不例外，像日本的 NHK、香港的陽光衛視，或者像《失落的文明》、《神奇的地球》那樣的專題片，都因鎖定某個特定階層，為適應其學識與趣味而強化文化色彩、淡化

1　參見戴安娜·克蘭著、趙國新譯《文化生產：媒體與都市藝術》第 45 頁。

娛樂功能。一個明顯的事實是，即便是中國的電視事業，也已經走出了只求溫飽的「初級階段」，正努力尋求與學界合作，以便在「文化品味」方面「更上一層樓」——這也是近年不少學界朋友紛紛「觸電」的緣故。

四、在「拒絕」與「同化」之間

我所接觸到的不少電視人，都表示願與學界通力合作，共同致力於當代中國文化建設。可同時又都承認，這種合作十分艱難。拍攝《失落的文明》那樣的專題片，或者製作《思想家》那樣高水平而又能吸引觀眾的談話節目，在目前的中國，還是可望而不可及。如何更有效地利用現有的學術資源，對於中國的電視人來說，仍屬有待認真思考的問題。目前的狀態是，除了長官意志，再就是鏡頭的權力太大了。電視人過於迷戀技術，以至作為人的獨立思考能力相對萎縮。鏡頭後面，缺乏必要的知識、思想與文化情懷，此乃當代中國電視的通病。近年總算引進了不少學者的聲影，不過或為名譽顧問，或只限於鏡頭前的表演，而很少真正影響其整體敘述。更可怕的是，編導為附庸風雅，開始濫用專家。所謂「專家」者，即在某一點上有自己的專長，脫離了特定語境，專家真的是「一無是處」。電視人為了節約開支，再加上不是所有專家都願意上電視，於是出現一種很不應該的局面——電視上的「專家」大都變成了「通人」，從天文地理、政治經濟一直說到「快餐文化」。如此淺入淺出，打着專家

的招牌，說着任何頭腦正常的普通觀眾都懂得的常識，對
「專家」的聲譽是個打擊。

我相信，像「失落的文明」或「神奇的地球」那樣的專題節
目，背後一定有不少名副其實的專家介入，否則，單靠電視
人，沒有那樣的學識和眼光。加入 WTO 後，大量湧進中國
的，不僅僅是娛樂性的大片，也包括此類科學、藝術、教育
的專題片。而這些專題片裡隱含着的文化理想與價值取向，
對於塑造 21 世紀中國人的形象與趣味，將起不可估量的作
用。在這個意義上，努力提高中國電視製作水平，真的是時
不我待。這方面，學者其實是有責任的 —— 單單責罵中國
電視淺薄，或者引用聞一多的《死水》解氣[1]，那是遠遠不夠
的。我們應該倒過來思考並追問：人文學者能為大眾傳媒的
健康發展貢獻什麼？如何利用電視等大眾媒介傳播人類知識
及最新科研成果 —— 後者既牽涉知識普及，也影響到學術發
展的方向。

主張學者有條件地介入大眾傳媒，我的思路主要來自「五四」
新文化人的成功實踐。即希望通過這一所謂的「雅俗對話」，
造就更多胡適所設想的「輿論家」。現代中國的人文學者，
除專業目標以外，往往喜歡借介入教育改革或報刊出版來體
現其人間情懷。因這兩者比較容易轉化自家的專業知識，而

---

1 聞一多的《死水》詩云：「這是一溝絕望的死水，這裡斷不是美的所在。不
  如讓給醜惡來開墾，看他造出個什麼世界。」

且便於溝通象牙塔與公眾生活。我曾舉胡適之創辦《獨立評論》為例，認定此等工作「不為吃飯，不為名譽，只是完全做公家的事，所以我心裡最舒服，做完之後，一上床就熟睡」[1]，說明傳統中國文人的自我期待 —— 超越專家，關注天下興亡，服務公眾事業。

在一片「與世界接軌」聲中，朝野上下，頗多從經濟實力着眼，希望組建龐大的傳媒集團，以抗衡外國資本的進入。我卻更看好、或者說是懷念「小而美」者。在我看來，傳媒越大，越容易被一時一地的政治、經濟利益所左右，反而是同人性質的報刊、出版、演出、電影製作等，更有可能體現一代人的精神突圍與文化創造。後者由於不符合規模經營的大趨勢，如今普遍不被看好。想像着將文化經營與建設的大權全部交給政府和商人，學者應該安坐書齋從事高深的專業研究，這一思路我以為不無問題。即便自己分身乏術，我也願意為那些以理想主義情懷介入傳媒事業的學界朋友搖旗吶喊。

不是所有「介入傳媒事業的學界朋友」都有不合時宜的「理想主義情懷」，我之所以不避拗口，在這陳述句中加了個決定性的狀語，是深知其中的陷阱。作為中國學者，與傳媒結

----

1 胡適：《致周作人》，《胡適來往書信選》中冊第 297 頁，北京：中華書局，1979 年。另外，請參閱拙著《中國現代學術之建立》第 3 章「學術與政治」，北京：北京大學出版社，1998 年。

盟，難；與傳媒結盟而不影響自家的主業，更難；與傳媒結盟還希望堅持自己的文化理想，無疑是難上加難。

在這方面，我有的只是失敗的教訓。最近幾年，我與傳媒有過幾次約會，可都是無疾而終，唯一的好處是明白了學者介入傳媒的艱難。在《文匯讀書週報》所開專欄「掬水集」，以及在《中國圖書商報·書評週刊》所開專欄「看圖說書」，都算是自己感興趣的課題。前者談論小說家所撰小說史論，三天打魚兩天曬網；後者研究小說插圖，一度中斷便難以為繼。這還都只是屬於自己的學術興趣轉移的緣故，並沒受到任何外界的干擾，只是因安靜而隨意的書齋生活，確實與報紙的定期供稿之間存在矛盾。

三年前曾應某電視台之約，策劃關於世界著名大學的介紹。當時的設想是，接着「老北大的故事」的思路，以小見大，以事寫情，以景物烘托精神，上則傳播文化理想，中則介紹大學體制，下則渲染大學風光——起碼也能做到好看、好玩。先是認真斟酌，徵求不少見多識廣的學界朋友的意見，確定哪些大學歷史悠久且有自家品格，值得向中國觀眾推薦。而後又約請好些出身各著名大學的著名學者幫助規劃，再分頭尋找最佳撰稿人，要求兼及大學歷史、文化理想以及中國人的問題意識。為每個專題尋找既懂歷史又曉現實，還得對這所大學有感情、對電視有興趣的撰稿人，真不容易。被約請者也真當回事，開始查閱大學檔案，收集素材，編寫底本，還徵求行政負責人的意見。忙碌了大半年，忽然發現節目製作人不見了——不是

節目擱淺，而是嫌這麼弄費時費力，不值得。

有了這個教訓，回過頭來看余秋雨的「千里走單騎」，便有另外一番體味。想像余先生臨急抱佛腳地亂翻書，或者看着他在如此漫長的征途上定期推出格言，感覺有點可惜。在專業分工如此細密的今天，要求戲劇史家余秋雨先生極目遠眺，縱覽整個人類文明，實在是勉為其難。有可能是余先生過高估計自己的學習能力與抒情才華，但也可能是電視台屬行節約的緣故。此事放在歐美或日本的電視台，非動員諸多專業的學者介入不可；只有在中國，才可能由一位出色的散文家包打天下。

麥克盧漢在《理解媒介》中用論戰的筆調，狠狠嘲弄那些希望改造電視的驕狂的文化精英。為該書麻省理工學院版作序的拉潘姆，對麥克盧漢的此類刻薄語言十分欣賞，認定後人的反批評「都是多餘的廢話」[1]。我卻不這麼看，心比天高的文人雅士可能對大眾傳媒缺乏必要的理解，但也可能深知大眾傳媒的弊病，對其驕橫與傲慢不以為然，希望補弊糾偏。除非你以為中國的大眾傳媒已經盡善盡美，否則，就應該允許部分夢想家「精益求精」。所謂學有餘力出而經世，學者之介入大眾傳媒，確實含有改造與提升這樣的精英立場。

陳獨秀曾說過，「必須是一個人一團體有一種主張不得不發

1　參見麥克盧漢著、何道寬譯《理解媒介》第7—8頁。

表」，這才有必要且有可能辦好報刊[1]；胡適、丁文江、傅斯年等人則堅持拿自己的錢說自己的話，集資創辦《獨立評論》，「不依傍任何黨派，不迷信任何成見，用負責任的言論來發表我們各人思考的結果」[2]。這種特立獨行的氣質，以及「鐵肩擔道義」的理想主義情懷，至今還很讓人懷念。介入大眾傳媒的學者，如果不見風轉舵，不說過頭話，拒絕將「激進」或「守舊」作成可以取悅大眾的「賣點」，而是以平常心以及豐富的學理立說，如此境界實在難得。

人文學者之於大眾傳媒，難處不在「拒絕」或「同化」，而在介入但保持自家特色，兼及批判的眼光與建設的立場，不只是追求「合作愉快」，更希望對傳媒的健康發展有所貢獻，或借助傳媒實現自家的學術理想。相對來說，學者介入紙質媒介，保持獨立思考的可能性較大；電視製作的機制更為複雜，自由發揮的可能性也就相對小些。即便如此，也不是毫無可為。當客卿而不是僱員，保持若即若離的態度，我以為是學者介入大眾傳媒時宜採取的姿態。大眾傳媒之追求最大受眾與最大利潤，決定了其面臨魚與熊掌不可兼得時，必然為金錢而犧牲趣味。對於傳媒人來說，這或許可以理解；而作為有理想主義情懷的學者，則很難接受。這種情況下，原

---

1 陳獨秀：《隨感錄·新出版物》，《新青年》第 7 卷 2 號，1920 年 1 月。
2 參見胡適《〈獨立評論〉引言》（《獨立評論》第 1 號，1932 年 5 月 22 日）以及《丁文江的傳記》第 15 章（《胡適文集》第 7 卷 500—510 頁，北京：北京大學出版社，1998 年）。

先的「同路人」不妨分道揚鑣，反正中國這麼大，東方不亮西方亮。這種靈活機動的姿態，對於學者與傳媒雙方都有好處，起碼不至於鬧到魚死網破。

誰都希望日漸緊迫的全球經濟一體化進程，不應該導致文化價值的單一；可所謂的「文化多元」，是否成為鏡花水月，端看文化人的努力。看看近期哈利·波特系列產品的成功開發以及媒體的由衷讚歎[1]，我很擔心文化生產中經濟因素的考量越來越佔主導地位。好在人類學家、社會學家、藝術史家、文學史家中，不乏意識到問題的嚴重性，開始介入大眾傳媒——包括電視製作。隨着製播的分離，電腦以及攝製技術的日漸普及，鏡頭的神秘色彩逐漸消退，文字與影像的距離不像以前設想的那麼遙遠。除了在書齋或現場接受訪談，或模擬課堂演講，學者還可以更多地介入到整個節目製作過程中。

只有改變目前中國學界與大眾傳媒之間的巨大隔膜乃至某種程度的互相敵視，當代中國文化建設才可能得到比較健康的發展。

2002 年 3 月 9 日於京北西三旗

（原刊《社會科學論壇》2002 年第 5 期；《新經濟條件下的生存環境與中國文化》，杭州：浙江大學出版社，2002 年）

1　參見韋弦《哈利·波特與 e 時代》，《南風窗》2002 年 2 月下。

從左圖右史到圖文互動[1]

——圖文書的崛起及其前景

關心圖書出版的朋友，肯定注意到這麼一個事實：最近幾年，圖書市場上的一個重要變化，便是書越印越漂亮，其中「圖文書」的表現尤為突出。我說的不是漫畫、攝影或旅遊書，而是原本素面朝天的史學、文學、地理、科普等類圖書，也都點綴着五花八門各類圖像了。主要的製作者，也從原先擅長此道的美術出版社、文物出版社，轉為諸如北京三聯書店、廣西師大出版社等綜合類出版社。

電腦技術的普及，使圖像製作變得輕而易舉；精英教育轉為平民教育，讀者不喜歡正襟危坐，軟性讀物於是大行其道；出版者的自我定位，由「傳播文明之利器」，轉為以博取最大利潤為目標，定價高且賣相好的圖文書於是蔚然成風。結果呢，有好也有壞。先說不太讓人滿意的：第一，出版社

1　這是筆者 2003 年 12 月 23 日在上海的華東師範大學所做專題演講。

裡，美術編輯成了第一要素，活最忙，架子也最大；第二，大家都把功夫放在圖書的「形象設計」上，讀者進書店時琳琅滿目，買回家則大呼上當；第三，當今中國的圖書市場上，「無錯不成書」與「無圖不成書」，二者相映成趣，而且互相激盪；第四，讀者對知識的接受，越來越依賴圖像，文字能力——包括閱讀與寫作——迅速下降。這當然只是一面之辭，圖文書也自有其好處，比如雅俗共賞、新鮮活潑、圖文互證等等，關鍵在於如何製作；至於民眾的迷戀圖像，那是後現代社會的重要特徵，是圖文書熱銷的「因」，而非其「果」。

怎樣看待文字消退而圖像崛起這一現狀，還得從「讀圖時代」的口號說起。

一、「讀圖時代」的困惑

過去我們讀書，今天我們讀圖——所讀之圖，有靜止的，也有活動的，甚至還配有聲音，比如影視、廣告、MTV、動漫等。這些或靜止、或活動、或孤立、或連續的圖像，鋪天蓋地，無時無刻不衝擊着現代人的眼球。眼看着古老的印刷媒介日益衰落，而「法力無邊」的電子媒介和數字媒介迅速崛起，社會學家於是斷言：今人獲取信息的途徑，大約 70% 來自圖像，而不再是文字。於是，出現了既讓人興奮不已、又讓人憂心忡忡的口號：「讀圖時代」。

最近十年，「讀圖」成為一種重要的文化現象，滲透到社會生活的各個方面：電子媒體不用說，平面媒體中，圖像也是日漸引領風騷。從北京三聯書店引進蔡志忠漫畫，到圖解《資本論》，再到「讀圖時代」的提出，不到十年時間，中國人改變了以往重文字而輕圖像的閱讀習慣。一夜之間，成年人全都喜滋滋地捧起帶「圖」的「書」，此舉不僅不「幼稚」，還頗為「時尚」。這其中，有三件事關係重大，值得一說。

第一件事是，頗負盛名的北京三聯書店，從 1980 年代的傳播西方現代學術，轉為 1990 年代的開拓台灣「蔡（菜）市場」，當初曾引來不少激烈的批評。請注意，是百家姓之一的蔡，不是「面有菜色」的菜。1989 至 1991 年共出版「蔡志忠中國古籍漫畫系列」19 種 22 冊，1992 至 1993 年又推出「蔡志忠古典幽默漫畫系列」19 種，如此「賣蔡」，給北京三聯書店帶來了可觀的經濟效益。面對學界深深的失望以及一片質疑聲，主持其事者一如既往地以嬉皮笑臉應付之。現在看來，這套書很可能無意中開啟了一個新的出版時代。

漫畫書早已有之，或諷刺社會現象，或敘述有趣故事，或以娛樂為主，或以審美取勝，這都在意料之中。若蔡書只是講述水滸、西遊故事，或者詮釋《史記》、《世說新語》，也就罷了；問題在於，人家還要以漫畫說哲理，比如《老子說》、《莊子說》、《孔子說》、《禪說》等。也就是說，漫畫不只可以以幽默的筆觸博得笑聲，還可以成為傳播知識的重要工具。後面這一點，確實關係重大；可說實話，當初並沒引起大陸學界的認真關注。倒是台灣學者較早意識到此中奧秘：

夏元瑜給《莊子說》寫序，題為《讓您不再逃避哲學》；詹宏志為《老子說》做序，題目則是《新生代的糖衣古籍》。古籍需不需要「糖衣」，哲學能不能因漫畫而親近，暫不涉及；但圖文書之昂首闊步闖入學術殿堂，則是以此為開端。

第二件事是《老照片》系列圖書的出版。山東畫報出版社 1996 年起開始刊行的《老照片》，帶起了新一輪「圖片」熱。此前，人民中國出版社曾出版「攝影集」《舊京大觀》（1992），並未引起多少關注；此後，各類「老照片」書籍風起雲湧，比如經濟日報出版社的《百年老照片》（1997）、江蘇美術出版社的《老照片・服飾時尚》（1997）、台海出版社的《老照片・20 世紀中國圖志》（1998）、中國對外經濟貿易出版社的《北大老照片》（1998）、國家行政學院出版社的《北大百年老照片》（1998）、天津社會科學院出版社的《津沽舊影》（1998）、鷺江出版社的《福州老照片》（1999）等。各書流品不一，但都不再局限於攝影藝術的欣賞，而是試圖用圖像解說歷史。而這儼然成為一種新的出版時尚。

曾在 1996 年 12 月出版的第一輯《老照片》上，看到一則《圖片中國百年史》的書訊：「本書以 2741 幅珍貴的照片，近 20 萬字，廣泛、真實、生動地展現了中國近百年的歷史變遷，包括政治、軍事、經濟、文化和社會生活等各方面內容，其中大量老照片為首次發表。」這套定價人民幣 1480 元的大書，發行並不理想，倒是輕騎兵式的連續出版物《老照片》，日後成為暢銷書。《老照片》沒有發刊詞，但第一輯書後有汪稼明的「書末感言」，題為《一種美好的情感》，可作「發

刊詞」看待。其中提及「懷舊是一種美好的情感」，接下來，方才涉及圖文之間如何互相闡釋：

有意思的是，回憶靠的是思維，思維是用詞語進行的，而用詞語進行的回憶，卻永遠是形象的畫面，不過這種畫面，除了回憶者本人在冥冥中可見外，別人看不見。直到上個世紀中葉，照相術發明後，這種情況才得到徹底改觀。照相術使一段段歷史定格，成為永恆而真實的瞬間。反之，現在是用詞語來闡釋一幅幅老照片的時候了，那瞬間形象的定格，常常含有難以估量的信息和意蘊，似乎說也說不完。

於是就有了《老照片》。

用詞語來闡釋一幅幅老照片，這可是另一種「看圖說書」。從蔡志忠的漫畫經典，到汪稼明的發掘圖片所隱含的「信息和意蘊」，一文字在先，一圖像居首，所選路徑迥異；一畫說哲理，一圖解歷史，所取立場也不盡相同。但在承認圖像與文字可以互相轉化這一點上，二者不無共通處。

第三件緊隨而來，幾乎必須套用說書人的口頭禪：「花開兩朵，各表一枝。」話說公元 1998 年，中國人的漫畫經典，從圖解《三字經》、圖解《資本論》、圖解《共產黨宣言》、圖解《社會主義四百年》等新型讀物，一直走到了「讀圖時代」的口號。1998 年出版的《紅風車經典漫畫叢書》，是從台灣引進的翻譯書，通過圖文並茂的方式，介紹了影響人類歷史進程的學科、思潮或代表人物，包括《國際互聯網》、《後現代主義》、《凱恩斯》、《女性主義》、《史蒂芬‧

霍金》、《遺傳學》等六種。為了推廣這套書，策劃人鍾潔玲提出了「讀圖時代」的概念。而鍾健夫為這套叢書所撰序言，更是提議重新評估圖像與文字的關係，讓「圖本」與「文本」遙相對應：

與文本相比，圖本蘊涵更豐富的比特，而且更生動、更直觀。但文本比圖本能指更廣闊、更神秘，因而更權威。所謂白紙黑字，鐵證如山。事實上，正是因為記錄了肉眼肉耳不可視聽的上帝和福音，《聖經》才具有無法比擬的力量。毫無疑問，圖本若與文本同謀，將產生更加強大的閱讀和傳播魅力。

說圖像比文字更容易閱讀，更生動，也更直觀，這並沒超過以往的論述；其特出之處，在於創造了與「文本」相對抗的「圖本」，並以此詮釋「讀圖時代」這一概念。

所謂「讀圖時代」，本來只是一種銷售策略，沒想到迎合了讀者趣味以及出版時尚，竟演變成為一個頗有生命力的口號。短短幾年間，從文章標題、報紙專欄，延伸到集刊、叢書乃至網站，「讀圖時代」嫵媚且曖昧的身影，幾乎無處不在。

基於懷舊，基於消閒，也基於圖文對話的無限可能性，一時間，書店裡充斥了各類或雅或俗的「圖文書」。先是大量關於建築、繪畫、文物、旅遊、電影、攝影等書籍，順理成章地插入精美圖像；這一風氣，很快蔓延到文學、歷史、哲學、文化、科學等讀物。因為太風光了，論爭不可避免。

在傳播知識與表達情感方面，文字與圖像各有短長，這沒問題；關鍵在於，面對年輕一輩「不愛文字愛圖像」的閱讀習慣，以及與之相關的輕閱讀、淺閱讀、快餐文化、消費文化等，該如何評說？還有，今人如此抬舉圖像，是否會「鈍化」文字的感覺，「挫掉」思想的鋒芒，「填平」文化的深度？所有這些，都值得認真反省。

2002 年 9 月，中央電視台十二演播室製作了一個專題節目，題目就叫「讀圖時代會使人幼稚嗎？」出場打擂的，一是北京大學中文系教授王岳川，一是中國人民大學中文系教授金元浦，現場還有 12 位由中學生、大學生和博士生組成的觀察員，分別組成後援團，贊成王、金觀點的各居一半[1]。

金元浦的主要觀點是：

讀圖不會讓我們的新一代、或者我們社會中的大多數人幼稚。視覺也能表達深刻思想，也可以成為一種視覺思維的方式；從現在社會發展的狀況來看，可能成為未來非常重要的開掘人的潛能的方式。文字有了幾千年發展的歷史，在這一過程中，形成了人們對於文字的一種理解力；而視覺圖像是正在發展中的一種變革、一種革命，它將來也要通過自己長期的發展和積累贏得人們的認同。這種思維方式現在發展

---

1 參見刊於 2002 年 10 月 15 日《解放日報》的《「讀圖時代」來臨　有人歡喜有人憂》。

的時間這麼短，使它沒有能夠培養出懂得那麼多視覺思維的大眾。所以，它還需要時間來逐步增強人們讀圖的深度和讀圖的能力。

王岳川則認為：

讀圖時代會讓一部分人變得幼稚。我們知道，看到 10 萬條廣告的人，和看到 10 萬本書的人，是截然不同的。中國有《論語》《詩經》《老子》《莊子》，但是很多大學生現在已經懶得、甚至沒有時間去讀這樣深奧的著作了。在全國最高學府，有些同學寫論文研究《論語》，竟然讀的是蔡志忠的漫畫，可想而知他能寫出什麼樣子來。「仁者愛人」，你該怎麼畫？蔡志忠沒有辦法，就從人的嘴角拉一條線，一個框裡面就是這句話了。這時圖像能給我們什麼震撼的力量？圖像最終還是要借文字說出來。文字真正震撼人心的東西就在領悟性。因為文字比圖像更深刻，更具有形而上的超越能力。

因為是電視辯論，必須好看，雙方都把自己的觀點推到極端，這麼一來，多少帶有表演的成分。問題是「真問題」，必須認真面對，只是提問的方式不太恰當：怎樣才算「讀圖」，而且「時代」？一說「讀圖時代」不會讓「大多數人幼稚」，一說「讀圖時代」會讓「一部分人變得幼稚」——觀點對立的雙方，之所以說話都留有餘地，就因為問題沒那麼簡單，不是三言兩語就能打發的。讀圖者讀不讀文？圖文之間如何對話？現代人在獲取知識以及表現世界時，能否兼及圖像與文字？所有這些，都不是簡單的「肯定」或「否定」所能解決的。

所謂「讀圖時代」，可以理解為電視、動漫以及各種基本不依賴文字說明的漫畫書籍橫行天下；也可以解讀為書刊中文字與圖像互相滲透。即便僅限於後者，也有由攝影家及畫刊編輯提出的「視覺人文化」[1]，以及由文字經營者和書籍裝幀家共同完成的「文字圖像化」。考慮到自家的興趣和經驗，我將集中討論人文學術著作能否、以及怎樣大量使用圖像資料。

二、「左圖右史」的傳統

所謂的「圖文書」，既含新技術，也有老傳統，如何既「守舊」，又「出新」，這裡大有文章可做。或許是史家的思考方式，我相信新舊之間並非截然對立，就像哲學家賀麟說的，「必定要舊中之新，有歷史有淵源的新，才是真正的新」[2]。或者換成文學家的語言，在談及中國現代散文的魅力時，周作人稱：「現代的散文好像是一條湮沒在沙土下的河水，多少年後又在下流被掘了出來；這是一條古河，卻又是新的。」[3]這是一條古河，曾經長期隱身沙漠，如今因緣際

1　參見王瑞《似曾相識燕歸來——新世紀圖像刊物的「視覺人文」現象》，《人民攝影》2003 年 2 月。

2　賀麟：《五倫觀念的新檢討》，《文化與人生》，北京：商務印書館，1988 年。

3　周作人：《〈雜拌兒〉跋》，《永日集》，上海：北新書局，1929 年。

會，又在下游沖出地表並引人注目。因此，這河既古老，又新鮮。時下盛行的圖文書，當作如是觀。

加拿大學者阿爾維托‧曼古埃爾在其《閱讀史》中，談及「閱讀」自有其值得關注的歷史。人類歷史上，有過各種各樣的「閱讀」，其中包括「圖像閱讀」。作者稱，公元 4、5 世紀之間，安錫拉的聖尼勒斯在其家鄉建修道院時，不畫動植物裝飾，而是聘請才華洋溢的藝術家，以《舊約》和《新約》的故事為教堂作畫。為什麼？就因為，「將《聖經》故事畫在教堂神聖十字架的兩旁，『就像是給沒受過教育的信徒唸的書，教導他們《聖經》經文的歷史，讓他們明白上帝的慈悲』」。而對於目不識丁者來說，「由於無法閱讀文字的東西，看見聖籍呈現在一本以他們可以辨認或『閱讀』的圖像書上，一定能夠誘發出一種歸屬感，一種與智者、掌權者分享上帝的話具體呈現的感覺」[1]。但不只是宗教宣傳，一般的知識傳授，也能從圖像那裡獲益。這一點，中國人有更為自覺的認識，也有更為悠久的傳統。

諸位可能已經猜到，我會從古老的「左圖右史」說起。古代中國人「圖書」並稱，有書必有圖。只不過在漫長的歷史歲月中，大部分圖像資料沒能像其闡釋的經典那樣留存下來。大家都記得陶淵明的詩句：「泛覽周王傳，流觀山海

1　參見阿爾維托‧曼古埃爾著、吳昌傑譯《閱讀史》第 121、131 頁，北京：商務印書館，2002 年。

圖」（《讀山海經十三首》）；還有魯迅的名文《阿長與〈山海經〉》，同是讀有圖的《山海經》，此圖非彼圖。陶令所流觀的「山海圖」，早就湮沒在歷史深處；魯迅和我們所見到的，大都是清人的作品。

圖譜的失落以及國人讀圖能力的退化，宋人鄭樵已有很深的感歎。在《通志略·圖譜略》中，鄭樵專門討論了「圖」、「書」攜手的重要性，批評時人之「見書不見圖」。古人讀書，「置圖於左，置書於右；索象於圖，索理於書」，這樣容易體會深刻。由於技術上的緣故，圖譜傳世的可能性，本就不及文字書籍；再加上後世的文人學士，或重辭章，或重義理，二者殊途同歸，都是關注語言而排斥圖像。作為史家，鄭樵特別強調圖譜對於經世致用的意義。在他看來，有十六類書籍，缺了圖，根本就沒用。這裡所說的天文地理、名物器用等，基本上都處於靜止狀態，可以幫助學者理解過去的時代，本身並不承擔敘事的功能。而元明以降小說戲曲的繡像，更使我們對於圖像可能具備的「敘事」功能有了進一步的瞭解。可實際上，中國畫家之參與「敘事」，遠比這古遠得多。最容易聯想起來的，是目前不難見到的影宋刊《列女傳》。

即便讓今人讚歎不已的繡像小說戲曲，其中的圖像，仍然不曾獨立承擔書寫歷史或講述故事的責任。《點石齋畫報》的創辦（1884），徹底改變了這一狀態，即，以「圖配文」而非「文配圖」的形式，表現變動不居的歷史瞬間。讓圖像成為記錄時事、傳播新知的主角，這一點，明顯不同於此前

的僅僅作為文字的附庸或補充。先是石印，後是照相，晚清以降，各類畫報如雨後春筍般湧現。而孕育於晚清、提倡於1930年代、成熟於1960年代的「連環畫」，更是讓「圖像敘事」大放光芒。值得注意的是，從1930年代起，魯迅、阿英、鄭振鐸等人在談論連環畫、年畫、小說繡像時，都是兼及中外的插圖傳統。不用說單獨刊行的《北平箋譜》或《陳洪綬畫集》，翻翻那個時候的譯作，你經常可以發現精美的插圖——那可是譯者苦心經營的結果。這方面，魯迅有很多故事。我甚至發現一個小小的秘密，大概是受魯迅的影響，很多現代文學研究者，也都喜歡把玩文學作品的插圖。像我這樣買書先看圖，不管有沒有用、讀得懂讀不懂的，大概不在少數。

假如這麼看，1990年代盛行的漫畫書，並非「從天而降」。蔡志忠的「漫畫經典」，使得「大人也讀圖」，開啟了學術著作圖像化的新思路。無論敘事還是說理、學術著作還是普及讀物，全都可以「漫畫」或「配圖」——既可量身定製，也可事後追認。從哲學到文學到旅行指南到大眾菜譜等，全都可以用圖像來呈現，這是個大變化。可這一變化，其實淵源有自，蔡書只是觸媒，使得原本就存在的大趨勢，以漫畫式的誇張凸現出來。我所說的「淵源」，指的是古已有之的書籍插圖——包括中外。當然，電子媒體的刺激，也是一個重要因素。不說讀者的期待視野，單就技術手段而言，古老的書籍插圖與時尚的跨文本鏈接，二者互相激盪，促成了今日圖文書的繁榮。

為了說明這個問題，我想從兩套叢書的序言說起。這兩套製作精美的叢書，都出現於 2000 年：一是浙江文藝出版社的「名著圖典」，一是大象出版社的「大象人物聚焦書系」。

李輝為「大象人物聚焦書系」所撰的《總序》，其中有這麼一段：

都說眼下屬於圖像時代。此話頗有道理。且不說電視、電影、光盤等等主導着文化消費和閱讀走向，單單老照片、老漫畫、老插圖等歷史陳跡的異軍突起，便足以表明人們已不再滿足在文字裡感受生活、感受歷史，他們越來越願意從歷史圖片中閱讀人物，閱讀歷史。的確，一個個生活場景，一張張肖像，乃至一頁頁書稿，往往能蘊含比描述文字更為豐富更為特別的內容，因而也更能吸引讀者的興趣，誘發讀者的想像。

作者稱自己喜歡國外那些文字簡練、圖片豐富的人物圖書，而這回的寫作，「聚焦」而非「傳記」，也就是說，「我是以人物一生為背景，來描述、來透視自己最感興趣、也最能凸現人物性格和命運的某些片斷」。作者文筆靈動，加上摘錄傳主自述和他人評論穿插其間，再配上精美的圖片，整體更顯得活潑可愛。這套書的前幾種，如描述黃永玉、梁思成、鄧拓、老舍、王世襄、楊憲益與戴乃迭的那六本，都是李輝的個人著述，文學色彩很濃，學術性相對弱些──特別是跟國外同類著述相比。這當然是作者及編者的自覺選擇，無可厚非。

浙江文藝出版社推出的「名著圖典」叢書，既包括魯迅《中國小說史略》這樣的學術著作，也有張愛玲《流言》這樣的文學作品。叢書的「編輯旨趣」沒有署名，我猜想是李慶西的手筆。因為，除了文筆及思路，還有一點，是他約我為《中國小說史略》配圖的。十幾年前，閱讀此書的英譯本（楊憲益譯），感歎其中穿插的若干小說繡像效果極佳。我的工作是，盡可能採用魯迅談到的本子，或繡像，或書影，或相關圖像，既還原歷史場景，又營造閱讀氛圍，以便於讀者的閱讀與欣賞。說遠了，還是回到叢書的「編輯旨趣」。「作為思想和信息的承載物之完美形式，應當是『圖』與『文』的結合」，這道理我們都懂；問題在於，為書籍配上圖像資料，讓圖文之間自由鏈接，互相對話，實現超文本的閱讀，這樣的出版策略及閱讀趣味，既古老，又新奇。說「古老」，那是因為：

自印刷術問世以來的一千幾百年間，人們一再挑戰技術手段的滯礙，對所謂圖文並茂的出版物顯示出執着的追求，從板刻的繡像，到珂羅版的圖片，早年的篳路藍縷孕育着當今的「讀圖時代」。一切技術層面上的革命，最終鏈上了那個遙遠的夢想。

說「新奇」，那是因為：

這種來自網絡頁面的閱讀方式，固然由於電子技術的推動，但就其接受理念而言，依然源自人們固有的思維習慣和認知本能。這一點，對於歷史悠久的紙面出版物來說，同樣是一種啟示，也同樣提供着更新的機會。

「大象」版的趣味單純些，借鑒的是國外的人物傳記，使用的圖像資料基本上是照片；「浙江」版野心更大些，希望兼及傳統的小說繡像、國外的文學插圖，以及當紅的網絡頁面製作等。

說到書籍插圖，藝術史家關注的是構圖、線條及色彩等，出版家考慮的是圖像資料是否豐富，我則更關心圖像與文字之間如何形成對話。不管是木刻、銅版、速寫、水彩、漫畫，還是各式照片，進入書籍的「圖像」，都必須與「文字」達成某種默契，而不是孤零零的藝術作品。作為讀者，我首先想到，這些圖像的加盟，是否有利於我對文字的解讀。跟李輝一樣，我也喜歡國外的圖文書；不過，李輝盯的是人物傳記，我則選中歷史著作。

十年前，在東京神保町淘舊書，印象很深刻。先是買下中央公論社 1967 年刊行的四卷「圖錄」，那是為 26 卷《日本歷史》配套刊行的，每冊五百日圓，小 32 開，精裝本，彩色和黑白圖片相雜。其中夾帶的報道，提及此圖錄之特色，乃「美術史、文化史與政治史、經濟史的有機的綜合」，學者們還藉此大談「圖錄與視聽覺文化」。後又覓得世界文化社 1968 至 1971 年間刊行的 22 卷《日本歷史系列》，大 16 開，精裝本，每冊一千日圓。七位編輯委員裡，三位教授（史家），一位評論家，兩位美術評論家，還有一位小說作者，那就是大名鼎鼎的推理小說家松本清張。這才知道什麼叫「圖文並茂」，各式彩圖及攝影等隨文編排，很漂亮，也很好讀。各卷後面，附有相關的歷史用語辭典、官職表、佛像種類、

歷史年表等。我的日文不好，可借助大量精彩圖像，連猜帶蒙，居然讀下來了，當時確實很興奮。

其實，此類以圖像闡釋歷史的努力，中國也有，只是不太精彩而已。1957 年，北京的歷史博物館編印了《中國近代史參考圖片集》；將近三十年後，也就是 1986 年，書題改為《中國近代史參考圖錄》，仍由上海教育出版社出版。凡是博物館編纂的，大都以圖片為主，文字論述非其所長。比如，天津市歷史博物館等編《近代天津圖志》（天津：天津古籍出版社，1992 年），以及上海市檔案館編《追憶：近代上海圖史》（上海：上海古籍出版社，1996 年），其體例及思路，基本上延續此前的著述。「圖錄」、「圖志」、「圖史」，名稱雖異，面目沒有大的變化。

關鍵不在於叫什麼，而在於有無恰到好處的「論述」—— 也就是說，在圖文書中，文字是否同樣扮演重要的角色。不說基本上是圖片當家的，比如「全圖」、「圖冊」、「圖錄」等；在文史著作裡，如何有效地使用圖像，而又不被圖像所壓垮，是一個必須面對的難題。最近十幾年，不少圖文並置的學術著作，已經超越了只將圖像作為擺設，而是努力尋求圖文之間的互相闡釋與積極對話。比如，山西師範大學戲曲文物研究所編《宋金元戲曲文物圖論》（太原：山西人民出版社，1987 年）、廖奔《中國古代劇場史》（鄭州：中州古籍出版社，1997 年）、揚之水《詩經名物新證》（北京：北京古籍出版社，1999 年），以及馬昌儀的《古本山海經圖說》（濟南：山東畫報出版社，2001 年）等，在這方面都做得很不錯。

另外，還有兩本書值得推薦，一是 1995 年中國和平出版社、祥雲（美國）出版公司合作出版的《（彩色插圖）中國文學史》，全書 20 萬字，600 多幅圖，彩色印刷，大 16 開本，定價 180 元，當時覺得很貴，好在是賣給外國人的。書做得不錯，可惜沒在國內流通。此書的版權頁寫着，主編：冰心；副主編：董乃斌、錢理群。不難想像，古代部分由董負責，現當代部分則是錢的功勞。一是胡垣坤等編《美國早期漫畫中的華人》（香港：三聯書店，1994 年；此書英文版 *Coming Man: 19ᵗʰ Century American Perceptions of the Chinese*，同年由同書局出版），此書搜集了不同時期美國媒體中關於華人的諷刺性漫畫，討論隨着美國國內政治局勢的變化，作為遙遠的他者的中國人，如何被一次次重寫。這裡既有文化差異，也有種族歧視，還包含漫畫這一體式本身的特性。這書主要是由圖像資料構成的，但編纂者良好的學術訓練，以及比較文化的視野，使得此書具備某種學術性，而不僅僅是「好看」的通俗讀物。

三、圖文互動的可能

過去常說「圖文並茂」，看重的是圖文書的外在形式；其實，更重要的是圖像與文字之間，是否能夠形成「互動」關係。對於學術著作來說，這一點尤其重要。為了「好看」，丟了「學術性」，那可是得不償失。同樣兼及圖文，學術著作與通俗讀物，還是很容易分清的。比如前面提及的阿爾維托・曼

古埃爾的《閱讀史》，以及羅伯特‧瑪格塔的《醫學的歷史》
（太原：希望出版社，2003年），二者都使用了大量圖像資
料，但前者的學術深度，是後者所遠遠不及的。

同樣使用圖像資料，從名詞性質的「圖錄」，轉變成動詞性
質的「圖說」，是一大變化。後者主動出擊，上竄下跳，使
版面變得生動活潑。而這，跟「圖文混排」這一技術手段的
出現，有直接的關係。當圖像不是作為「附錄」，而是穿插
行文中時，圖文之間的呼應與對話便變得十分迫切了。像山
東畫報出版社剛剛推出的《古代文明》、《劍橋插圖考古史》
等，給人感覺就很好。可惜這些都是「引進版」，國內學者
對於如何協調圖像與文字，大都剛入門，還沒到達「登堂入
室」的地步。

此中的關鍵，在於圖文之間的對話與協調，既落實為版面狀
態，也體現在生產過程。就我所知，國內的出版社中，北京
的三聯書店是最早意識到這個問題的。大家都誇他們的《世
界美術名作二十講》（1998）、《中國古建築二十講》（2001）、
《外國古建築二十講》（2002）等書做得漂亮，可這不算本事，
那是學科性質決定的——談美術、說建築的書，很容易出這
種效果。最值得關注的，還是他們1999年開始刊行的「鄉
土中國」叢書。將學者的田野考察與攝影家的審美眼光相結
合，圖文之間，早在書籍的醞釀及生產階段，就不斷地處於
對話的狀態。叢書的「編者序語」稱：「本系列旨在介紹中
國民間傳統的地域文化，以圖文隨記的形式，向大眾傳播中
華本土文化之精髓，復甦古遠的歷史場景。」其中借助關於

老村、古鎮、舊宅、敗祠的文字描述及鏡頭呈現，「開闢一片傳統文化的博物館，鄉土社會的史書庫」，基本上實現了自家預設的目標。記得叢書的第一種，是陳志華撰文、李玉祥攝影的《楠溪江中游古村落》，陳的文字功力很好，極富感染力。北京三聯的其他圖文書，比如馬國亮的《良友憶舊：一家畫報與一個時代》（2002）、周一良的《鑽石婚雜憶》（2002）和邢肅芝（洛桑珍珠）口述、張建飛與楊念群筆述的《雪域求法記》（2003），也都很能見精神。到目前為止，國內自己編纂的圖文書，質量最有保證的，還是首推北京的三聯書店。

在眾多的圖像資料中，照片的使用率最高。或許，在很多人心目中，鏡頭下的世界最為真實可信。可代表近代科學成就的「鏡頭」，同樣也會說謊。記得兩張很有名的老照片：一是蕭伯納到上海，蔡元培等出面接待並合影留念，上面本有林語堂，文革中展出時，林變成了一塊石頭；一是毛澤東轉戰陝北，後面跟着的江青，有一段時間「隱入」了漫漫黃沙。當然，今日中國，照片之被廣泛使用，更重要的原因，還是因其生產簡單，資源豐富，即便是「老照片」，搜集起來也都不太困難。

對於圖文書來說，除了廣泛使用的照片，先民的巖畫、兩漢的畫像磚、唐代的壁畫、宋元的繪畫、明清的版刻、晚清的石印等，都是非常精彩的圖像資料庫。山東畫報出版社 2003 年推出的「中國古代物質文化經典圖說叢書」，圖像資料的博採廣收，很值得稱讚。杭間所撰《總序》，對此

有明確的表述：

這套叢書的設想，冀望「圖說」是一種重新闡釋，「圖」是真實之圖，所選圖片均來自出土、傳世文物，或源自古代版刻、民間藝術實物、民俗活動、手藝過程的記錄等，「圖」是文字的創造性的發展，「說」是重新做註，是今日的觀點，但是為了使更多的讀者能有興趣，除了有「概說」介紹所選版本的作者事跡、版本流傳、內容和思想及其影響外，還強調註釋的可讀性。

從已經出版的《考工記圖說》、《園冶圖說》、《裝潢志圖說》、《閒情偶記圖說》等書看，圖像來源豐富，與原文之間的配合，也都處理得相當妥當。

圖文書可以近「文」，也可以偏「史」。相對來說，我更看重後者。「大象人物聚焦書系」文字生動，可讀性強，大家都很喜歡。與此相類似的「百家文學之旅」（上海：百家出版社，2001 年），卻沒有引起足夠的關注。談論圖文書，世人多着眼於「觀賞性」，相對忽略了「學術性」，這很可惜。同樣為文學家作傳，同樣大量使用圖像資料，後者做得很認真，除傳記部分，還附有年表、圖片說明、索引、參考書目等。方平為《莎士比亞》一書所做的《推薦導讀》稱：「這是有關莎士比亞的一部資料豐富、記敘翔實的傳記，加以又廣為搜集了一般不易見到、很有文史價值的許多圖錄，因之很值得愛好莎士比亞的我國讀者參閱。」《王爾德》一書的「推薦導讀」，則出自詩人余光中之手：「這樣的傳記我就有好幾本，長的如艾爾曼的詳盡評傳，短的如維維安·賀蘭的

這本畫傳，都很引人入勝。維維安的這本《王爾德》，插圖又多又生動，本文也簡潔而冷雋，作者正是王爾德的次子，身歷名父當年的榮華與冷落，痛定思痛，前塵如煙，更令人倍感滄桑。」根據我的觀察，這套譯介的叢書，市場反應不是很理想。最近，新世界出版社出版了由中國社科院專家撰寫的「20世紀外國經典作家傳記（插圖珍藏本）」叢書[1]，也是這個路子——文字不求花俏，論述力求嚴謹，也用圖像資料，但適可而止。相對於以圖為主、輕鬆活潑的「畫傳」來說，這種配圖的「傳記」，自有其文化及學術價值。

讀「中國版畫史」、「中國漫畫史」之類著作，或者魯迅、阿英、鄭振鐸等人關於繡像小說、晚清畫報、連環畫的文章，你可以明白，中國的書籍插圖源遠流長。可問題在於，為何就在最近這麼幾年，圖文書「忽如一夜春風來，千樹萬樹梨花開」？這確實值得深思。後現代的文化語境，使得讀書人不再附庸風雅，而是追求輕鬆與適意；網絡製作方式的啟示，使得圖文並置乃至互相轉換，都變得十分自然；再就是排版及印刷技術的提升。記得在1980年代，想在書籍中穿插幾張圖像，還是很費事的。如今呢，則是舉手之勞。讀書人不只看書籍的內容，也鑒賞書本的物質形態，這很自然，也

1　新世界出版社2003年10月出版的「20世紀外國經典作家傳記（插圖珍藏本）」叢書，第一輯共六種：《川端康成傳》（葉渭渠）、《三島由紀夫傳》（唐月梅）、《薩特傳》（吳岳添）、《福克納傳》（李文俊）、《布羅茨基傳》（劉文飛）、《加西亞‧馬爾克斯傳》（陳眾議）。

是古已有之。可當「好看」成為第一要素，過於強烈的「裝飾性」，很可能沖淡乃至壓垮書籍原本具有的「精神性」。

不談「讀圖時代」——「時代」這詞太偉大了，扛不起。迷戀於「讀圖」，到底是好還是壞，這樣的題目，只適合於電視辯論，不太好做深入探究。因為，你有一百個理由支持，也有一百個理由反對。關鍵在於讀什麼圖，以及怎麼讀。鋪天蓋地的圖像，還會在我們的眼前晃動；圖文書的出版，更是不可阻擋的潮流。對此，文字工作者與畫家、攝影家，還有出版家，各自的立場及思考方式不太一樣。比如，我就格外關心圖文之間能否達成良性的互動，而不是互相拆台。

為什麼書籍需要「並置」圖像與文字，當然不僅僅是為了「好看」，應該還有更深層次的追求。在我看來，圖文書的製作，由淺入深，可能達到如下四種不同的境界：第一，只是視覺效果上的「圖文並茂」，即並置的圖文之間，不一定有必然的聯繫，甚至可能八桿子打不着；第二，添上圖像，確實有助於讀者對文字的理解，最典型的是為前人的著作配圖；第三，圖像乃論述時必不可少的重要證據，如特定的場景、物品、地圖、肖像等；第四，圖文之間互為因果，互相闡釋，互相論證，對圖像資料的解讀，構成全書的重要支柱。不用說，第四種是圖文書的最佳狀態。

從 1995 年撰寫《從科普讀物到科學小說 —— 以「飛車」為中心的考察》，有意識地在歷史論述中使用圖像資料，到 2003 年 12 月出版《看圖說書 —— 小說繡像閱讀札記》，將近十年

間，我先後出版了 11 種包含圖像資料的書籍[1]。這裡面，有得也有失；得失之間，值得認真反省。作為讀者，我會驚訝圖文書越出越多，成熟的插圖畫家卻越來越少，大家都熱中於挪用，而不是創作；作為作者，我則更關心在圖文書中，如何保持文字的魅力。

四、文字魅力的保持

大量使用圖像資料，必然對書籍的寫作思路以及讀者的閱讀趣味，造成很大的衝擊。關於圖文書製作的日漸奢華，導致書價迅速上漲，挑戰讀者的承受能力，自有書業人士進行調節；我念茲在茲的是，在學術類的圖文書中，如何繼續保持文字本身特有的魅力。以下所談的幾點體會，純屬在圖文書製作中的個人感受，很可能不具備普遍性。

---

1 《老北大的故事》，南京：江蘇文藝出版社，1998 年；《觸摸歷史：五四人物與現代中國》（與夏曉虹合作主編），廣州：廣州出版社，1999 年；《中國小說史略》（為魯迅著作配圖），杭州：浙江文藝出版社，2000 年；《北大精神及其他》，上海：上海文藝出版社，2000 年；《點石齋畫報選》，貴陽：貴州教育出版社，2000 年；《圖像晚清》（與夏曉虹合作），天津：百花文藝出版社，2001 年；《千古文人俠客夢 —— 武俠小說類型研究》，北京：新世界出版社，2002 年；《中國大學十講》，上海：復旦大學出版社，2002 年；《陳平原序跋》，南京：東南大學出版社，2003 年；《大英博物館日記》，濟南：山東畫報出版社，2003 年；《看圖說書 —— 小說繡像閱讀札記》，北京：三聯書店，2003 年。

第一，不是所有的書籍都適合於配圖——這是常識，可往往被人忽視。抽象思維或邏輯性很強的著作，硬要為其配圖，很可能是佛頭著糞，效果適得其反。不只如此，在我看來，以專門家為擬想讀者的學術著作，大都不必配圖——弄不好，會降低該書的品味及學術性的。比如，一定要為我的《中國小說敘事模式的轉變》配圖，添上若干作家照片、作品書影，以及報紙刊物等，不是不可以，但基本上沒有意義。我相信，很多優秀書籍，單靠文字本身的魅力，便足以征服讀者，沒必要一窩蜂地「圖說」。

第二，除了專門的圖冊或美術史，所謂的「圖文書」，應以文字為主幹，防止圖像的喧賓奪主。圖像因其直觀性、形象性以及生動性，同樣的篇幅，必定搶了文字的光芒。當你發現，人們拿起圖文書來，首先關注的是圖像的印刷質量和藝術效果時，你就明白，非限制其活動範圍不可。在學術類的圖書裡，適當限制插圖的活動——包括速度、色彩、頻率等，我以為是必要的。就好像一個人，表情太多，滿臉跑眉毛，如果演正劇，效果不好。為《千古文人俠客夢——武俠小說類型研究》配圖時，本來可以玩很多花樣，做得很花俏；可我最後決定，各章開頭用陳洪綬的《水滸葉子》，各節開頭用任渭長的《劍俠傳》，固定插圖的位置，不准亂動。為什麼？除了考慮圖像本身的獨立價值，希望其與文字形成某種對話外；更害怕過度的華麗與繁複，會影響讀者對於文字的理解與鑒賞。

第三，選擇圖像時，不以畫面「好看」為目標（這常常是

出版社美編的趣味），而是更多考慮圖像是否難得，以及能否與文字相呼應。同樣是圖文並置，內行看門道，外行看熱鬧。為《大英博物館日記》配圖時，我盡量避免畫冊上就能見到的，除了自己拍，還有就是努力發掘舊報刊上的圖像。找到一百多年前《教會新報》、《畫圖新報》、《點石齋畫報》上的相關圖像，雖不太好看，但很難得，也有歷史感，而且與當代中國人的眼光形成「對話」。這樣一來，文字就大有用武之地了——可以呼應，可以解讀，也可以論述。當然，這樣的圖像，應該是由作者提供，而且寫作時就已經有其「位置」了。

第四，同樣處理「圖像與文字」，書籍應該不同於報刊以及電視。電視以影像為主，語言文字並不重要。將主持人或佳賓的談話錄下來，轉化成文字，十有八九經不起推敲，有些甚至慘不忍睹。除了專業刊物，一般的報紙雜誌追求時效性，文字粗糙點，也都可以忍受。書籍就不一樣了，不說「垂之久遠」，起碼也得稍微耐讀些。以為有了精美的圖像，一美遮百丑，文字可以不太講究，那可是大錯特錯了。正因為要與圖像搶奪「眼球」，圖文書的文字更得刻意經營。

第五，「眼見」不見得「為實」，對於圖像（尤其是照片）呈現的場景，必須謹慎對待。圖文書中圖像的出場，往往帶有「有圖為證」的意味。嚴肅的作者在使用圖像資料時，往往包含置疑與分析，而不是相信其「鐵證如山」。講求筆墨情趣的文人畫不用說了，即便照片，也能造假。在《圖像晚清》一書中，我們正是利用檔案、報紙、筆記、詩文、小說等，

與《點石齋畫報》上的畫面互相比照，或證實，或證偽。文字與圖像互相詮釋，既可能互相補充，又可能互相拆解，這個時候，史家的眼光與見識，方才真正體現出來。

第六，純粹的圖像，在呈現歷史進程以及表現精神世界方面，是有局限性的。我對於文字之「不可替代」，堅信不移。所謂「視覺文化」佔據了主導地位，並形成了某種「霸權」，這只是一種假象。在文化思維及學術建設中，文字依然扮演主角。關注圖文書，不是基於趣味閱讀，而是追求圖文互證——此乃對於古人「左圖右史」閱讀方式的繼續與深化。目前的圖文書，多偏於直觀、淺俗、生動、表象，這不是最佳境界。獨立思考、深度報道、長於思辨、自我反省等，這些純文字書籍的長處，圖文書也必須借鑒。

在我看來，好的圖文書，應能同時凸顯文字美感、深化圖像意義、提升作者立意，三者缺一不可。當然，這樣的境界很難實現；只是「雖不能至，心嚮往之」。既擅長閱讀、分析圖像，又頗能體味、保持文字魅力，這很不容易，需要修養，也需要訓練。換句話說，讀圖有趣，但並不輕鬆——這同樣是一門學問，值得認真經營。

2004 年 3 月 10 日修訂於巴黎國際大學城

（原刊《學術界》2004 年第 3 期）

閱讀大學的六種方式

十年前的金秋十月，我應邀到上海講學，歸來時轉道南京，拜訪程千帆先生。此前雖也有緣面謁以及書札往來，但難得深入交談。這回專程前往拜見，沒有確定的話題，也不談具體的學問，只希望聽程先生隨意發揮。這是我向老一輩學者請教時屢試不爽的「不二法門」——與其規定題目，像新聞發佈會那樣有問有答，不如任其天馬行空，更能展現飽學之士的風神瀟灑。學者並非都如生薑越老越辣，就具體的專業知識而言，甚至已開始退化，遠不及早年著述精彩；真正難得的，是其精神狀態與文化趣味——後者除讀書外，更多得益於歲月滄桑。套用王國維的名言，學人如詩詞，也是「有境界自成高格」。當我品評當世學人時，除專業成就外，還另有一桿秤，那就是其為人是否「有詩意」。當今之世，「有詩意」且「有境界」的學者越來越少，這也是我願意千里走訪程先生的緣故。記得那天先生情緒特佳，取出精心寫就的條幅，邊聽我和作陪的及門弟子品評，邊仔細題款並用章，一臉怡然自得。此後，我家客廳裡，便長期懸掛先生書贈的「掬水月在手，弄花香滿衣」。

南京拜謁歸來不久，我開始為《文匯讀書週報》撰寫系列短文，題曰「掬水集」，算是私下裡向程先生致意。2000 年 7 月，我應百花文藝出版社之邀，編就隨筆集，又取名《掬水集》，寫序時特意說明，這是為了紀念剛剛去世的程先生。這次來南京講學，斟酌演講正題，猶豫再三，猛抬頭，見程先生墨寶，當即神閒氣定、月白風清。

程千帆先生的贈聯，出自唐人于良史的《春山夜月》，全詩如下：「春山多勝事，賞玩夜忘歸。掬水月在手，弄花香滿衣。興來無遠近，欲去惜芳菲。南望鳴鐘處，樓台深翠微。」春山月色好，捧一捧清澈的泉水，就好像捧着一輪明月；弄花歸來，香氣浸潤着衣衫，久久不散。這詩十年前知道的人不多，進我客廳者，多有打聽出處的。現在不一樣了，似乎很普及，因「掬水」、「弄花」這樣優雅的舉措，頗得年輕人的喜愛。

可如此「小資」的詩句，怎麼跟「大學」話題掛得上鉤？別急，聽我慢慢道來。

先做一個測驗：諸位回家鄉，鄰居問你，這四年、七年、十年，你到底在做什麼？你怎麼回答，是「上大學」呢，還是「讀大學」？這兩者，別人或許混同，我卻認定其中細微的差異，大有講究。

外國留學生來中國，往往對一些約定俗成的表達方式大惑不解。比如「吃食堂」，這在語法上是講不過去的。食堂既不

是紅薯，也不是豬肉，怎麼吃？不管是水泥建的，還是木頭蓋的，都是又大又硬，除非你是《西遊記》裡的妖精，無論如何也吞不下去。可憑語感，你明明知道，「食堂」是可以「吃」的。因為，這僅僅表示，你我在食堂吃飯，而不是把整個食堂吃下去。可接下來就麻煩了，留學生跟著造句：「我吃北京」、「你吃中國」。老師告訴他們不行，可為什麼「吃食堂」可以，「吃北京」就不行？「吃北京」確實不行，你只能說「吃在北京」，或「在北京吃飯」。

這就牽涉到正題：「上大學」與「讀大學」，二者到底有沒有差異？我認為是有的。「上大學」很簡單，那就是借貴校一方風水寶地，學我的專業知識，拿我的畢業證書，以便日後遊走江湖，大顯身手。「讀大學」不一樣，比這複雜得多了──不僅在大學裡唸書，還將「大學」作為一種教育形式、一種社會組織、一種文化精神，仔細地閱讀、欣賞、品味、質疑。前者假定「大學」是個固定的實體，我在其中讀書、考試、嬉戲、遊樂。後者則認定大學並非一塵不染，本身也在發展變化，是個有呼吸、有血肉、有生命的組織形式。這樣一來，你在校園裡生活，不僅要「讀書」，還要「讀大學」。換句話說，不僅接受學校裡傳授的各種專門知識，還把學校傳播知識的宗旨、目標、手段、途徑，作為一種特殊的「文化」來加以反省，而不是盲目地接受或拒斥。我們都知道，各種各樣的專業知識，既是人類探索真理的結晶，也是在類似大學這樣的組織形式中，一步步被醞釀、構造出來的；當它成為一門特定科目時，尤其如此。在這個過程中，「大學」本身參與到知識生產及傳播的全過程，其間的

是非曲直，它都必須承擔責任。同樣唸的是文學、藝術、物理、化學，我在北大、你在南大、他在東南大學，所學課程或許相同，但效果就是不一樣。因為，我們都被所在的大學氛圍所浸潤。這些各具特色的「校園空氣」，無法在互聯網上傳遞，這也是大學永遠存在，不可能被「虛擬課堂」或「標準教授」一統天下的原因。

進入正題之前，我講一個小故事：普法戰爭結束的時候，普魯士首相俾斯麥指着面前走過的學生告訴大家，我們能打贏這場戰爭，不是因為我們的士兵，而是因為我們的學生。一個國家之所以強盛，關鍵在學校而不是軍隊，這話，110 年前被康有為拿來呈給光緒皇帝，藉以呼籲朝廷廣開學堂，以養人才。假如你承認，中國的現代化事業是從教育改革起步的，那麼，這個意義上的教育，應該是「大教育」，而不是管理學或方法論等「雕蟲小技」。在我看來，所有關注現代中國命運、理解其過往的山重水復與柳暗花明、期待未來能更上一層樓的讀書人，都應該關注中國大學的命運。今天晚上，就想從六個不同的角度，同大家聊聊大學問題。

一、作為「話題」的大學

我所理解的「讀大學」，不僅要學具體的專業知識，還要研究生產這種專業知識的機構和機制。這樣，你在大學期間所學的知識，才是鮮活的，具有批判性以及再生能力。在這個

意義上，我希望大家把「大學」作為業餘的研究對象。可這樣一來，會不會變成了「教育學博士」或「教育史專家」了呢？我要說的正是這個問題。在我看來，有兩種「大學論」：一是專家著述，發表在各教育學院的學報上的；一是大眾發言，刊登於報紙專欄或文化期刊。我本人因專業及趣味，更傾向於所有知識者都必須面對的、也都有權利插嘴的「大教育」。

從「大教育」的角度來思考並談論中國的大學問題，可以是激情彭湃，全身心投入，也可以是半心半意，將信將疑；還可以是偶爾瞄一眼，知道此話題的最新動態。我想，對於大學生、研究生來說，保持「偶爾瞄一眼」的狀態就夠了。但這並非可有可無，有這一眼和沒這一眼，還是不一樣。你起碼知道自己到底學習、生活在什麼樣的「校園」，知道所謂的「知識」是如何被生產出來並廣泛傳播的，也瞭解「理想的大學」應該是什麼樣子。

當然，別小看「大學」二字，好「寫」，但不好「讀」。要真想瞭解「大學」及其相關問題，比如教育理念、運作程序、經費管理、課程設置、教材編寫、考試形式、社會責任等等，那是一門專門學問。要想說出個子丑寅卯來，而且說到點子上，還真不容易。正因為考慮到中國大學問題之錯綜複雜，我從不敢唱高調，而且，重在「把脈」，而不是「開藥方」。

這就牽涉到一個問題：理想性與可行性。不當家不知柴米

貴，你去問問，每個大學校長，都有吐不完的苦水，整天被人說三道四，挺委屈的。沒錯，很多批評大學的人，包括我自己，其實並不真正瞭解大學的具體運作，只是空談玄理，說得很痛快，但不能解決任何問題。可另一方面，大學校長等管理層，常常陷入日常事務以及人事紛爭，忙於應付各種考查評比，見木不見林，大學因而越辦越「沒精神」。

正是這種參與感與憂患意識，這種兼及理想性與可行性的大思路，使得我在談論大學時，不同於一般教育學專家，也不同於充滿道德訴求的「憤青」。或許不夠專業，但很可能元氣淋漓；就好像今天的演講題目，一看就知道此人是別有幽懷的人文學者。

今日中國，關於大學的歷史、現狀、功用、精神等玄而又玄的話題，竟成為中國人茶餘酒後的「談資」，這在古今中外教育史上，是絕無僅有的奇觀。對此，我曾做出自己的解釋：第一，中國大學的體制有問題；第二，中國大學正面臨着痛苦的轉型；第三，正因為不穩定，有發展空間，公眾發言有時還能起點作用。其實，還有一點同樣不能忽略——今天的中國大學，不再是自我封閉的象牙塔，而是用某種誇張的形式，折射着轉型期中國的所有「疑難雜症」。在這個意義上，談「中國大學」，就是談「中國社會」，不可能不牽涉盤根錯節的政治、經濟、法律等問題。

舉個例子，最近大家都很關心「大學擴招」的後遺症，這事從一開始就不是純粹的教育問題。政治家說是為了提高勞動

者素質，可最初是經濟學家提的建議，主要目的是拉動內需，讓老百姓把錢從口袋裡拿出來，以應對亞洲金融危機。1999 年開始的大學擴招，今天終於開始放緩了腳步。據教育部今年 3 月 7 日發佈的統計報告，2006 年全國普通、成人本專科教育共招生 724 萬餘人，增長幅度有所回落，由 2005 年的 17.1％降至 2006 年的 11.3％，下降近六個百分點。而另一個數字，則看得你喜憂參半 —— 2006 年全國各類高等教育在校生總規模達到 2500 萬人，高等教育毛入學率達到 22％。雖說教育部表態：此後將控制「招生增長」，但猛虎下山的慣勢已經形成，中國大學生規模天下第一，乃不可逆轉的事實。

高等教育毛入學率大大提升，這是個好消息；可這好消息並非水到渠成，而是「搶」來的。高教大躍進的背後，蘊藏着巨大的風險 —— 好多大學面臨着破產的威脅。今年 3 月兩會期間，好多委員和代表談及此問題。貸款擴招，擴招再貸款，高校在貸款泥潭中越陷越深。如果財務危機沒能得到很好解決，中國高等教育將面臨「滅頂之災」。最後的結局，必定是中央財政及地方政府合力買單，因為，我們不可能讓一大批「國立大學」破產。可這教訓是深刻的，政府及媒體都不應對中國大學的現狀盲目樂觀。還有看不見的隱患，連年擴招的結果，大學生就業必定越來越難；而高等教育產業化的發展思路，又使得大學的性格迅速蛻變，校園裡熙熙攘攘一如百貨市場，再也不是原先那清高孤傲的象牙塔了。如此嚴峻的局面，需要校長、教授們關心，也希望同學們留意，正所謂「教育興亡，匹夫有責」也。

基於這一認識，我對目前公眾談論大學的趣味及立場不以為然。大概一個月前，我在中山大學演講，順便接受《南方都市報》採訪，提到我對大學被娛樂化的擔憂。還是以報紙為例。以前關於大學的新聞，主要出現在教育版、科技版、文化版上，偶爾也會在時政版露面，比如說國務院總理視察東南大學呀什麼的。現在不一樣，不少大學教授或有關大學的新聞，竟然在娛樂版出現，其風頭一點不讓影視明星。曝光率是大大提高了，可我覺得，這對大學形象是一種損害。記得十年前，北京大學國際合作部的走廊裡，每星期都貼新剪報，有各大媒體關於北大的報道。現在不貼了，因為太多，而且負面的為主。大學成為街頭巷尾談笑的對象，再也沒有神秘感，公眾巴不得你出醜，好看熱鬧。現在傳媒熱炒的，有些是大學的失誤，但有的不是。舉個例子，中國人民大學在餐廳牆角裝了部電梯，被媒體劈頭蓋臉地批了一通，成了「奢侈浪費」的典型。可實際上，餐廳裡裝電梯，方便行動困難的老教授，沒什麼不對。——除非是施工中出現貪污受賄或工程質量問題，那應該追究。——就這點小事，人大校長紀寶成不斷給各路媒體做解釋，可人家就是不聽。沒有人去調查這部電梯是否有必要裝、花了多少錢、決策過程是否合理。在我看來，公眾並不關心事件本身的是非曲直，而是借題發揮，表達對於日益腐敗的社會風氣的憤怒。這就有點冤枉了，真的。一個名牌大學，因為這麼點小事，被炒成這個樣子，難怪校長很氣憤。可氣憤也沒用，「惟恐天下不亂」，這本來就是大眾傳媒的特點。

在我看來，大學與媒體，二者在趣味及立場上有很大的差

異。前者需要長遠的眼光，後者講究時效性。大學校長必須考慮十年後、百年後的事情，而總編輯則是「只爭朝夕」，再好的新聞，過了一個星期，誰還要？以前，很多大學校長希望登報紙、上電視，現在回過味來，不太敢隨便接受採訪了。因為，媒體對你大學教授發表什麼偉大論文，或者得了什麼學術獎勵，不太感興趣；但如果有老師抄襲或學生跳樓，那就非爆炒一番不可。這種狀況，導致大學和媒體之間，互相猜忌，隔閡越來越深。其實，在歐美國家，報紙不會整天關心你大學裡的事。除非你校長說錯話，被趕下台；或者教授性騷擾，正在打官司。否則，大學校園裡的日常工作，不會成為傳媒關注的對象。

一句話，我希望同學們關注「大學」，瞭解其前世今生，以及未來的發展方向；但又對今天中國「大學」被傳媒過分關注，甚至被娛樂化，表示深深的擔憂。在我看來，「大學」是個很嚴肅的話題，需要平心靜氣地認真面對。諸位，請不要說「人微言輕」，中國的大學該往哪兒走、能往哪兒走，跟你我的關注與介入不無關係。

二、作為「文本」的大學

既然大學是個熱門話題，每個人介入這一話題，都有自己的「前視野」。我也不例外，是以一個「文學教授」的身份，闖進大學研究領域的。你看我的大學研究，不談資源配置，不

談人事管理，也不談教學法，關注的是有關大學的「傳說」、「神話」與「敘事」等。換句話說，我是把「文學」和「教育」兩個專業嫁接起來，在思想史的背景下談「大學」。為什麼這麼說？因為，每個大學都有自己的校史教育，我相信東大也不例外。北大校史館很宏偉，百年校慶時建的，還配備了專門的研究人員。每年新生入學，都會要求他們先看校史館。但真正對大學傳統起延續乃至拓展作用的，不是校長院長的訓話，也不是校史館裡陳列的圖片，或者校訓校歌什麼的，而是校園裡廣泛流傳的大學故事。假如一所大學沒有「故事」可以流傳，光靠那些硬梆梆的規章制度，那是很可憐的。在這個意義上，關於大學的書籍、圖像和文字材料、口頭傳說等，乃校史教育的關鍵。

十年前，我誤打誤撞，闖進了「大學研究」這個陌生領域。幾乎從一開始，我就確定了自己的論述策略，那就是：不避雅俗，兼及文史，在敘事和論述之間，保持必要的張力。這樣談大學，確實和教育學專家不太一樣。從講述「老北大的故事」起步，到關注清華大學、中央大學、南開大學、中山大學、無錫國專、西南聯大、新亞書院、南洋大學等，再到叩問「大學何為」，我談大學，始終以問題為中心。不是教育史專家，很少涉及辦學規模及經費預算等，關注的是這些大學故事背後所隱含的大學精神。為什麼這麼做，那是基於我對當代中國大學的理解。我曾說過：「今天談論大學改革者，缺的不是『國際視野』，而是對『傳統中國』以及『現代中國』的理解與尊重。」在我看來，大學需要國際視野，同樣需要本土情懷 —— 作為整體的大學如此，作為個體的

學者也不例外。起碼人文及社會科學是這樣。可以這麼說，「中國經驗」，尤其是百年中國大學史，是我理解「大學之道」的關鍵。

為什麼熱衷於談「大學史」，那是因為，我相信中國的大學不可能靠單純的橫向移植，是否理解並尊重百年來中國大學的風雨歷程，將是成敗關鍵；為什麼傾向於從「傳說」、「敘事」、「神話」入手，那是因為，我將百年中國大學的「歷史」，作為文本來解讀，相信其中蘊涵着中國人的智慧。所謂文本，可以是正兒八經的校史，可以是豐富但蕪雜的文獻，也可以是五彩繽紛的故事傳說、人物傳記等。別有幽懷的論者，大都喜歡用人物或故事來陳述自家見解，那樣更可愛，更有親和力，更能「動之以情，曉之以理」。

就拿「五四」新文化運動的主將、曾任北大校長的胡適來說吧，他也喜歡講大學故事。查《胡適留學日記》，1911 年 2 月，胡適開始關注「本校發達史」；4 月，閱讀康乃爾大學創辦人的傳記資料；4 月 10 日，開始撰寫《康南耳君傳》，8 月 25 日文稿完成，9 月 3 日修訂，9 月 22 日在中國學生組織的中國語演說會上演講。此文 1915 年 3 月刊《留美學生季報》春季第一號。上世紀 60 年代初，胡適在台重刊此文，還加了個「自記」，說明當初的寫作狀態。此傳就寫「康南耳君」平生兩件大事：創辦北美洲電報事業和康乃爾大學。文中稱：「當其初建學校時，常語白博士曰：吾欲令人人皆可於此中隨所欲而求學焉（此語今刊於大學印章之上）。及其病篤，猶語白博士曰：天不能假我二十年，再贏一百萬

金，以供大學之用耶。嗟夫，此語滋可念也。」文後摹仿太史公：「胡適曰：若康南耳君者，可謂豪傑之士矣。」這種志向與趣味，與其日後問學從政時，均取「建設者的姿態」，大有關聯。在我看來，凡有志於教育事業的，都是理想主義者。因為，做教育事業，需要長遠的眼光，而且堅信只要耕耘必有收穫。

當然，所有的「文本」，因其開放性，容易導致闡釋的歧義。還是以胡適為例。1930 年 1 月，新月書店推出胡適與羅隆基、梁實秋合著的《人權論集》，在序言中，胡適借用周亮工《書影》中鸚鵡救火的故事，略作表白：今天正是大火的時候，我們骨頭燒成灰終究是中國人，實在不忍袖手旁觀。我們明知小小的翅膀上滴下的水點未必能救火，我們不過盡我們的一點微弱的力量，減少良心上的一點譴責而已。可惜，這種「救火」的心情，右派左派都不領情，或判其「擾亂治安」，或譏其「小罵大幫忙」。

胡適所說的鸚鵡救火故事，實自佛經改編而成，最早見於南朝宋劉敬叔的《異苑》，其卷三稱：「有鸚鵡飛集他山，山中禽獸輒相貴重，鸚鵡自念：『雖樂，不可久也。』便去。後數月，山中大火，鸚鵡遙見，便入水濡羽，飛而灑之。天神言：『汝雖有志，意何足云也？』對曰：『雖知不能救，然嘗僑居是山，禽獸行善皆為兄弟，不忍見耳！』天神嘉感，即為滅火。」這故事又收入《幽明錄》，此後歷朝歷代，有各種形式的轉述與闡釋。胡適不過藉此表達一種「無力補天」但「有心救火」的情懷。而立志造反的共產黨人瞿秋白，對

此十分不滿，撰《王道詩話》，批評胡適「文化班頭博士銜，人權拋卻說王權」，正是着眼於《人權論集序》中的那一羽「鸚鵡」。為配合文章，瞿秋白甚至專門寫了四首詩，末一首云：「能言鸚鵡毒於蛇，滴水微功漫自誇。好向侯門賣廉恥，五千一擲未為奢。」

由此可見，立場迥異的文化人或政治家，對同一個故事，有截然不同的解讀方式。不像邏輯嚴密的理論文章，關於大學的「故事」或「傳說」，因其如落英繽紛，大有自由馳騁的想像空間。這個時候，何為「正解」，何為「誤讀」，何為「借題發揮」，需要研究者認真辨析。

三、作為「象徵」的大學

談論作為「象徵」的大學，最理想的例子，是西南聯大。在烽火連天的抗戰期間，竟然有那麼多年輕的學生和飽學的教授，聚集在大後方昆明，潛心讀書著述，探索真理，追求民主與正義，確實了不起。但除此之外，西南聯大還有一個好處，它已經永遠消失在歷史深處。你捧北大、清華，或者刻意表彰東南大學，都不保險，別的學校的學生都會撇嘴的。別看人家恭維你，說你是「精神聖地」，你就高興；我告訴你，高高地供在神龕上，下不來，很難受的。世人都像九斤老太，喜歡抱怨「一代不如一代」。那些隱身於歷史深處的，我們容易記得她的好處。相反，近在眼前的大學，不如

意事常八九。北大近年老被開涮，清華好些，不過你讀1994年《讀書》上的《清華園裡可讀書？》，照樣有很嚴厲的批評。對比今日中國大學之日漸世俗化，充滿理想色彩的西南聯大，更是讓人感慨萬端。從1946年刊行《聯大八年》，到1986年出版《絃吹弦誦在春城 —— 回憶西南聯大》，這中間的四十年，西南聯大其實不太被人牽掛。最近二十年，西南聯大的故事方才逐漸發酵，成為一個熱門話題。關於這所神奇大學的基本狀況及理論闡釋，我在別的文章談過，這裡就不贅了。

今年春天到昆明講學，在雲南大學那一次，我專門講了西南聯大。一方面自信頗有研究，另一方面則是「還願」。為什麼這麼說呢？我在中山大學的碩士導師吳宏聰先生是西南聯大的本科生及助教，我在北京大學的博士導師王瑤先生、還有我妻子的碩士導師季振淮先生，都是西南聯大的研究生。常聽他們提起，當年聞先生怎麼怎麼、朱先生又如何如何，對聯大時期師生的日常生活及精神狀態，頗為心馳神往。從事人文研究的，和自然科學家不一樣，除了基本史料及學術訓練，很大程度上，得益於研究者的心境和情懷。在那麼艱難困苦的環境下，支撐着他們不屈不撓，一直往前走的，必定是某種「浩然正氣」。半個多世紀過去了，今天我們讀他們的文章，懷想聯大往事，還能感受到那種「歷史的餘溫」。

抗戰中西南聯大的「絃吹弦誦」，確實是中外教育史上的一個奇跡。二十年來，出版了不少校史資料以及研究著作，還有很多回憶錄、日記、散文、隨筆、小說等，這些讀物，給

普通讀者很大的震撼，讓我們日漸進入西南聯大的歷史情境，包括其日常生活、政治激情、文學課堂以及學術環境等。這其中，一對師生，沈從文和汪曾祺，給我們提供了聯大文學教育的精彩場景。

汪先生追憶西南聯大的三篇文章，第一篇《泡茶館》，第二篇《西南聯大中文系》，第三篇《沈從文先生在西南聯大》，都是妙文。「泡茶館」是當時自由自在的大學生活的象徵，在那個特定狀態下，泡茶館給了學生們閱讀、思考、討論、創作的自由，文章最後一段說，泡茶館對西南聯大的學生來說：第一，養其浩然之氣；第二，茶館出人才，不是窮泡，不是瞎聊，茶館裡照樣讀書；第三，在茶館裡可以接觸社會，讓你對各種各樣的人，各種各樣的生活發生興趣。《沈從文先生在西南聯大》是為北大 80 週年校慶而作。老北大和西南聯大一脈相承，汪曾祺寫文章時，特別強調聯大老師講課從來沒人干涉，想講什麼就講什麼，想怎麼講就怎麼講。在所有關於聯大的回憶文章裡面，講到人的，以文學院的教授為主，這一點與老北大一樣。老北大的教授中，經常被追憶的，也基本上是文學院的教授。為什麼？因為文學院的教授有個性，學問大小是一回事，但起碼這「名士派頭」比較容易入筆端。

沈從文是汪曾祺的老師，在當年的西南聯大，屬於不太被重視的「年輕教師」。我特別感慨的是，沈從文先生把他對小說的感覺，對文學的想像，帶到當時中國的最高學府中來。從「邊城」走出來的大作家，日後進了西南聯大，開始講「中

國文學」，講「中國小說」，教「文學習作」等。1940 年 8 月 3 日，沈從文在西南聯大師範學院作了一個演講，題目叫《小說作者和讀者》，我關注的是下面這段話：「好作家固然稀少，好讀者也極為難得！這因為同樣都要生命有個深度，與平常動物不同一點。這個生命深度，跟通常所謂『學問』的積累無關，與通常所謂『事業』成就也無關。」文學博士或文學教授，不僅不見得就一定能寫出好文章，且未必能夠欣賞好的文學作品。大學裡設有中文系、外文系，很多人專攻「文學」，但這不表示好作品的讀者增加，也不見得就有助於對作品理解的深入。這是一個文學教授的話，當然，他是一個另類，是一個有豐富生活體驗的作家。

這個作家，除了講自己最拿手的小說，在西南聯大時期，他還教散文。那是一門叫「文學習作」的課程，第一次講徐志摩的散文，第二次講如何從魯迅、周作人的作品學習「抒情」。講魯迅沒問題，講周作人就有點「冒天下之大不韙」了。因為，1940 年，周作人早已在北平投敵，當了漢奸，重慶的抗戰文藝界也已經嚴厲聲討過了；但在昆明，沈從文居然在西南聯大的課堂上大講周作人的散文如何如何好。記得十多年前，北京大學開設「大學語文」課，剛講了一個學期，就被人狠狠地告了一狀，罪名是「褒揚漢奸」，因教材裡選了周作人的文章。遙想半個多世紀前，抗日戰爭還在進行中，事態還不知往哪個方向發展，西南聯大居然允許教授在課堂上講授「漢奸的文章」，這點特別讓我震驚。這我才可以理解，為什麼那麼多人談起西南聯大，都說那時教授們講課非常自由。

我關注的，還包括講授者如何從周氏兄弟的作品裡讀出「抒情」來。在此之前，人們普遍覺得，周氏兄弟的「議論」非常精彩，他們有思想家的風度，有叛逆精神，有豐富的學識，但大家不太注意作家壓在紙背的心情。而沈從文不一樣，作為一個作家，他敏感到魯迅、周作人那些精彩的雜文、隨筆中，蘊涵着作者的深情。徐志摩的抒情──好壞不論，大家都一眼就能看出來；而魯迅、周作人別具一格的抒情，則是作家沈從文的獨特發現。這篇文章專門比較周氏兄弟的散文隨筆和徐志摩的抒情有何不同，用的是形象化的表述方式。換句話說，這不是一個讀「文學概論」出來的人，他憑自己的藝術感覺說話。比如他說：徐志摩散文給我們的感覺是動，文字的動，情感的動，活潑而輕盈，如一盤圓潤的珠子，在陽光下轉個不停，色彩交錯，變化炫目。這種表述方式，和我們平常寫論文完全不一樣。下面講到魯迅和周作人：「一個近於靜靜的獨白，一個近於憎恨的咀咒。」不用說，前面是指周作人，後面是指魯迅。魯迅、周作人的文章，和徐志摩的文章之所以不一樣，那是因為，前者是中年文章，後者是少年文章。這些論述，都是憑感覺，憑一個作家對另一個作家的「體貼」來完成的。一個作家，進入大學課堂後，他的講授方式，跟一般學院訓練出來的教授們，本來就應該是不一樣的。

汪曾祺說，西南聯大培養出來的作家不是很多，但沈從文先生那樣的教學，突然讓你悟出來，不是作家能不能培養，也不是文學能不能教，而是怎樣「教文學」才有效。作家沈從文，以其獨特的教學方式，把「文學教育」的問題推到我們面前。

四、作為「箭垛」的大學

有這麼個笑話：某同學到外地大學找朋友，朋友不在，隔壁的同學一聽說是北大博士生，立刻把他趕出來，還說：你不說北大我還不生氣，你一說北大，非讓你馬上離開這裡不可。我不曉得這故事的起源，但很像是在網絡上創作並流傳開來的。這故事弄得北大的留學生很緊張，不知道出門該如何應對，是否需要喬裝打扮。我說，沒那麼嚴重，這笑話背後，是很多人對北大愛恨交加，故喜歡拿北大「開涮」。

這所在中國、在國際上都有很高知名度的北京大學，今天備受各種「道德訴求」以及「流言蜚語」的困擾。在我看來，這些批評，有的切中要害，有的則未必。作為「當事人」，北大校方有時覺得很委屈，努力辯解，但無濟於事。原因是，你還沒來得及把委屈講完，公眾已經興趣轉移了。傳媒的特點是「喜新厭舊」，三五天後，必定是雨過天晴──說對了，不會死纏爛打；說錯了，也沒人給你平反。

舉個例子，最近媒體又在爆炒北大科技園區建五星級酒店的事。2007 年 4 月 22 日《文匯報》上有一《忍看「北大南牆」成「酒店北牆」》，其義憤填膺的批駁，有些不太符合實際。主要批評有三：難道只有泡「地下 3000 米開採的溫泉水」你才能思考？錢都用來建酒店，怎麼支持「本科基礎教育、維繫學術的正源與本色」？還有就是「北大每年外事接待費用相當於一個中等省份的規模」。雖不是校長或新聞發言人，但我可以替北大略為辯解。北大靜園打地熱井的全過程，我

們都親眼看見。現在，北大勺園以及學生澡堂用的，還有將來為奧運會乒乓球館提供生活熱水的，都是這口地熱井。也就是說，不是為了使酒店顯得「高檔」而專門開採溫泉。至於建酒店的錢，是科技園區自己籌集來的，是一種企業投資行為，根本不可能轉而用來支持本科教學。而說到北大的外事活動，好些是政府決策，比如請某國總統演講，或授予某人名譽博士學位，都不是北大想做就能做的。記得有一年，日本首相海部俊樹讓秘書找北大，希望訪華時，來北京大學演講；若能獲得北大的榮譽博士，他將「有所表示」。北大很高興，報上去了，可國家出於某種戰略考慮，改由深圳大學授予他名譽教授。諸位不要以為，北大有權隨意頒發名譽博士，並因此而獲得好處。至於大國總統來訪，保安措施格外嚴密，對正常的教學秩序是有影響的，這也並非大學本意。

有趣的是，在校園附近建酒店，好多大學都有類似的舉措，而且開業在先，未見紛爭；為何輪到北大，就引起這麼大的風波？背後的原因是，公眾不滿中國大學近年來的表現：學術水平沒有多少提升，而校園建築卻越來越富麗堂皇。正是這一點，使得很多人對大學「有氣」，於是，只好拿北大「說事」。《文匯報》文章對北大的批評，也許不夠準確，但背後的問題意識，卻具普遍性。

委屈嗎？不見得。你的一舉一動，無論對錯，很容易成為全國性新聞。所謂「北大無小事」，既是光榮，也是一種負擔。只是從去年開始，負面的報道越來越多，以前是教授抄襲、

學生賣豬肉，那還是指向個別人；現在不一樣，引進人才有假、校園遊覽限制、未名湖畔拆遷，以及被香港諸大學「打成二流」等，針對的都是整個學校的形象。我說過，北大的「危機處理」能力太差，不能在第一時間講清楚，等媒體把話題炒熱了、炒糊了，你再邁著四方步，站出來，做些四平八穩的解釋或表態，管什麼用？

記得上世紀 20 年代，針對「五四」新文化運動後北大聲譽如日中天，胡適說過：「暴得大名，不祥。」一直到今天，還有很多人將北大視為「精神樂土」、「文化聖地」，絕不允許北大「墮落」——也不管這是不是必要的妥協。這種「決絕」的姿態，讓北大人感動，也讓北大人為難。承受這麼多的「關愛」，其實是很累、很累的。就好像李清照的詞：「只恐雙溪蚱蜢舟，載不動，許多愁。」現實生活中，北大不可能如此「純粹」，也有很多「雜質」，那些激烈批評北大的人，很可能是「愛之深故責之切」。

記得胡適在《〈三俠五義〉序》中，有關於母題演變的一段話：「傳說的生長，就同滾雪球一樣，越滾越大，最初只有一個簡單的故事作個中心的『母題』（motif），你添一枝，他添一葉，便像個樣子了。」此類「傳說生長史」，既落實為古人把一切罪惡都堆到桀、紂身上，而把一切美德賦予堯、舜；又體現在不同時代的讀者都喜歡為感興趣的故事添枝加葉。這「箭垛式人物」的建立，甚至牽涉到地點。廣東人就很不服氣，誰都知道「包龍圖打坐在開封府」，有幾人曉得包公在肇慶任端州府尹三年，到底做了哪些事？

談大學也一樣，喜歡拿「北大」當靶子，這一趨勢早就形成。誰讓你得到那麼多的關愛，所謂「萬千寵愛集一身」，不罵你罵誰，不滅你滅誰？對於諸多談論北大的文章，我的總體評價是：北大沒像表揚的人說的那麼好，也沒像批評的人說的那麼差。媒體上諸多「北大論」，你不妨將其作為理解中國大學困境及出路的思考；這樣想，不管你喜不喜歡北大，讀這些文章時，心態都會平和多了。

我曾套用張愛玲的話，說北大是個「誇張」的地方 —— 在北大出名很容易，好名惡名都是「唾手可得」。既然成為「箭垛式大學」，既收穫光榮與夢想，也得接受淚水與委屈。世人借批評北大來展開思想交鋒，我認為是很正常的。因此，請允許我先阿 Q 一下 —— 能給學界及大眾提供有思想深度的「話題」，也算是北大的一種貢獻。幾年前，北大人事制度改革，引起很大爭議，我就說過類似的話。校內校外，這麼多人都來關注北大的改革，並進而討論所謂的「大學之道」，這是極為難得的。我甚至認為，也只能是北大，才有這樣的局面：包括校內激烈的爭辯，公眾參與的熱情，以及傳媒的推波助瀾等。在其他學校，即便想這麼做，也沒這個效果。

五、作為「景觀」的大學

將英國的劍橋大學作為「旅遊景觀」來論述，不是蔑視其悠

久傳統與輝煌學術，而是突出其在中國人心目中的形象。而這，與著名詩人徐志摩有直接的聯繫。我到劍橋訪問，那裡的教授很高興地告知，現在報考劍橋的中國學生特別多，而且每天都有很多遊客來校園遊覽，一問，都是受《再別康橋》的誘惑。那首詩很早就進入了中學課本，所以，凡在中國唸過中學的，都知道英國的劍橋大學。

這麼多外國好大學，就屬劍橋在中國名聲最大 —— 我說的不是學界，而是一般大眾 —— 這絕對與徐志摩的「禮讚」有關。我甚至說，徐志摩是劍橋大學的「形象大使」，在中國，一說劍橋，馬上想到的就是詩人徐志摩 —— 他的詩文，他的經歷，還有他的丰神俊朗與儒雅風流。

1930 年代以後的中國人，遙想「康橋」時，很難不受徐志摩詩文的暗示或影響。而在此之前，已有好些海外遊記提及這所著名學府，只是都不如徐志摩的深情投入以及「彩筆麗藻」。比如，康有為遊覽劍橋的文章，便很少有人關注。這裡有個特殊因緣，康有為描寫劍橋的文字，生前沒有公開刊印，一直作為手稿流傳。2004 年北京圖書館出版社方才刊行包括影印手跡及 43 頁釋文的《康有為牛津劍橋大學遊記手稿》，故學界很少談及。

在晚清政壇叱咤風雲的維新志士康有為，1898 年 9 月因戊戌變法失敗，開始流亡海外，十六年後方才歸來。康回國後，曾請吳昌碩刻過一枚朱文小字印章：「維新百日，出亡十六年，三周大地，遊遍四洲，經三十一國，行六十萬里。」這

二十七字，頗為簡潔地描述了其經歷。曾八次赴英的康有為，於 1904 年 7 月 21—24 日訪問牛津大學，8 月 11—13 日遊覽劍橋大學。在這冊遊記手稿中，康有為記錄了其遊神學館、考試館、博物館、學生公食堂、鐘樓等處，但更關心這兩所大學的學制及教學方式。畢竟是政治家，康有為邊遊覽，邊對照國內情況，發表議論。如感歎中國人為科舉考試而鑽研八股和楷法的同時，英國人正專注於新器和專利；還有「蓋以大概之學風論之，各國大學校之俗甚類吾粵之大館，進上亦及於菊坡、學海與杭州之詁經精舍」。終於碰到漢學家了，劍橋大學華文總教習齋路士希望與之交談中華文化，康有為十分興奮，大加發揮。此遊記兼及作者考察歐美各國學校之體會，屬於借遊記寫胸懷和學識，真正對校園景色的描寫，反而不多。因此，以下這段描寫，顯得很可貴：「監布列住大學校，距倫敦汽車一時許。近學處市街清潔，綠樹陰森。教習齋路士君遣馬車來迎，出妻女相見。令其女先導遊女大學校，與吾女同壁偕。花草繞徑，大院石築二層，長廊繞之。藏書樓數萬卷，上下兩列。學分神、文、醫、算、物理、拉丁、德、法語諸科，但無律耳。三年畢業。女學生一百二十五人，多年廿餘歲者。……女大學不設科第。蓋歐洲各國舊俗仍抑女，大學皆無科第，此惟美國平等耳。……此事終讓美人出一頭地，吾取美矣。吾國若立女大學，當如美之給予科第，令黃崇嘏常出世間焉。」這裡所說的「黃崇嘏」，是五代時前蜀的一位奇女子，聰敏好學，精通經史，長於詩文書畫，曾女扮男裝，進入仕途，且政績不錯。她那傳奇經歷，後來的詩話、筆記等多有記載，而金元雜劇《春桃記》、明代徐渭雜劇《女狀元辭凰得鳳》，更

是大加鋪排。

現在談劍橋，幾乎沒有人關注康有為，大家知道的，都是徐志摩的故事。徐志摩寫康橋的詩文，主要是《康橋，再會吧》、《我所知道的康橋》和《再別康橋》。假定你去劍橋大學，不管是唸書還是旅遊，你讀《再別康橋》，幾乎沒有任何信息量，因為，你不知道劍橋有多少學院，圖書館在哪兒，課程設計如何，該怎樣利用或欣賞這所著名大學的學術資源。這些有用的信息，《我所知道的康橋》裡有一點，但也遠遠不夠。請大家注意，徐志摩原本在美國唸書，後轉倫敦大學；1921 年開始寫詩，並進入劍橋皇家學院當特別生。什麼叫「特別生」，就是只註冊，沒學籍，也不用考試。1922 年回國，徐寫了一首新詩 ——《康橋，再會吧》。1925 年歐遊，徐志摩寫散文《我所知道的康橋》；1928 年重返校園，便有了那首聲名遠揚的《再別康橋》了。「輕輕的我走了，／正如我輕輕的來；／我輕輕的招手，／作別西天的雲彩。」如此詩句，不知迷倒了多少有浪漫情懷的讀書人。可作為「旅行指南」，只講「滿載一船星輝，／在星輝斑斕裡放歌」，實在不合適。這樣讀書當然很愜意，但不一定非在劍橋不可。作為詩人，徐志摩敏感到康橋自然的美，但忽視了大學的主要功能是獲取知識。在劍橋呆了一年半，詩人偶爾也會上上圖書館，或去教室聽聽課；但因為是特別生，沒有考試等壓力，也未能真切體會這所大學嚴肅認真乃至刻苦古板的一面。

因此，我請大家讀另一篇文章，那就是蕭乾寫的《負笈劍

橋》。這文章刊於 1984 年 5 月的《文匯月刊》，後收入北京三聯書店 1987 年版《負笈劍橋》，是作者畢業四十年後，重回劍橋時寫的。蕭乾當過《大公報》記者，知道民眾需要什麼樣的信息，文中抒情筆墨不多，夾敘夾議，在追憶自家留學生涯的同時，着意介紹這所大學的歷史、建制、風景、學術特點以及學生的課外活動等。沒有照抄旅遊指南或大學簡史，而是在敘述自家經歷或表達感想時，不失時機地穿插相關資料。對於渴望瞭解劍橋大學風貌的讀者來說，《負笈劍橋》雖沒有徐文灑脫，卻比徐文更有用。畢竟是在圖書館裡泡了整整兩年，積極準備撰寫關於意識流小說的碩士論文，所以，蕭乾對劍橋大學教學及科研方面的瞭解，明顯在徐志摩之上。徐志摩給我們描摩的，是一個充滿詩情畫意的劍橋，那當然是劍橋，但不是劍橋的全部。蕭乾則告訴我們另外一個劍橋，即這所大學理智和冷靜的一面。剛說過在野外散步，很舒適，話鋒一轉，便是：劍橋還有另外一面，而且是它主要的一面，那就是對真理的刻苦追求。

蕭乾說的沒錯，任何一所大學，都有閒適的、抒情的一面，也都有刻苦的、枯燥的一面，問題是，所有的追憶者，都願意暢談前一方面，而冷落後一方面。拜讀過不少關於劍橋的書，我得出一個結論：對於中國讀者來說，最值得推薦的，還是徐志摩和蕭乾的詩文。因為，一個是充滿激情的少年情懷，一個則是回首往事的睿智長者，兩者不可偏廢。有了少年情懷還不夠，還必須有中年的滄桑與理性，才能真正理解古老的劍橋大學。

此外，還有一本書值得推薦。1975 年，當時的年輕教師，日後成為香港中文大學校長的金耀基，撰寫並出版了《劍橋語絲》。那年，他剛好四十歲，正是學識與激情相得益彰的時候。一個詩人，一個作家，還有一個學者，二人談論同一個優雅迷人的大學校園，角度迥異，可互相補充。一所大學，或者一座城市，能有幾個才華橫溢的作家或學者傾心於此，寫出優美的詩文並流播開去，實在是很幸運。某種意義上，這些詩文，可看作兼具學問與溫情的「旅遊手冊」；起碼對於像我這樣喜歡遊玩的人來說，是這樣的。

六、作為「文物」的大學

我關注大學裡的「老房子」，主要立足於教育史，而不是建築史。說白了，一半是因為好玩，一半是因為學問。借助此等文化遺存，思接千古，浮想聯翩，這樣的「文人習氣」，跟建築學家的專業眼光，明顯不在一個層面上。

十幾年前，一個秋日的午後，我在河南登封的嵩陽書院遺址盤桓。落日餘暉中，默唸着道統祠的那副名聯：「海納百川有容乃大，壁立千仞無欲則剛。」只可惜人去樓空，二程遺風蕩然無存。倒是那兩棵閱盡滄桑的漢封將軍柏令我肅然起敬，繞樹三匝，惟有沉默能夠表達這種深深的敬畏。此後，凡外出遊覽，我必尋訪書院遺跡，或大學裡的老房子，既拍照片，也鈔碑文，企望有朝一日，能寫一部遊記體的兼及理

趣與閒情的「中國書院／大學史」。2001 年暑假的江西之行，讓我對書院建築及遺址的現狀，有了更多感性的認識。就在鵝湖書院的泮池邊，撫摸着石拱橋的雕欄，我告訴正在策劃「尋蹤叢書」的 L 君，認領了「中國書院」這一選題。只可惜，「計劃趕不上變化」，先是我爽約，接下來出版社也改弦易幟了。

北大百年校慶期間，我曾應某電視台之邀，在攝影機前表演了一回 —— 穿梭於景山腳下的老北大遺址，指點着各式建築，講述「老北大的故事」。片子播出後，據說很受歡迎；於是，中央電視台某欄目的製作人跑來，讓我幫助策劃「世界著名大學」的專題片。當時的設想是，就按我馬神廟及漢花園講故事的模式，於訪談見風景，以建築寫精神，上則傳播文化理念，中則介紹大學體制，下則渲染大學風光。我答應了，條件是：拍過國外大學，接着拍國內大學；如此中西兼顧，方能顯示作者之情懷。很可惜，學者的認真執着與電視人的多快好省，腳步很難合拍。忙碌了大半年，製作人不見了。據說是人家嫌我們太較真，拍這樣的片子，還寫腳本，還請專家，還拒絕俊男靚女、想找各大學畢業的老學生來當「解說」。沒那麼複雜，派兩個人，扛攝像機進校園，問路旁的大學生，這是什麼樓，那叫什麼湖，很有名是不是，好，拍下來，回去剪接，不就行了嗎？如此「牛頭不對馬嘴」，讓我很傷心。此後雖不斷有人舊事重提，我卻沒有勇氣重做馮婦。

這本來是個好主意，大學校園裡的老房子，本身就是刻在

牆上的大學史。專家們在解釋為何將大學校園列為國家重點文物保護單位時，往往強調其建築風格如何兼容中西，教室禮堂等室內空間如何緊湊合理，還有園林佈局如何與自然地貌配合默契，我則一口咬定，首先是「重要史跡」，而後才是「代表性建築」。最近，《建築與文化》做了一個專輯，以中國大學110週年為由頭，請不同專業的學者講述各個歷史階段的大學建築。我的文章題目是《大學精神的見證人與守護者——寫給大學校園裡的「老房子」》。校園裡的老建築，早就成為「大學文化」的重要組成部分。這些仍在使用的老房子，是活的文物，讓後來者體會到什麼叫「歷史」，什麼叫「文化」，什麼叫「薪火相傳」。只是隨着大學擴招以及校園置換計劃的落實，新一代大學生大都已經或即將轉入整齊劃一、煥然一新的「大學城」，再也體會不到往日校園裡那種新舊並置、異彩紛呈、浸潤着歷史感與書卷氣的特殊韻味。

近年談大學精神，很多人標舉梅貽琦1931年就任清華大學校長時的《就職演說》：「所謂大學者，非謂有大樓之謂也，有大師之謂也。」這話是從孟子對齊宣王說的「所謂故國者，非謂有喬木之謂也，有世臣之謂也」，略加變化而來的。一定要在「大樓」與「大師」之間做選擇，我當然只能站在梅校長一邊；可這麼說，不等於完全漠視作為物質形態的「大樓」。實際上，矗立於校園裡的各式建築，無論高低雅俗，均鐫刻着這所大學所曾經的風雨歷程，是導引我們進入歷史的最佳地圖。這倒讓我想起汪曾祺1986年寫的《香港的高樓和北京的大樹》：「『所謂故國者，非有喬木之謂也。』然而

沒有喬木，是不成其故國的。⋯⋯至少在明朝的時候，北京的大樹就有了名了。北京有大樹，北京才成其為北京。」請允許我套用 —— 沒有飽經滄桑的「老房子」，是不成其為歷史悠久的著名大學的。

幾年前，應邀在鳳凰台的「世紀大講堂」做《中國大學百年》的專題演說。結束時，主持人希望我用一句話來總結。倉促之中，脫口說出：「大學是個寫詩、做夢的好地方。」這話後來不斷被人引述，也有批評說是「不切實際」——只會「寫詩」、「做夢」，怎麼能適應市場經濟的需要？我想，他們是誤會了，大學的主要功能不是「職業培訓」，而是探究真理、養成人格。如果有人問：「你讀過大學嗎？」有兩種回答：一是交學歷證書，二是談心靈感受。二者都有道理，但不可偏廢。今日的大學生，明天的好校友，我相信母校對你們的期待，不僅是衣錦還鄉或捐資助學，更重要的是，學會跟大學的歷史、現狀、建築、精神等進行不懈的對話。

關於大學生活的各種追憶與講述，很迷人，但也很脆弱，值得今人格外珍惜。不妨在追摹時回味，在鑒賞處反省。一般來說，校慶出版物的學術水平都不高，因為只能說好話，就好像祝壽，不能掃人家的興頭。可我收藏校慶紀念物，從報刊書籍到郵票首日封，因為，這是一種「成人儀式」，有它，你多一份溫馨，同時多一點歷史記憶。世人喜歡追憶過去的好時光，這本身是有盲點的，比如，遺失了曾經真實地存在過的「悲慘世界」。另外，當論者津津有味地品鑒「過去的大學」時，你以為他／她已經沉入歷史深處，不，那往往正

是他們感懷當下的地方。

好，回到標題「弄花香滿衣」。我提醒諸位，所有關於大學的談論，都包含着選擇性的「遺忘」。一如詩人之「弄花」，關注其容光煥發、香氣逼人的精彩瞬間，而不是作為植物的牡丹、玫瑰等漫長的一生。那是真實的情景，但並非全部；是一種精挑細選後的「真實」。或許，正像詩人所描述的，在「掬水」的那一瞬間，你感覺「月」真的「在手」。可這月色，值得格外珍惜，一不小心，水從指縫間漏走，月也就消失了。

我對自己以及諸位的期待是：在與歷史的對話中，展開「大學文化」以及「教育理念」的思考與實踐。

2009 年 1 月 30 日，破五的鞭炮聲中，據記錄稿整理成文

◢　附記：我曾就此話題，在東南大學（2007 年 5 月 15 日）、浙江大學（2007 年 12 月 16 日）和海南大學（2009 年 1 月 5 日）做專題演講；這回發表的整理稿，以東南大學所講為主。

（此文節本刊《解放日報》2009 年 2 月 9 日，全本刊《社會科學論壇》2009 年第4 期）

解讀「當代中國大學」

無論你是任教東方還是求學西方，是痛心疾首還是興高采烈，「大學」在發生變化，這點你我都能深切感受到。這個變化到底是好是壞，現在還說不清楚。「改革」不見得一定就是好事，有成功，也有失敗，既充滿機遇，更遍佈陷阱，尤其是在中國這樣崇尚「摸着石頭過河」，有着各種不確定性的國家。所謂「大學改革」，之所以值得你我認真關注，其中一個重要原因：那就是，此舉不僅影響中國的未來，也制約着全球教育事業的興衰。必須記得，中國目前是世界上最大的「大學實驗場」——人數最多，2500 萬在校大學生及研究生；思路最複雜，兼及社會主義與資本主義；變化幅度最大，正在追求「跨越式發展」。一句話，局面相當混亂，但生機勃勃。因此，「當代中國大學」值得你我深入觀察。

在中國，之所以大家都在關心大學問題，那是因為，中國的大學還沒有完全定型。在西方，大學已經定型了，路該怎麼走，大致上已確定，作為個體的知識分子，你說了等於白說。所以，你會發現，反而是中國的大學教授們，或者說知識分子們，熱衷於討論大學問題。那是因為，他們

還有自信，覺得大學問題在我們可以努力的範圍之內，今天的討論，即便無法立竿見影，但也有可能影響日後中國大學的發展。

至於什麼叫「當代中國大學」，我自己給下了個定義：即最近十五年的中國大學。理由是：經歷「八九風波」以及1992年的鄧小平南巡，中國的改革走上了一條新路；對於教育來說，1993年中共中央、國務院頒佈的《中國教育改革和發展綱要》至關重要，可作為界標。好事壞事，很多都得從這裡說起。

在我看來，「大學」在變化，這並非中國所特有，某種意義上，這是世界性現象。2000年，美國為數不多的名牌公立大學密西根大學原校長詹姆斯‧杜德斯達出版 *A University for the 21st Century*，此書中譯本2005年由北京大學出版社刊行。書中提到：「我們已經進入了一個高等教育出現重大變革的時期，大學努力回應它們所面臨的挑戰、機遇和責任。」一千多年來，大學為我們的文明做出了重大貢獻，進入21世紀，沒人懷疑，大學還會繼續發揮類似的作用。但是，各種改革的努力，將使「大學」的形式及內容發生很大變化。而當代中國大學的諸多變革，必須放在這個大背景下來談論，才能有比較清晰的思路。

今天演講，選擇十個關鍵詞（keywords），建構起我對這十五年中國大學的敘述及論述框架。這十個關鍵詞分別是：「大學百年」、「大學排名」、「大學合併」、「大學分等」、「大學

擴招」、「大學城」、「大學私立」、「北大改革」、「大學評估」、「大學故事」。主要不是表達我的「理想大學」設計，而是描述現實中的中國大學如何在各種可驚可歎、可悲可喜的混亂局面中艱難前進。因此，不作過多的理論闡發；雖然在具體講述的過程中，確實隱含着我對「大學」的想像以及價值判斷。

我得預先聲明，今天諸位聽到的，不是政府官員、也不是教育專家，而是一個人文學者在談大學。之所以這麼說，那是因為，不同地位的人談大學，眼光及趣味是不一樣的。記得毛澤東說過：「屁股決定腦袋。」也就是說，你在什麼位置上，你考慮問題的角度是不一樣的。教育部長談大學，和我唱的不是一個調；北大校長談大學，也跟我談的不一樣，這是很正常的。假如我說大學校長該說的話，或者擺出教育部長的架子，那不僅沒意義，而且可笑。正因為我們各自的位置、功能以及看問題的方法不太一樣，才有各自存在的價值。

作為一個人文學者，我關心中國的教育，尤其是大學問題。最近十年，先後出版了《北大舊事》、《老北大的故事》、《北大精神及其他》、《中國大學十講》、《大學何為》等著述，主要切入口是中國大學一百年的歷史經驗，以及當代中國大學的諸多改革實踐。這些書，都不是純粹的專業著作，而是兼及史論，文體上介於論文與隨筆之間，擬想讀者半是學界半是大眾，目的是介入當代中國大學改革，而非隔岸觀火。所謂「位卑未敢忘憂國」，這種寫作姿態，決定了此類演講

或文章學理上不夠深厚，論述也不夠周全，但貼近現實生活，顯得生氣淋漓。不僅僅是我，中國知識分子普遍關心教育問題，那是因為，他們意識到，所有的學術突破、思想革新、文化創造，都必須落實在制度層面，才有可能得到「可持續發展」。所謂「制度化」，教育是一個關鍵。所以，很多人身不由己地「捲入」或者說「闖入」教育研究的領地。

好，言歸正傳，先從大學的歷史說起，最後回到「大學故事」。

一、「大學百年」

中國的大學到底是「百年」還是「千年」，這一點，曾經有過激烈的爭論。1918 年，當時的北大校長蔡元培為《北京大學二十週年紀念冊》作序，提到過去的太學、國學，其性質與範圍，均與今日的北京大學不可同年而語。因此，我們承認，北京大學只是個 20 歲的小青年，不能跟美國人、更不能跟歐洲人比「大學的歷史」。可是，後來不斷有人提這個問題。比如，馮友蘭教授就寫過一篇文章，題目叫《我在北京大學當學生的時候》，其中有這麼一句話：「我看見西方有名的大學都有幾百年的歷史，而北京大學只有幾十年的歷史，這同中國的文明古國似乎很不相稱。」怎麼辦，建議我們也從漢武帝立太學說起。那樣的話，感到尷尬的，就不是我們，而是歐洲人了。馮先生不是第一個這麼提的，

從 20 世紀 20 年代起，就不斷有這麼一種聲音，說北大前身京師大學堂，是代表國家的最高學府，因此，追溯校史時應從漢武帝建立太學那一年，也就是公元前 124 年說起。這樣計算，北京大學就有二千多年的歷史。這個說法，在北大內部，雖偶爾有人談及，不過只當笑話，沒幾個人當真。比較一致的看法，還是認為北京大學是在戊戌變法中醞釀產生的，是因應西學東漸的大潮而發展起來的。1862 年創立的京師同文館，是清末最早設立的「洋務學堂」，一開始只教外語，後來添加了自然科學方面的課程，再後來，被合併到京師大學堂裡來。因此，北大若一定要拉長歷史，從 1862 年說起，也不是毫無道理的。但即使如此，我還是認為，北京大學的歷史，從 1898 年說起，更為理直氣壯。

歷史學家柳詒徵先生曾撰有《南朝太學考》和《五百年前南京之國立大學》二文，討論南京這塊地方上曾經有過的「國立大學」：「金陵之有國學，自孫吳始，晉、宋、齊、梁、陳，迭有興廢」；「明之南京國子監，實為上下千年唯一之國立大學」。如此着墨，不能說毫無現實考慮，但作為歷史學家，柳先生嚴守邊界，沒做進一步的發揮。另外一個教育家張其昀，1935 年撰《源遠流長之南京國學》，論證中央大學歷史悠久，從南朝的太學算起，如此「薪火之傳幾至千五百年」，不要說在中國，在世界教育史上，也都是獨一份的。但這個說法，不被國內外學界接受。至於創立於公元 976 年的「千年學府」嶽麓書院，如今仍坐落在湖南大學裡。因此，十多年前，湖南大學曾起草一個報告，希望敘述校史時能從公元 976 年算起，但這一悲壯的努力，被當時的國家教

委給否定了。

中國人有一種衝動，不斷追問為什麼我們的大學只有 100 年的歷史，而不是 1000 年或者 2000 年呢？可刻意拉長中國大學的歷史，我以為不值得提倡。承認中國人有很長的「高等教育史」，但現在實行的「大學制度」，卻是道地的舶來品。你一定要弄出一批遠比博洛尼亞（1088）、巴黎（1170）、劍橋（1209）、哈佛（1636）、耶魯（1701）還要古老得多的「中國大學」，不僅缺乏史實依據，而且模糊了現代大學的精神特徵。我大膽預測，再過 20 年、50 年甚至 100 年，隨着中國經濟實力及國際地位的大幅度提升，民族自信心越來越強，「重寫中國大學史」的聲音還會更大。但到目前為止，學界一般還是認為，當代中國的「大學」，與西漢太學、宋元書院或明清國子監，並非一脈相承，更多的是晚清以降向西方學習的結果。

說我們的大學有百年上下的傳統，意思是說，有歷史，但不是特悠久。有「歷史」就有「經驗」，就值得認真總結。借助百年校慶或者 50 週年大慶，各大學都通過紀念儀式或建築物，樹立自家形象及學術傳統。或者如北京大學，蓋一個像模像樣的校史館；或者如湖南大學，努力銜接古老的書院傳統與現代大學制度。從某種意義上說，花樣百出的校慶活動，雖有過分儀式化的通病，但多少使大學傳統得以確立、大學精神得以弘揚。

在這麼多校慶活動中，最為風光的，當屬北京大學的百年校

慶。北大百年校慶辦得特別風光，慶祝活動是在人民大會堂舉行的，當時的中共中央總書記、國家主席江澤民率領全套班子出席。有人質疑，一個大學的校慶，值得這麼弄嗎？太誇張了吧？可為什麼這麼做，背後其實是有原因的。你看以後別的大學 80 週年、100 週年大慶，都不再有那麼多國家領導人出席。像我的母校中山大學，校慶的規格明顯降了好幾級；南京大學等紀念百年校慶，也好不到那裡去。北大百年校慶，最表面的成果，是校園整治一新，校友熱情捐款，還有跨國公司捐建實驗室等。但更重要的是，「八九風波」以後，北大很長時間處於低潮，不少人對北大的命運深表憂慮。通過百年校慶，扭轉國人以及政治家們對北京大學的「偏見」，這很重要。還有一點，與此密切相關，那就是幫助修改了一句口號。北大提交給中央的報告中，提「努力創建世界一流大學」。此前，北大的口號是「建設世界一流的社會主義大學」，現在我們把「社會主義」這四個字拿掉了。理由是：如果強調大學的「社會主義」性質，我們比朝鮮、越南、古巴等好多了，沒什麼好追趕的。今天，我們承認與「世界一流大學」的差距，這才有奮鬥目標。這個口號，後來在江澤民的報告裡確立下來，並廣泛傳播開去。不再提「建設世界一流的社會主義大學」，而是「努力創建世界一流大學」，這麼一來，整個眼光、思路、趣味、方法全都變了。這一點，大學校長以及教授們，體會很深。起碼我們不用再受那麼多條條框框的束縛，可以理直氣壯地談牛津、說哈佛，公開承認差距，立志向人家學習，而不必刻意區分「社會主義大學」和「資本主義大學」。

二、「大學排名」

1987 年，中國管理科學研究院率先發佈以在國際權威刊物上的論文數為指標的「學術榜」，發展到今天，全國有各種「大學排行榜」約一百個。有以論文數排名的，有以科技實力排名的，有以教學及人才培養排名的，還有多指標單項排名、多指標綜合排名的。對於大學排名，所有的大學校長都是又愛又恨，學生們、教授們則無所適從，至於家長們更是將信將疑。為什麼這麼說？因為，今天所有的大學校長，都被「你們學校排第幾」這個問題，折騰得死去活來。當然，有各種攻防策略，比如說如何在眾多排行榜中，取一個比較好看的。我的母校中山大學很尷尬，這些年綜合排名老在十名上下徘徊，雖說只差一兩位，上則「進入前十名」，下則「十名以外」，聽起來感覺很不一樣。對於大學來說，排第幾，這是非常敏感的話題。但絕大多數校長心裡都明白，這個排名其實是沒有意義的。可我們受影響，且影響日益嚴重，以致干擾了中國大學的發展步伐。

先說一個有趣的現象，國內的排名，清華在北大之上；國外的排名，北大在清華之上。為什麼會這樣？簡單地說，國內排名看重科研經費，要講經費，清華絕對比北大多。因為清華的長項是工科，北大的長項是文理，同樣一個教授，工科教授比文科教授得到的經費以及花出去的錢，要多得多。所以，若按科研經費統計，清華遠遠超過北大。而國外的排名，更多考慮學術聲譽，那樣的話，北大在清華之上。其實，這兩所大學各有千秋，誰排在前，無所謂。但有一個

排行榜,弄出了很大聲響,攪得中國人心神不定。2004年的《泰晤士高等教育專刊》,突然把北大推到了全世界第17,北大當然很高興,趕緊掛在網上;大家一批評,又拿下來了。當時我就說,這個排名肯定的,不是北大的科研成果,而是中國在變化的世界格局中的地位。中國在崛起,在世界事務中發揮越來越大的作用,大家開始關注中國,連帶關注中國的高等教育,這樣,就有意無意地提高了中國大學教育的聲譽。

按照主辦方的說法,他們根據五項指標來排名。第一,國際教師比例;第二,國際學生比例;第三,教師與學生比例;第四,教師科研成果的引用;第五,學術聲譽。前四項北大表現平平,但第五項,也就是「印象分」,北大得分特別高,一下子就衝上去了。為什麼有如此高的「印象分」呢?主要是因為中國在崛起,而不是北大在學業上突飛猛進。第二年,北大跳了兩級,排世界15,超過了東京大學,亞洲第一。這時候,北大自己都感覺不對勁,不好意思宣傳了。那時,我正在哈佛講課,一天晚上,請幾位朋友吃飯,朋友中有來自東京大學的,也有來自台灣大學的,幾乎是「同仇敵愾」,對我「口誅筆伐」,說憑什麼北大排在那麼前面。其實,北大的「印象分」雖高,但學術水平及科研成果明顯趕不上東京大學。不要說東大,就連香港的若干所好大學,在科研方面,都不比北大差。應該這麼說,今天的北大,學術聲譽,也就是「虛名」,遠遠超過其實際成績。

同一個排名,2006年,北大更上一層樓,排14;2007年,

從第 14 跌至 36，像坐過山車一樣，驚心動魄。而清華呢，從 28 跌至 40；新加坡國立大學也好不到那裡去，由 19 跌至 33。反過來，香港大學由 33 攀升至 15，香港中文大學由 50 進步到 38，據說，人家港大和中大已開始在總結經驗了。我一聽就樂。

北大百年校慶時，我說過一句流傳很廣的「大話」。原話是這樣：「就教學及科研水平而言，北大現在不是、短時間內也不可能是『世界一流』；但若論北大對於人類文明的貢獻，很可能是不少世界一流大學所無法比擬的。因為，在一個東方古國崛起的關鍵時刻，一所大學竟然曾發揮如此巨大的作用，這樣的機遇，其實是千載難求的。」抓住這個機遇，不是每個著名大學都做得到的，也不是靠多少諾貝爾獎得主或多少論文能夠堆起來的。在這個意義上，是不是世界一流，對北京大學來說不是最要緊。所以，北大爭論人事制度改革時，我說過另外一句話：「假如有一天，北京大學辦成一個跟中國當代政治經濟文化沒有多少關係，但能出諾貝爾獎獲得者的學校，未必是什麼好事」。換句話說，大學必須介入到中國當代改革事業裡，這個「介入」，不完全是靠論文著作或科技成果體現的，比這要複雜得多。所以，我對這些過分迷信數字的「大學排名」不太以為然。

還有一個排行榜值得關注，那就是上海交大的「世界大學排行榜」。已經連續發佈了好幾年，有點影響；但 2007 年的排行榜一出來，就受到《科學》雜誌的猛烈抨擊。8 月 24 日，《科學》雜誌發表了資深記者 Martin Enserink 所撰報道《誰能

給大學排名》，批評上海交大高等教育研究所的「世界大學學術排名」，質疑諾貝爾獎得主的科研成果到底該如何計入，同時提到，在這個排行榜裡，人文社科類學校處於明顯的劣勢，因為它不產出 SCI 論文，故雖有一定的權重，但不重要。可如果你覺得大學裡人文學及社會科學可有可無，那你是在辦職業培訓學校，而不是名副其實的「大學」。像在國際上享有盛譽的倫敦政治經濟學院，那麼好的大學，在上海交大的排名裡，列 201—300 位。而在英國人的《泰晤士高等教育專刊》裡，這所學院是排第 17 位的。兩種排名，相差那麼大，人們到底應該相信哪一個好呢？有位加拿大學者，名字叫 Alex Usher，專門做高等教育研究的，就說到很多排行榜其實不可靠，因為主辦方發個電子郵件給你，問你們今年有多少科研經費、多少學生、就業情況如何、有沒有得諾貝爾獎等，排名就靠這些資料。越是心虛的大學，越認真地對付這些名目繁多的調查表；越是大牌的大學，越不理會。有些大學為了爭排名，甚至在調查表裡弄虛作假。不只是中國大學出問題，全世界的排行榜，都面臨同樣的陷阱。你要排名，只能依靠各大學提供的統計數字；當然，也可利用其他資料來交叉核對，看你有無造假，但這個難度很大。所以，排行榜都靠資料累積以及數字統計，表面上很科學，其實靠不住。

針對《科學》雜誌的批評，上海交大主持這個排行榜的劉念才教授拒絕答辯，要大家讀他 2005 年 8 月發表在《清華大學教育研究》上的論文《世界大學學術排名的現狀與未來》。其實，更值得推薦的是劉教授和 Jan Sadlak 合編的《世界一流

大學：特徵、排名、建設》，上海交大出版社 2007 年出版。
這本書中，有幾篇文章值得一讀，比如 Philip G. Altbach 撰寫
的《世界一流大學的代價與好處》，指出「過分地強調獲取
世界一流大學地位，可能會有損於一所大學甚至整個學術系
統」；因每所大學的精力及資源有限，顧此必然失彼，太講
「世界一流」，很可能導致日常教學水平的下降。另外一個作
者 Da Hsuan Feng，在《世界大學排名：一流大學的基本特徵》
中，將上海交大的排名和《泰晤士高等教育專刊》的排名進
行交叉比較，以北大、清華、港大、港科大和新加坡國立大
學為例，前四所大學在上海交大的排名裡都是 202—301（排
名靠後，不再細分），第五所排 101—152。而按照《泰晤士
高等教育專刊》2004 年的排名，北京大學第 17 位，清華大學
第 62 位，香港大學第 39 位，香港科技大學第 42 位，新加坡
國立大學第 18 位。作者追問，為什麼談論亞洲的大學，尤
其是中國的大學時，差異竟這麼大；而排前 20 名，尤其是
美國以及英國部分，比如哈佛、耶魯、牛津、劍橋等，則意
見比較統一？這位作者對「老北大」特有好感，甚至提出，
是不是世界一流，就看誰當校長，有蔡元培當校長，北大就
是世界一流。強調校長決定了這所大學的氣質及風格，放在
今天，起碼是不準確的。在中國大學裡讀過書或教過書的，
都知道今天中國大學校長的權力，已不像蔡元培時代那麼大
了。沒有一個大學校長敢拍胸脯說，這所大學我說了算，我
想怎麼辦就怎麼辦。現在中國的大學體制，是「黨委領導下
的校長負責制」，即便蔡先生重生，能否落實其大學理念，
也都不無疑問。

那本書中，還有一篇奇文值得欣賞，即劉念才等撰《從 GDP 角度預測我國建成世界一流大學的時間》，其基本觀點是：世界頂尖大學，即排名第 1 到第 20 的，人均國民生產總值 25000 美金以上；而世界一流大學，即排名 21—100 的，則是 25000 美金左右。中國人什麼時候有「世界一流」大學呢，大概是在 2020 年。因為，到了那一年，上海的 GDP 總量將超過 3000 億美元，人均國民生產總值接近 25000 美金，達到世界一流大學的標準。所以，最早進入「世界一流」的兩所中國大學，會出現在上海。拜讀這篇文章，我終於明白，大學辦得好壞，端看 GDP，你不覺得這很滑稽嗎？劉教授之所以如此「神機妙算」，跟其學術背景有關。原來，這位劉先生是蘭州大學化學系畢業，在加拿大唸高分子材料專業，畢業後來上海交大高分子材料研究所工作，1999 年轉入高等教育研究所，現任所長，專攻「世界一流大學研究」，並主持「世界大學排行榜」。看了劉教授的履歷，我一下子就明白了，人家是按照「分子化學」的思路來研究「高等教育」，追求「定量定性」，投入多少錢，就屬於幾流，一清二楚，沒什麼好商量的。可我對這樣「簡明扼要」的大學研究，心存疑慮。

三、「大學合併」

記得是 1993 年，中國出現了一個「學院」變「大學」的熱潮，那時我剛好在日本講學，接受一個日本雜誌採訪，被迫

問這個問題。我跟他們解釋，說這是對 1952 年院系調整的反撥。1952 年，中國學蘇聯，將高等教育界定為培養專家和工程師，希望大學畢業生一出來馬上就可以用。於是，將追求普遍知識的「大學」，改為培養專業技能的「學院」，具體說來，就是只保留 14 所綜合大學，其他全部改為學院。改革開放之後，中國人面對整個發展變化了的西方世界，尤其是面對眾多世界一流大學，發現一個嚴重的問題，即中國大學基本上都是專科性質的，如農業、地質、鋼鐵、紡織等，如此專業單一的高校，能叫大學嗎？於是，我們開始改革，或者說「升格」，十年內，幾乎所有的「學院」都變成了「大學」。你想想，連「體育」都「大學」了，還有什麼專科學校不能升格呢？教育部明確規定，只要有三大學科門類、100 正教授、8000 本科生，就可以申請由「學院」改為「大學」。為了適應這一要求，我們拚命生產教授、拚命擴招學生，以便讓學校盡早「升級換代」。光是「大學」還不夠，還得「研究型」，還要「世界一流」。奔着這一目標，1998 年開始，掀起了大學合併的風潮。

1998 年，原浙江大學和杭州大學、浙江農業大學、浙江醫科大學合併，成立新浙大。這個舉措影響十分深遠，到今天，才不到十年時間，不少原本氣質獨特的學院或大學消亡了，為什麼？被併入「研究型」的「綜合大學」裡去了。當時主管教育的領導認為，只有「綜合大學」，才有可能爭取「世界一流」。可他沒想到，世界上有很多叫「學院」的好大學。為了所謂的「優勢互補」、「資源共享」、「爭創一流」，我們需要「強強聯合」。依照這個思路，推廣「新浙大」的經驗，

不少學校很不情願地走到了一起。最有意思的是，2000 年 6 月，吉林大學、吉林工業大學、白求恩醫科大學、長春科技大學、長春郵電學院合併組建成新的吉林大學；2004 年，又併入軍需大學。目前，吉林大學有全日制學生 63322 人，成人教育學生 18899 人，辦學規模全國第一。以前人家說，吉林大學在長春，現在你問長春在哪裡，長春就在吉林大學裡。這笑話估計是吉大師生或長春人編的，用來自嘲。另一則笑話更具普遍性，那就是，合併後的大學，開會時，校長一走廊、處長一禮堂、科長一操場。

大學合併，目的是做大做強，爭創世界一流。實際效果如何，現在很難說，但「評比」時確實管用。你想，合併了好幾所大學，很自然地，院士數目多了，科研經費多了，重點學科以及博士點也多了，這樣一來，「大學排名」必定提前。最痛苦的是中國人民大學，本來也是好學校，就因為沒有理工科，照這些指標一排，就到後面去了。可大學合併並非靈丹妙藥，不是一合就「靈」的。依我的判斷，幾所各有傳統的大學合併在一起，沒有十年左右的磨合，走不到一起。所謂強強聯合、優勢互補，那是經過成功磨合以後才可能出現的，有很長、很長的路要走。就好像杭州大學，原本人文學科的基礎很好，在全國都數得上，可併入工科為主導的浙江大學後，元氣大傷。大學有自己的傳統，不應該輕易改變。大學合併，尤其是有個性、有歷史、有傳統的大學合併，要慎之又慎。

在這個過程中，中國大學實現了三級跳：專科變學院、學院

變大學、大學改校名。可在我看來，改一個來頭大的、好聽點的校名，此舉是把雙刃劍，弄不好會傷到自己。因為，一改名字，多少年創立的品牌就此流失，重新建立威望，沒那麼容易。特別讓人感慨的是，四川大學與成都科技大學合併，改稱「四川聯合大學」，社會反響很差，只好又改回去。這改校名的風潮現在仍在繼續，只是數量上有所下降：2005年改了近四十所，2006年則是19所。大學改名，有兩個特點，一是礦冶、地質、農林、石油、煤炭、紡織等行業性質的院校，因招生及就業困難，多改為「科技大學」；二是突出「全國性」，而不願意「偏安一隅」，如北京廣播學院改名中國傳媒大學，青島海洋大學改名中國海洋大學。照我的觀察，校名不是越大越好，有時候恰好相反。以日本為例，「東京大學」比「日本大學」好，「日本大學」比「亞細亞大學」好，「亞細亞大學」又比「日本國際大學」好。

四、「大學分等」

其實，「文化大革命」前，我們就有「重點大學」和「普通大學」的分別。先是 1954 年 10 月，政府在《關於重點高等學校和專家工作範圍的決議》中，指定中國人民大學、北京大學、清華大學、北京農業大學、北京醫學院、哈爾濱工業大學等 6 所學校為全國性重點大學；1959 年 5 月，中共中央又發出《關於在高等學校中指定一批重點學校的決定》，指定中國人民大學、北京大學、清華大學、中國科技大學等 16

所高校為全國重點大學。後來，又有「部屬大學」和「省屬大學」的區隔。

到了 1993 年，國務院發佈《中國教育改革和發展綱要》，提出了促進中國大學發展的「211」工程。什麼叫「211」工程？就是在 21 世紀，培育 100 所世界著名的或者說有競爭力的中國大學。國外學者問我，為什麼你們辦教育像建樓房、修水壩一樣，都叫什麼什麼工程，我給他們解釋，那是因為我們的國家領導人多是學工科的出身，趣味使然。在「211」工程建設中，中央及地方共籌資 180 億，投入高等教育，客觀上使若干大學的基本面貌發生了變化，並提升其學術水準。但中國畢竟窮，財力有限，想辦 100 所世界一流大學，那是絕對不可能的。因此，日後政府做了調整，重點支持北大、清華「爭創世界一流大學」，三年各 18 億，這件事，鬧得沸沸揚揚的。接下來，中央和地方共建復旦大學、南京大學、浙江大學、中國科技大學、上海交通大學、西安交通大學、哈爾濱工業大學等。其中哈工大、西安交大、上海交大、中國科技大，都是工科大學，浙大原本也是以工科見長。換句話說，政府更關注「科技興國」，故工科大學佔的比例很大。第二批大學的奮鬥目標是：成為「國內一流、世界知名的高水平大學」。北大、清華的錢是中央財政給，其他七所大學則是中央和地方各出一部分。另外，一個提「世界一流」，一個說「世界知名」，還是不太一樣。

中國人歷來講究十全十美，為什麼不是圓圓滿滿的十所，而只提九所呢？因為，後面這一所，到底給誰，有很大的爭

議。據說，當時的政協主席李瑞環說了，天津是直轄市，怎麼一所都沒有呀？教育部說，天津有兩所好大學，天津大學和南開大學，只有一牆之隔，能合起來就好了。天津市很想要這筆錢，可這兩所大學各有傳統，不願意合，學生不願意，教授也不願意。後來，勉強同意了，說要合，可校名又談不攏。叫什麼好？「天津南開大學」，不行；「南開天津大學」，也不行；叫「北洋大學」那是政治錯誤，叫「天南大學」則是自貶身價。反正，一談校名，全亂套了。最後，中央決定，這兩所大學是「聯合」而不是「合併」。說是實行「各自獨立辦學、相互緊密合作」的全新辦學模式，實際上是沒有進入「2+7」的方陣。為什麼這麼說呢，那「2+7」大學，於 2003 年共同發起了「一流大學建設」系列研討會，每年一次，先後在清華、交大、南大、科技大、哈爾濱工業大學召開。今年的東道主是哈工大，而《哈工大報》大事宣傳，說是成立了「九校聯盟」。這九所大學，真的能「結成聯盟」嗎？我很懷疑，既懷疑其可行性，也懷疑其合理性。

其實，「2+7」的思路，一直受到很多著名大學的質疑與挑戰。你知道，在不在前十名，對於大學來說，不說「生死攸關」，也是十分嚴重的事情。很多大學認為，自己應該進入前十名，比如武漢大學、中山大學等。好在我們的政策不斷在變，很快就有了「985」工程。何謂「985」？就是 1998 年 5月，江澤民主席在北大百年校慶時講話，提出創建世界一流大學。得到「985」工程經費支持的大學，簡稱為「985」工程大學，先是 34 所，後又增加了中國農業大學、國防科技大學、中央民族大學和西北農林科技大學。

在這麼多進入「985 工程」的大學裡面，有兩所大學的責任格外重大，那就是北大和清華。因為，這兩所大學得到的財政支持，跟其他大學不一樣，因此，有很大的壓力，全國人民都盯着，說你們拿了那麼多錢，到底做了些什麼，為什麼還不是「世界一流」。壓力之下，只得喊口號。1998 年，北大校長說，爭取到 2015 年成為「世界一流大學」。2000 年，清華慶祝建校 90 週年，提出要加快步伐，在 2010 年成為「世界一流」。不過，最近北大校長改口，說是「爭取」，但不能「保證」。理由是，別的大學也在發展，也在前進，要擠進學術上的第一梯隊，很不容易。

什麼是「世界一流」，其實很難說。中國大學之所以拚命爭取升級，背後還有一個不太說得出口的原因，那就是大學定級。中國的大學很奇怪，學校本身不分等，但校長和書記是有級別的。若干著名大學的校長和書記屬於「副部級」，而一般大學的校長書記則是「廳級」。這一政策，導致很多大學的校長書記們，極力要把大學「做大」，而不是「做好」。因為，只有學校做大了，自己的級別才有可能上去。但願，這是「以小人之心，度君子之腹」。

五、「大學擴招」

談論當代中國的文化、學術、思想乃至政治、經濟等，你都要考慮這麼一個背景，那就是最近十年的大學擴招。這是一

個影響非常深遠的措施，也許你今天感覺不到，但再過 10 年、20 年，你會發現這個問題的嚴重性。這裡舉三組數字：1998 年，全國招收大學生 108 萬，2006 年，全國招收大學生 567 萬，也就是說，招生規模擴大了 5 倍；1998 年，印度大學生人數是中國的 2 倍，今天反過來了，中國是印度的 2 倍；中國大學生毛入學率，即同齡人中能夠上大學的人口，1998 年是 10%，現在是 25%，教育部定的目標是，2020 年達到 40%。

我不知道 2020 年中國的大學狀況會是怎樣，但我清楚，通過這九年的迅速擴招，中國大學的優勢和缺點都明顯地呈現出來。今天中國大學的在校生，包括本科生、碩士生、博士生等，總共是 2500 萬。對迅速擴大的中國大學辦學規模，不同人有不同的解讀方式。據說，最早提出大學擴招的，是經濟學家；這建議得到了政治家的支持，因而得以迅速推廣；至於教育家們，基本上是被動參與。1997 年亞洲金融危機之後，中國政府急需擴大內需，讓老百姓把錢從銀行裡拿出來。至於如何消費，最好的去處，自然是教育。讓老百姓出錢送孩子上大學，比勸他們買房子、買汽車要容易得多。這是民間的說法。最近，教育部出面澄清，說「大學擴招」並非應急之舉，而是深謀遠慮。這個重大決策，是中共中央政治局拍板的，有感於中國高素質人才太少，將是日後發展的瓶頸，故斷然採取措施，迅速提高大學生數量。

擴招從 1999 年開始，到今年，正好是九年。九年間，中國大學的規模迅速膨脹。在這中間，潑冷水的，基本上都是教育

家。同樣的教學資源、同樣的教授、同樣的實驗室，突然間擠進等於此前五倍的學生，教學質量不下降那才怪呢。這是教育家的思路，與經濟學家和政治家的着眼點不一樣。但教育家明顯不佔主流地位。真正讓人感到棘手的，並非書生耿耿於懷的「教學質量」，而是大學生就業。當初大家都說擴招好，因為擴招，避免高中畢業生直接進入就業市場，導致中國失業人口激增。可他們沒想到，這些人進去唸大學，四年後畢業，還是要找工作。說句玩笑話，高中生找不到工作是「社會問題」，大學生找不到工作則很容易演變為「政治問題」。大學生就業遇到嚴重障礙，這會影響日後整個國家的「安定團結」。所以，現在各級政府特別關心大學生的就業問題。

過於迅猛的「擴招」，使得大學生面臨嚴酷的就業市場，再就是中國大學整體的學術水平及教學質量下降。我更關心的是，這些問題背後那個「跨越式發展」思路。不願按部就班，希望一路快跑，這種思路隱約帶有「大躍進」的痕跡。而1958年的「大躍進」，留下來的教訓是嚴酷的。中國的大學，走得太快、太急，讓人有點擔心。

六、「大學城」

歐美的大學城是歷經幾百年，逐漸演變過來的，而中國的大學城，卻幾乎是一夜之間建起來的，這點很不一樣。而且，

中國的大學城肩負一個特殊使命，那就是應付大學擴招的需要。因此，政府低價撥地，企業努力建設，大學勇敢貸款，三者合力，共同推進，各得其所。大學本來沒那麼多錢，學生學費再加上國家撥款，能應付日常開支就很不錯了，哪能這麼「大興土木」。可為了響應政府號召，挺進大學城，大學也只好「義無反顧」地貸款去了。政府為什麼那麼積極，因為，那可以在很短的時間內，改變城市面貌，改善投資環境，順便拉高地價。大學城一般建在城市邊緣，原本很偏僻，周邊環境不好，地價便宜，如今劃一塊地，蓋起一片樓房，只要大學進來了，周邊的房地產價格必定暴漲。因此，企業也很願意投資。這麼一來，中國各地蓬勃開展的大學城建設，包含很大隱憂，那就是本末倒置，最後被房地產商的利益所裹挾。目前全國各地在建或已完工的大學城，據說有五十多個。好處是迅速改變中國大學的外在形象，常聽到大學城訪問的外國教授說，沒想到中國大學這麼漂亮。以前外國人來參觀，無不驚歎中國大學如此破爛；如今，鳥槍換大炮，幾乎是一夜之間，中國大學變得煥然一新。

但這麼一個成功的「大變臉」，隱藏了一些嚴重的問題，先說硬的，再說軟的。在眾多大學城中，最典型的，是位於北京和天津之間的東方大學城，計劃佔地 2 萬畝，投資 120 億，10 年建成，容納 10 萬大學生；1999 年正式啟動，2001 年因時任中共中央總書記的江澤民前去視察而名聲大噪。東方大學城的正門，模仿法國巴黎的凱旋門，很壯觀，完全出乎你想像之外。2004 年，東方大學城因 20 億債務身陷困境，緊急請求政府施救。各地所建大學城，據說有一半

停滯或下馬，債務問題異常嚴重。根據政府公佈的數字，全國高校債務約 2000 億，而學界認為比這嚴重得多，應該翻一倍，是 4000 億。大學不是企業，平日裡沒有什麼產出，能維持預算平衡就已經很好了。這麼多貸款，日後怎麼還？辦學規模最大的吉林大學，現在每年須還利息 1.5 億到 1.7 億。於是，校方只好公開財務危機，要求全校師生屬行節約。但光靠節約用水用電，無論如何是無法還清貸款的。

怎麼辦？有幾個解決的思路，一是大學「國立」，這個大漏洞，只好由政府來填；二是土地置換，把原來位於市中心的校園交給政府，政府替你還債；還有好多別的主張，都沒敲定。但是，我要追問的是，中國的大學校長為什麼敢如此「大膽舉債」，這點肯定讓國外同行看得目瞪口呆，難道他們沒想到將來是要還錢的嗎？我猜想，所有積極貸款參與大學城建設的校長，確實是不打算還錢的。為什麼？因為建大學城是政府的決策，是你要我去的，我沒錢，本來就經費緊張，哪兒去找這麼大筆錢蓋新校園？你讓我去，說沒錢沒關係，找銀行貸款。好啦，現在銀行來討債，你總不能把大學拍賣了吧？在中國，到目前為止，還沒有一所大學因為欠債而被宣佈破產拍賣的。大學校長們心裡有數，這錢，大概只需還利息。說得不好聽，這錢本來就是國家欠我們的。因為，1993 年的《中國教育改革和發展綱要》允諾，教育行政支出將佔國民生產總值的 4％。但這個目標從來沒有實現過。這點，校長們嘖有怨言。浙大潘雲鶴、復旦王生洪等負責的調研課題《大學管理架構、運行機制改革與調整》，曾列出 2001 年各國財政性教育經費佔 GDP 比重：中國 3.19％；

美國 6.43％；英國 4.92％；加拿大 6.16％；日本 4.72％；韓國 7.03％。政府沒能實現原先的承諾，逐步提高教育行政支出所佔比例，而又希望大學迅速擴大規模並提升質量。可要達到這個目標，是需要大筆錢的，校長們只好勇敢地貸款去了。至於怎麼還貸，以後再說，相信後任校長以及政府相關部門「有足夠的智慧」，能妥善解決這麼棘手的問題。如此配合默契，「大踏步前進」，對於政府和學校來說，都是一着險棋。

另外，新建的大學城裡，清晨或傍晚，清一色新建築，清一色小青年，全都「朝氣蓬勃」。至於年長的教師們，下課後，急匆匆趕班車回老校區去了。理想的大學校園，應是既有飽經滄桑的，也有英姿煥發的，老中青都有，大家在一起唸書、思考、對話。照梅貽琦的說法，什麼是大學？大學就是大魚領着小魚不斷地游，游着游着，小魚就變成大魚了，這就是大學。可現在的大學校園裡，只有小魚們自己在游，沒有年長的帶，全是同齡人，這樣的「大學生態」，很不理想。

七、「大學私立」

當今中國，十分之一的學生唸的是私立大學，這麼說，很可能出乎你意料之外。公眾對私立大學認知甚少，很多人甚至採取蔑視的態度，以為不值一提。今天，我想專門為私立大學說幾句。

民國年間，國立大學、私立大學、教會大學，基本上是三分天下。1950 年，全國有大學 227 所，其中公立 138 所，私立及教會 89 所。此後，新政府下令，取消教會大學和私立大學，所有的中國大學，全都變成「國立」了。1980 年代初，中國重新出現私立學校，但「猶抱琵琶半遮面」，打的旗號是「社會力量辦學」。到了 1992 年，也就是 10 年之後，政府終於正式承認民間辦學的合理性，發文「支持和鼓勵民間辦學」。1992 到 1994 年間，全國出現了 600 多所「私立」的或者說「民辦」的高等院校。當然，這些學校良莠不齊，有的國家承認學歷，有的則必須通過函授考試。去年的數據，國家承認學歷的私立高等院校有 239 所，招生人數佔全國大學招生的十分之一。

第一代的私立學校校長，大都是企業家型的，都有堅韌不拔的性格，從培訓班、函授班、補習班起步，經過 20 年的艱辛努力，全靠自身力量，逐漸走出一條屬於自己的路，這很不簡單。很多考不上「正規大學」的人，就靠這些私立學校，完成自己的學業。在沒有任何國家資助的情況下，為社會培養不少有用的人才，單憑這一點，私立院校及其經營者，應該贏得整個社會的尊敬。但是，有兩個因素，制約着中國私立大學的進一步發展。第一，中國的私立大學很少得到社會捐助，有錢人要捐，也是捐給北大、清華等名校，而不願意捐給一所名不見經傳的私立大學。第二，國家對私立大學的地位及功能拿捏不準，政策上舉棋不定，至今仍不給予任何撥款。今天，無論在美國還是日本、韓國，包括中國的台灣，私立大學都佔很大的份量。品質好的私立大學，不

僅有民間捐資，政府也給撥款，包括科研經費等。而反觀中國的私立大學，基本上靠學生的學費在支持，這就很難有真正意義上的學術發展。

不少私立大學的校長喜歡援引美國的例子，信心滿滿地，甚至提出要辦「中國的哈佛」。我告訴他們，做不到。為什麼？全靠學費，要辦世界一流大學，是絕對不可能的。我以為，國家有義務給私立大學一定的經費支持，因為，培養出來的人才屬於國家，不是私立大學的「私有財產」。辦大學，另一個可能的經費來源是宗教團體，像民國年間的燕京大學、輔仁大學、金陵大學、嶺南大學等，都是好大學，背後都有教會的經費支持。而目前中國政府的立場，是嚴格限制宗教對大學的滲透的。辦私立大學，不能要教會或其他宗教團體的錢，剩下的，那就只能靠企業家了。除非是慈善事業，否則，企業家做事是講回報的；過多地考慮「回報」，又必定使其辦學趨於急功近利。故中國私立大學的發展不是很樂觀，規模是上去了，人數也不少，但整體看來，教學質量及學術水平有限。

之所以這麼說，是基於我對民國年間私立大學的認識。比如，復旦大學創辦於 1905 年，原來是私立大學，1942 年才改為國立大學；南開大學 1919 年創辦，1946 年改國立；廈門大學 1921 年創辦，1937 年改國立。我曾說過，教育方面，民國年間最值得誇耀的業績，不是北大、清華，而是南開。為什麼？因為南開的創辦與發展，全靠民間的力量。1937 年抗日戰爭爆發，國民政府命令北大、清華、南開組成西南聯合

大學，成為戰時聲名顯赫的「最高學府」。北大、清華是國立大學，水平高，名聲好，這很正常；可添上一個辦了不到20年的私立大學「南開」，你不覺得驚訝？今天，我們已經有很多辦了20年的私立大學，有哪一所能像當年的南開一樣，跟北大、清華等名校平起平坐？沒有，根本做不到。今天中國的私立大學，規模不小，但辦學理念及學術水平，遠不及民國年間的南開。

辦復旦的馬相伯和辦南開的張伯苓，這兩位先生，都是靠強大的意志，堅定的信念，集合民間的力量來創辦大學。這樣的教育家，永遠值得我們追懷。至於著名實業家陳嘉庚之興學救國，創辦集美學村和廈門大學，更是舉世聞名。今天很多辦私立大學的人所面臨的重大考驗，就是如何從「企業家」向「教育家」轉變。轉型成功，對中國教育來說功德無量；做得不好，那就只是一個「家族企業」，如此而已。

理想的私立大學，應以「捐資」為主，而不應該追求「贏利」。政府因公共教育投入不足，動員社會力量參與，可又缺乏相關的配套制度，因此，目前中國的私立大學，絕大多數是靠學費滾動發展起來的。主要靠學費，而學費又不能無限制地瘋漲，這樣一來，私立大學很難成長為校長們或教育家所夢想的境界。這裡有生源、師資、教學質量、內部管理（如家族化）等問題，但最關鍵的還是資金。

有一所大學很特殊，那就是汕頭大學。汕頭大學是李嘉誠投入很多錢，幫助建起來的。李嘉誠基金會1980年成立，1981

年起捐資汕頭大學，至 2006 年，共捐資 23 億港幣。這當然很了不起，可我還是略感遺憾：當初不願將其作為私立大學來經營，喪失了制度創新的可能性。現在成了這個樣子，是國立大學，但裡面有董事會，兩套人馬互相牽制。我不想評價這所大學目前的狀況，我只想說，假如當初李嘉誠先生下決心，政府也同意，辦一所高水平的私立大學，那將是一個全新的局面。可惜的是，這一步沒有走出來。中國的私立大學之路，很崎嶇，也很漫長，目前的狀態不是很理想，但我對其未來仍然寄予厚望。

八、「北大改革」

2003 年，對於全體中國人來說，印象最深刻的肯定是 SARS；而對於北京師生來說，還有一件事同樣記憶猶新，那就是春夏之交關於「人事制度改革」的爭論。反對聲音如此之大，完全出乎主事者的預料之外。別的大學說改就改了，北京大學卻改得這麼艱難。管理層的改革思路受到了嚴重的挑戰，乃至必須一稿、二稿、三稿不斷地修改，改到最後，已經把稜角磨得差不多了。結果呢，無論贊成的，還是反對的，都感覺很不過癮。

北大人事制度改革方案為什麼引來這麼多批評，因為根本性的問題不敢動，只好在枝節問題上下工夫。什麼是根本性的問題？那就是大學裡學術權力和行政權力到底該如何區隔。

這個不能談，於是，只好加強評估與管理，幾年不行就走人。風波過後，我跟校長交談，提了三點意見。第一，大學由三部分人組成：管理層、教授以及學生，這三部分人的利益及趣味是不一樣的，假如只考慮管理層的需要，那事情肯定做不好。任何改革方案，出台前應盡可能多地與普通教授協商、溝通。表面上，這方案也徵求了很多教授的意見，可那些教授都是身兼院長或各職能部門領導的。著名教授當了院長、部長之後，立場及趣味都會改變，更多地考慮如何加強管理，而不是發揮個性。第二，北大制定改革方案時，缺少人文學者的參與。校長說，不對啊，我們找了好幾位文科的代表。我的解釋是，同屬文科，人文學和社會科學之間，因知識背景、文化趣味以及經濟利益等，有很大的差異，某些方面甚至是嚴重對立。第三，政策制定者過多地依賴美國經驗，這是有問題的。必須兼及美國、日本、歐洲，以及傳統中國大學的思路，否則，很容易水土不服。

北大的改革，不能說是完全流產，但起碼是不太成功。對這方案，雖然我也有一些批評，但我承認制定這方案的初衷是好的，具體措施也有其合理性。在中國二十多年的改革歷程中，從政府到企業都在改，改得最少的反而是大學。大家都覺得，中國的大學問題很多，但怎麼改，至今沒能達成共識，很可惜。關於北大改革的討論，熱鬧極了，不到一年，就出了四本書，《燕園變法 —— 誰能站上北大講壇》、《北大激進變革》、《中國大學的問題與改革》、《中國大學改革之道》。或許，「北大改革」的最大貢獻，在於其成為一個「熱點話題」，引導大家深入思考、反省，理解大學的複雜性，

以及大學改革的迫切性。

九、「大學評估」

今年 7 月 6 日的《人民日報》上，發了我的一則短文《學問不是評出來的》。其實，這文章兩年前就已經發表了，這次轉載，略有刪節。文章提及，現在中國的大學，評著作，評學者，評學科，評大學，評博士點，再評一級學科，評研究基地，再評重點研究基地，錢雖不多，但誰也不敢怠慢，因事關「大學榮譽」。其中爭議最大的，是教育部 1994 年底開始推行的「普通高等學校本科教學評估」。此評估影響面極大，用心良苦，但效果不佳。本來，主事者思路還算清晰：大學評估要分層次，不排隊，且逐步過渡到民間評估。可實際操作起來，完全不是那麼回事。因是教育部組織的，哪個大學都不敢怠慢。結果呢，教授們不得安寧，社會活動家如魚得水。不是說「評估」毫無意義，它確實促使學校做了一些實際工作，比如說修建校園、添置圖書和實驗設備等。但這個評估的行政主導太強了，導致很多大學弄虛作假。比如，規定要查三年前的試卷，丟了怎麼辦？重做，而且必須按照原來的分數。比如說，三年前你考了 74 分，這回重做，不能答出 90 分的卷子。事情雖小，看在學生眼中，效果當然很壞。現在好些，說是不要三年前的了，只看最近一年的卷子。

到現在為止，教育部已經評估了近一千所大學，沒有不合格的，甚至也沒有及格的，據說都是良或優。可見，以中國人的智慧，再嚴格的評估，最後都能走過場。這個我不說了，因為很多人提出批評，教育部也在努力改進。我想說的是後面這個問題，對於好大學來說，太詳盡、太細緻的「規定動作」，不利於其獨立規劃、自由發展。每個大學的歷史傳統不一樣，每個大學的辦學條件也不一樣，可有了巨細無遺的「評估指標」，只要上面列的，任何一分，我們都必須力爭。這很容易導致兩種弊端，一是弄虛作假，二是大學趨同。我說過，中國大學的最大問題，就是不敢有自家面貌。再多評估幾次，這個問題會更嚴重。

十年前，在一個座談會上，我說，教育部管大學，最好是「抓小放大」。那時政府正着力推進國企改革，提的口號是「抓大放小」。我說，大學的情況恰好相反，應該「抓小放大」。「放大」，就是讓好大學自己去發展，別管那麼多；「抓小」，就是對於那些基礎不太好的學校，確實需要制定標準，加強管理。好大學走自己的路，比較差的大學則加強評估，這樣，中國高等教育的整體水平，才能得到提升。因為，好大學已經形成自己的傳統，有自己的發展規律，教育部你管不了，越管越亂。不是說教育部的領導不想把大學辦好，而是中國大學最缺的是「個性」、「探索」以及「百花齊放」。在學術及思想領域，千萬別迷信「步調一致才能得勝利」，讓好大學自己去摸索，努力走出一條新路，這比什麼都重要。

十、「大學故事」

1988 年，為了紀念西南聯大 50 週年、北京大學 90 週年，出了兩本有趣的書，一是《笳吹弦誦情彌切》，一是《精神的魅力》。校慶紀念文集，本來是官樣文章，但老學生談起幾十年前的大學生活，特別有感情，文章也寫得很不錯。這兩本書剛出來時，影響並不大；可到了 1998 年，以北大百年校慶為契機，出現一大批圖書，包括我編寫的《北大舊事》和《老北大的故事》，「大學故事」方才引起廣泛的關注。以前的「大學史」，以意識形態為主導，基本上是政治史的附庸。如今，開始強調大學有其獨立的運轉軌道。

講述「老大學的故事」，不僅僅是懷舊，更重要的是反省最近半個世紀的中國大學之路。在這裡，我也講一個故事，藉此折射出歷史變遷的光與影。1958 年，楊沫的《青春之歌》出版，風行一時，還被拍成電影，影響極大。我相信，中年以上的朋友，都讀過這本書，或者看過這部電影。《青春之歌》的背景是 1930 年代的北大，國文系學生余永澤，是個書獃子，整天夢想做學問，對「革命」毫無興趣；一開始，他是林道靜的帶路人，日後則被覺悟了的林所拋棄。林代表小資產階級如何走上革命道路，而余則是閉門讀書的落後分子。知識界很多人知道，小說裡的「余永澤」，是以楊沫原來的丈夫張中行為原型的。這麼一來，在人民教育出版社工作的張中行，不免備受歧視。老鬼在回憶母親楊沫的書中，專門提到這一點。

張中行先生退休之後，開始寫散文，1986 年出版了《負暄瑣話》，1990 年出版了《負暄續話》，1994 年又出版《負暄三話》。這三本書，主要是追憶民國期間的大學生活。很多年輕人正是借助這三本書，理解了另一種大學傳統。這麼一來，關於北京大學的敘述，一個是以《青春之歌》為代表的風風火火的「政治的北大」，另一個則是張中行所描摹的風流儒雅的「學問的北大」。這兩個北大都是真實的，且各有其合理性，就看你的閱讀趣味以及文化立場。當然，不同歷史時期，公眾對北大的想像，會有很大的歧義。

有趣的是，此後所有大學籌備校慶紀念，都會兼及「正史」與「野史」。因為，大學裡的故事與人物，往往比所謂的「正史」更傳神，也更容易被大眾理解和接受。我說過，大學傳統的延續，主要不是靠校史館，也不是靠校長演說，而是靠熄燈後學生們躺在床上聊天，或者飯桌上的口耳相傳。這些在大學校園裡廣泛傳播的雅人趣事，真假參半，代表了一代代大學生的趣味、想像力及價值判斷。不僅北大如此，所有的大學都是這樣。

斗轉星移，「大學想像」正在發生變化。談論「老大學的故事」，重新認識晚清至民國年間的大學教育，反省新中國的大學傳統，展現新世紀中國大學發展的可能性，有興趣的朋友，請參閱我去年在北大出版社刊行的《大學何為》，以及最近在報紙上發表的三篇「長文」：《六位師長和一所大學 —— 我所知道的西南聯大》（《21 世紀經濟報道》2007 年 11 月 12 日）、《大學公信力為何下降？》（《中國青年報·冰

點週刊》11 月 14 日）、《書裡書外話「大學」》（《出版商務週報》11 月 6 日）。每個時代的大學，都有自己的問題，之所以如此追懷「過去的好時光」，不是希望將其理想化，而是在與歷史的對話中，展開「大學文化」以及「教育理念」的思考與實踐。

∠ 附記：此乃作者 2007 年 11 月 25 日在新加坡舊國會大廳的演講稿；整理成文時，參考了此前在澳大利亞悉尼大學（8 月 23 日）以及「廣州講壇」（10 月 9 日，廣州市委宣傳部主持）的演講記錄稿。另外，為方便讀者，補充了參考文獻。

（初刊《現代中國》第 11 輯，北京：北京大學出版社，2008 年 9 月）

參考文獻（按論述先後排列）

詹姆斯·杜德斯達著、劉彤等譯：《21 世紀的大學》（*A University for the 21st Century*），北京：北京大學出版社，2005 年

蔡元培：《〈北京大學二十週年紀念冊〉序》，《蔡元培全集》第 3 卷，北京：中華書局，1984 年

馮友蘭：《我在北京大學當學生的時侯》，《文史資料選輯》第 83 輯，北京：文史資料出版社，1982 年

柳詒徵：《柳詒徵史學論文續集》，上海：上海古籍出版社，1991 年

張其昀：《源遠流長之南京國學》，《中國歷代大學史》，台北：中華文化出版事業委員會，1958 年

劉念才、Jan Sadlak 主編:《世界一流大學:特徵、排名、建設》,上海:上海交通大學出版社,2007 年

王英傑等主編:《2005:中國教育發展報告 —— 高等教育的發展、問題與對策》,北京:北京師範大學出版社,2005 年

熊丙奇:《體制迷牆》,成都:天地出版社,2005 年

《高校「破產」?》(專輯),《南風窗》2007 年 2 月(下)

潘雲鶴、王生洪等:《大學管理架構、運行機制改革與調查》,《大學校長視野中的大學教育》,北京:中國人民大學出版社,2004 年

鍾秉林、謝和平等:《論大學學術權力與行政權力關係的協調》,《大學校長視野中的大學教育》第 2 輯,北京:中國人民大學出版社,2005 年

曲士培:《中國大學教育發展史》,太原:山西教育出版社,1993 年

潘懋元:《關於民辦高等教育體制的探討》,《光明日報》1988 年 6 月 22 日

秦國柱:《私立大學之夢 —— 民辦高校的過去、現在、未來》,廈門:鷺江出版社,2000 年

李嘉誠基金會編印:《建立自我,追求無我》,2006 年

沈灝主編:《燕園變法 —— 誰能站上北大講壇》,上海:上海文化出版社,2003 年 9 月

博雅主編:《北大激進變革》,北京:華夏出版社,2003 年 9 月

錢理群、高遠東編:《中國大學的問題與改革》,天津:天津人民出版社,2003 年 10 月

甘陽、李猛編:《中國大學改革之道》,上海:上海人民出版社,2004 年 1 月

周遠清主編:《世紀之交的中國高等教育 —— 大學本科教學評估》,北京:高等教育出版社,2005 年

周遠清:《建立符合中國國情的評估體系》,《中國大學教學》2004 年第 7 期

《高校教學評估在爭議中進行》,《南風窗》2007 年 6 月(下)

陳平原:《當代中國人文學的「內外兼修」》,《學術月刊》2007 年第 11 期

北京大學校友聯絡處編：《笳吹弦誦情彌切》，北京：中國文史出版社，1988 年

北京大學校刊編輯部：《精神的魅力》，北京：北京大學出版社，1988 年

楊沫：《青春之歌》，北京：作家出版社，1960 年

張中行：《負暄瑣話》，哈爾濱：黑龍江人民出版社，1986 年

張中行：《流年碎影》，北京：中國社會科學出版社，1997 年

老鬼：《母親楊沫》，武漢：長江文藝出版社，2005 年

陳平原、夏曉虹編：《北大舊事》，北京：三聯書店，1998 年

陳平原：《老北大的故事》，南京：江蘇文藝出版社，1998 年

陳平原：《中國大學十講》，上海：復旦大學出版社，2002 年

陳平原：《大學何為》，北京：北京大學出版社，2006 年

全球化時代的「大學之道」

國人都說，都全球化時代了，我們不能再沉默，一定要發出中國人自己的聲音；否則，會被日漸邊緣化。面對如此宏論，我「欣然同意」。只是如何落實，實在心裡沒底。比如，什麼是中國人「自己」的聲音，如何「發出」，還有這「聲音」是否美妙，都沒把握。不提別的，單說「全球化時代的『大學之道』」，感覺上便是危機四伏。

在西方，大學已經定型了，路該怎麼走，大致已經確定；作為個體的知識分子，你可以發言，但說了基本上等於白說。而在中國不一樣。你會發現，那麼多讀書人都願意暫時擱置自己的專業，爭相談論大學問題，那是因為他們相信，大學問題還在自己努力的範圍內，今天的「百家爭鳴」，也許會影響到日後中國大學的發展方向。

至於我個人，既研究過去百年的「大學史」，也關注「當代中國大學」。我心目中的「當代中國大學」，是着眼於鄧小平南巡以後，1993 年中共中央、國務院頒佈《中國教育改革和發展綱要》之後，這 15 年中國大學所走過的路。我曾用

了十個「關鍵詞」，來觀察、描述、闡釋這 15 年的中國大學。那就是：大學百年、大學排名、大學合併、大學分等、大學擴招、大學城、大學私立、北大改革、大學評估和大學故事。具體的我不想多說，就說一句：此前一千年，大學作為一種組織形式，為人類文明作出了巨大貢獻；以後一千年，大學將繼續展現其非凡魅力，只是表現形式可能會有很大變化。至於中國大學，仍在轉型過程中，更是有很多問題需要我們勇敢面對。

一、「世界一流」的焦慮

在科技及文化領域，中國人有好幾個夢，比如，奧運金牌第一，獲得諾貝爾獎，還有創建世界一流大學。通過傾全國之力，在北京舉辦一次「無與倫比」的奧運會，第一個夢想已經實現了；第二個呢，不管是文學還是物理、化學、經濟學，還沒有一個持中國護照的學者或文人獲得過諾貝爾獎。不過，這是遲早的事；而且，我以為不會太遙遠。相對來說，體現一國學術文化整體水平的「世界一流大學」，在我看來，反而有點「懸」。

當今中國，各行各業，最時尚的詞，莫過於「世界一流」，可見國人的視野和胸襟確實大有長進。提及「中國大學」，不能繞開兩個數字，一是 211，一是 985，而且都叫「工程」。在 21 世紀，培育 100 所世界著名的中國大學，這自然

是大好事；可中國畢竟財力有限，這目標也太宏大了點。於是，政府做了調整，轉而重點支持北大、清華等「985」工程大學。何謂「985」？就是 1998 年 5 月，江澤民主席在北大百年校慶時講話，提出創建世界一流大學。請記得，此前我們的口號是「世界一流的社會主義大學」。很多學者提意見，說加了這麼個意識形態的限制，扭曲了奮鬥目標。社會主義國家本來就不多，可比性不強。再說，整天追問姓「社」還是姓「資」，怎麼有可能辦好大學。終於，刪去了「社會主義」四個字，中國大學明確了發展方向。此後，我們開始以歐美的一流大學為追趕目標。

其實，從晚清開始，中國人辦現代大學，就是從模仿起步的。一開始學的是日本和德國，20 年代轉而學美國，50 年代學蘇聯，80 年代以後，又回過頭來學美國。現在，談大學制度及大學理念的，幾乎言必稱哈佛、耶魯。連牛津、劍橋都懶得提了，更不要說別的名校。儼然，大學辦得好不好，就看與哈佛、耶魯的差距有多大。在我看來，這已經成為一種新的「迷思」。過去，強調東西方大學性質不同，拒絕比較，必定趨於故步自封；現在，反過來，一切惟哈佛、耶魯馬首是瞻，忽略養育你的這一方水土，這同樣有問題。我常說，中國大學不是「辦在中國」，而是「長在中國」。各國大學的差異，很大程度上是歷史形成的，不是想改就能改，你只能在歷史提供的舞台上表演。而就目前中國大學的現狀而言，首先是明白自己腳下的歷史舞台，尋找適合自己發展的道路，而不是忙着制訂進入「世界一流」的時間表。

再說，「大學」是否「世界一流」，除了可見的數字（科研經費、獲獎數目、名家大師、校園面積、師生比例等）外，還得看其對本國社會進程的影響及貢獻。北大百年校慶時，我說了好多話，有的被嚴厲批判，有的則得到廣泛讚許，下面這一句，因符合學校利益，被不斷「傳抄」——「就教學及科研水平而言，北大現在不是、短時間內也不可能是『世界一流』；但若論北大對於人類文明的貢獻，很可能是不少世界一流大學所無法比擬的。因為，在一個東方古國崛起的關鍵時刻，一所大學竟然曾發揮如此巨大的作用，這樣的機遇，其實是千載難求的。」我這麼說，並非否認中國大學——尤其是我所在的北京大學，在教學、科研、管理方面有很多缺陷；只是不喜歡人家整天拿「世界一流」說事，要求你按「排行榜」的指標來辦學。

我在好多文章中批評如今熱鬧非凡的「大學排名」，認定其對於中國大學的發展，弊大於利。排名只能依靠數字，而數字是很容易造假的；以為讀書人都講「仁義禮智信」，那是低估了造假的巨大收益，而高估了道德的約束力。即便是老實人，拒絕弄虛作假，可你潛意識裡，着力於生產「有效的」數字，必定扭曲辦學方向。大學排行榜的權威一旦建立，很容易形成巨大的利益鏈條，環環相扣，不容你置身事外。在我看來，此舉將泯滅上下求索、特立獨行的可能性。好大學必須有個性，而你那些「與眾不同」的部分，恰好無法納入評價體系。「趨利避害」是人的天性，大學也不例外。久而久之，大學將日益趨同。差的大學可能得到提升，可好大學將因此而下降。這就好像辯論比賽，裁判稱，按照規則，去

掉一個最高分，去掉一個最低分，其餘的平均。這被抹去的「最高分」，可能是偏見，也可能是創見。當你一次次被宣佈「工作無效」，不計入總成績，自然而然的，你就會轉向，變得日漸隨和起來。當然，你也可以固執己見，可那就成為「烈士」了。

所謂爭創「世界一流」，這麼一種內在兼外在的壓力，正使得中國大學普遍變得躁動不安、焦慮異常。好處是舉國上下，全都努力求新求變；缺點則是不夠自信，難得有發自內心的保守與堅持。其實，所有理想型的論述，在實際操作中，都必須打折扣。所謂「非此即彼」或「不全寧無」，只適合於紙上談兵。今天中國，不僅僅是「開放」與「保守」之爭，在「接軌」與「閉關」之外，應該還有第三、第四條路可供選擇。

全球化時代的大學，並非「自古華山一條路」，而很可能是「條條大路通羅馬」。外有排行壓力，內有政府管理，中國大學自由發展的空間正日趨縮小。對此，我們必須保持必要的警惕。如果連標榜「獨立」與「創新」的大學，都缺乏深刻的自我反省能力，那就太可怕了。

二、「教學優先」的失落

我之所以對各式排行榜心存忌憚，很大程度基於我對大學功

能的理解。在我看來，大學不同於研究院，即便是研究型大學，「教書育人」依舊是我們最重要的任務。學校辦得好不好，除了可以量化的論文、專利、獲獎等，還得看這所大學教師及學生的精神狀態。好大學培養出來的學生，有明顯的精神印記。不管你是培養「英國紳士」，還是所謂的「共產主義新人」，都是把人的精神面貌放在第一位，關注的是心智，而非專業技能。而所謂「心智」或「精神」，都是以人為中心，注重長時段的影響，而非一朝一夕、一時一地的表現，故無法落實在各種硬指標上。

自從有了「世界一流」的奮鬥目標，加上各種「排行榜」的誘惑與催逼，大學校長及教授們明顯地重科研而輕教學。理由很簡單，教學（尤其是本科教學）的好壞，無法量化，不直接牽涉排名。不管是對教師的鑒定，還是對大學的評估，都是「科研」很實，而「教學」則很虛。其實，當老師的都知道，在大學裡教好書，獲得學生們的衷心擁戴，很不容易。我說的，主要不是指課堂效果，因為，那取決於專業、課程、聽眾以及教師的口才等；更重要的是用心教書，對學生負責，以及真正落實教學目標。今天中國大學，教授們普遍不願在學生身上花太多的時間；原因是，這在各種評鑒中都很難體現出來。這是一個很糟的結果。我甚至認為，高懸「世界一流」目標，對那些實力不夠的大學來說，有時不啻是個災難。這很可能使得學校好高騖遠，挪用那些本該屬於學生（尤其是本科生）的資源，投向那個有如肥皂泡般五光十色的幻境。結果呢，連原本可以做好的本科教學都搞砸了。

這讓我想起西南聯大的故事。今天，大家都在懷念炮火紛飛中聯大師生的「絃吹弦誦」。毫無疑問，這個生存在戰爭年代的大學，「生產」了很多著名人物，包括諾貝爾獎得主楊振寧、李政道，還有眾多兩彈一星的元勳。但請大家注意，聯大校友中，理科方面的著名人物，絕大多數都留過洋。事實上，西南聯大最大的「學術成就」，是成功的本科教育。

現在大家談西南聯大，有點過高估計了他們的學術水平。楊振寧、何炳棣都再三說，西南聯大的學生到美國唸研究院，比美國最好的大學一點都不差。這話有道理，但必須加註。當年西南聯大的學術水平，和美國著名大學之間，是有較大落差的；問題在於，培養出來的學生，差距並不大。原因是什麼？第一，大學經費有限，無力發展研究院，西南聯大九年，培養出來的研究生，總數不超過一百，還沒有今天一個院系一年培養的多。第二，因實驗設備等實在太差，教授們沒有能力從事專深研究 —— 我說的是理工科。因此，無論校方和教授們，全都專注於本科教學。我翻查了很多史料，包括當年的各種教材、教師薪水表、圖書館資料、儀器設備，還有當事人的日記和回憶錄等，確認西南聯大的學術環境實在很糟糕。具體的我不說，大家都能理解。可另一方面，當一所大學的所有著名教授，都把主要精力投入到本科教學裡面，這個大學培養出來的本科生，水平一定高。

回過頭來，看日漸成為神話的西南聯大，確實有很多感人的故事。包括吳大猷教授如何發現李政道，扶上馬再送一程。根據楊振寧回憶：「當時，西南聯大老師中有學問的

人很多，而同時他們對於教書的態度非常認真。」李政道則稱：「他們看見有一個優秀的學生，都是全副精神要培養的。」為什麼會這樣？我的理解是，除了教書育人的共同理念，還有就是剛才提到的，沒能力大規模發展研究生教育，沒條件強調學術成果，這一缺陷，反而成全了西南聯大的本科教學。

而今天，所有的中國大學，稍微有點樣子的，全都拚命發展研究院，不願意把主要精力放在本科生身上。說好聽點，是努力邁向「研究型大學」；再透點底，那就是教授們都在拚自己的業績。本科教學不受重視，是今天中國大學一個很嚴重的問題。很多著名教授不願意給本科生上課，這其中存在制度方面的原因。比如，在大學裡教書，只有論文或著作才能體現你的學術水平，至於教學方面的要求，那是很虛很虛的。每次晉陞職稱，因教學好而被評上、或因教學不好而被卡住的，極少極少。加上很多不太自信的大學，會把每年發表多少論文作為一個硬槓桿，那就更促使老師們不願意在本科教學上用心了。

所謂「教學」與「科研」可以互相扶持，且相得益彰，我認為，那是一種「理想狀態」，缺乏實驗數據的支持。確實有既長講課又擅科研的，但即便是如此完美的教授，其備課、講課及輔導學生，同樣會影響科研工作──畢竟，我們一天都只有二十四小時。而更多的教師則是學有偏勝，或長於教學，或長於著述。假如我們認定，大學的核心任務是「教書育人」，那麼，如何讓長於教學的教師發揮更大的作用，而

不是硬逼着他／她們去寫那些不太管用的論文，是個亟需解決的難題。在我看來，大學教師的「育人」，不僅是義務，也是一種成果——只不過因其難以量化，不被今天的各種評估體系承認。

三、「提獎學術」的困境

我的基本判斷是：中國大學——尤其是 985 工程大學，可利用的資源會越來越多；可隨之而來的是，工作壓力也會越來越大。上世紀 80 年代，我們很窮，但有很多可自由支配的閒暇時間，供你潛心讀書做學問——那是最近三十年中國學術得以迅速崛起的重要因素。現在不一樣了，誘惑很多，要求大家都「安貧樂道」，很不現實。以後呢，收入還會逐漸增加，但工作會越來越忙，忙得你四腳朝天。我們必須適應這個變化了的世界，但不一定非「隨風起舞」不可。對於大學教師來說，單說「支持」而不講「責任」，那不公平；我只是希望這種壓力，不是具體的論文指標，而是一種「氛圍」，以及無言的督促。現在都主張「獎勵學術」，可如果缺乏合適的評價標準，獎勵不當，反而徒增許多困擾。必須逐步摸索，建立一套相對合理的考核與評價體系。

年初，我在《人民日報》上撰文，提及中國的學術著作出版那麼多，但絕大部分都是半成品。說「半成品」，意思就是，立意好，作者也下了工夫，但火候未到，還沒打磨好，就急

匆匆出來了。之所以「精品不精」，主要原因是打磨不夠，背後因素則是市場的誘惑，以及教育部的評獎機制，剝奪了學者們本該有的從容、淡定和自信。以我的觀察，最近三十年，好的人文學方面的著作，大體上有三個特徵：第一，個人撰寫；第二，長期經營；第三，基本上沒有資助。我對人文學領域的大兵團作戰，不太以為然。動輒四五十人，真的能「強強聯合」嗎？我懷疑其實際效果。強大的經費支持，對人文學者來說，不是最關鍵的，有時甚至還壞事。為什麼？因為拿人家的錢，就得急着出成果，不允許你慢工出細活。目前的這套項目管理機制，是從理工科延伸到社會科學，再拷貝到人文學。延伸到社會科學，還有道理；最不適應這套管理機制的，是人文學。

現在提「獎勵學術」，都說要以課題為主，尤其是有關國計民生、人多勢眾的「重大課題」。我不太同意這一思路。如果是獎勵人文學，我主張「以人為本」，而不以工程、計劃為管理目標。原因是，人文學的研究，大都靠學者的學術感覺以及長期積累，逐漸摸索，最後才走出來的。還沒開工，就得拿出一個完整的研究計劃，你只能瞎編。如此一來，培養出一批擅長填表的專家，學問做不好，表卻填得很漂亮。而且，我們還以項目多少作為評價人才的標準。我建議政府改變現有的這套評價體制。可是，我提建議的這段話，《人民日報》給刪掉了，大概覺得不現實。

外面傳說，北大有一個規定，兩個人同樣評教授，一個人有課題，一個人沒課題，如果成果一樣，那就應該給那沒課題

的。因為，沒有政府的經費支持，還和你做得一樣好，可見他的學術水平更高。這屬於美好的誤會，北大其實沒那麼「另類」。最近學校開會，還在提醒我們盡量爭取課題。只不過，北大的教授們，確實不太願意申請各種各樣的課題，越有名的教授越是如此。我覺得，管理部門應該反省一下，為什麼會有那麼多好學者不願意做課題。我的建議是，允許學者不做課題，但出了成果，擺在那裡，請專家鑒定，真好的話，你說吧，值多少錢，10萬、20萬、50萬，你給我，我繼續做研究，至於怎麼做，我自己決定。在國外，也有這種情況，獎勵你科研經費，後面的活，你自己做。這樣的話，什麼時候發論文，什麼時候出書，我來把握。現在的狀況是：按工程進度，一年或三年，必須結項。做不出來，你也必須硬撐，送上一堆夾生飯。對人文學者來說，每天忙着填表，不是好事情。恕我直言，今天的中國大學，有錢，但學術環境及整體氛圍不如80年代。

在《當代中國人文學之「內外兼修」》（《學術月刊》2007年第11期）中，我曾談及，當代中國人文學的最大危機，很可能還不是在社會上被邊緣化，在大學中地位急劇下降，而是被教育主管部門按照工科或社會科學的模樣進行「卓有成效」的改造。經過這麼一番「積極扶持」，大學裡的人文學者，錢多了，氣順了，路也好走了。可沒有悠閒，沒有沉思，沒有詩意與想像力，別的專業我不知道，對於人文學來說，這絕對是致命的。原本強調獨立思考、注重個人品味、擅長沉潛把玩的「人文學」，如今變得平淡、僵硬、了無趣味，實在有點可惜。在我心目中，所謂「人文學」，必須是

學問中有「人」，學問中有「文」，學問中有「精神」、有「趣味」。但在一個生機勃勃而又顯得粗糙平庸的時代，談論「精神超越」或「壓在紙背的心情」，似乎有點奢侈。

◿　附記：此乃根據作者 2008 年 12 月 6 日在復旦大學「全球化時代的中國社會科學」高級論壇上的發言，以及 2008 年 12 月 12 日在第三屆「北大民盟高教論壇 —— 大學精神」研討會上的發言整理成文，2009 年 1 月 23 — 27 日於京西圓明園花園。

（初刊《文匯報》2009 年 3 月 14 日）

人文學的困境、魅力及出路

一、人文學之日漸邊緣化

記得李澤厚先生對 90 年代的中國學術有這麼一個評價：學問家凸現，思想家淡出。再進一步引申，那就是隨着學問家的日漸輝煌，學界不談主義，只談問題；學者躲進書齋，遠離社會。這個說法流傳甚廣，影響很大。好多人批評，也有不少人支持。李先生認為，現在不談陳獨秀，不談李大釗，而專提陳寅恪、吳宓，這不對。90 年代後期，好多人在討論這個話題。而我當時就說，這是一個偽命題。因為，任何國度，任何時代，思想家的光芒從來不會被學者掩蓋。因為，學者討論的問題，是只有少數專業人士才知道的；而思想家，包括所謂的「公共知識分子」，登高一呼，很多人都可以聽得懂，至於同意不同意，那是另一回事。所謂思想家的光芒被掩蓋，如果是指 1980 年代那些風雲人物，包括李澤厚先生自己，到了 1990 年代，再也沒有以前的那種聲名，這倒是事實。記得 80 年代湯一介先生他們辦中國文化書院，包括我們的「文化：中國與世界」編委會，做一個演講，有上千人來聽，而且，是從全國各地趕來的，還要交學費。現在

不可能了。所以，對於人文學者來說，今昔對比，感覺就是不一樣。但我更想說的是，其實，八、九十年代學術格局的變化，除了 1989 年突然的政治變故，很大一個問題是，人文學的淡出以及社會科學的凸現。在我看來，這才是 90 年代的學問和 80 年代不一樣的關鍵所在。

社會科學崛起，有幾個因素，首先，在 1930 年代，中國的社會學、民族學、經濟學、法律學等學科發展得很好。可解放以後，即便沒被打倒的，基本上也都處於被排斥地位。民間文學及民俗學家鍾敬文先生的兒子告訴我，說鍾先生一輩子小心謹慎，怎麼會被打成右派呢？他本人實在想不通。別人被打成右派，多少總有點緣故，比如發發牢騷、批評共產黨什麼的，他都沒有，他膽小，一直不敢亂說話，為什麼還是右派？於是，在 1980 年代初，曾向胡喬木詢問，這才知道原因所在。有人向毛主席建言，說有些學科，明擺着就是資產階級的，比如社會學、民族學、民俗學等。既然如此，這些學科的領頭人物，包括吳文藻、費孝通、鍾敬文等人，全都被打成了右派。正因此，50 年代中期以後，這些學科突然間全都中斷。到了 80 年代，這才逐漸恢復 —— 先是招本科生、研究生，接下來建獨立的院系。80 年代中後期，這些學法律的、經濟的、民族學的、社會學的研究生畢業，陸續走上學術崗位；而真正發揮作用，則是在 90 年代。這些人重新接續了 30 年代的學術傳統，一下子給人耳目一新的感覺。

請記得，80 年代中國學界的領軍人物，基本上都是人文學訓練出來的。因此，所謂「文化熱」，討論的都是大命題，比

如「主義」、「思想」、「文化」、「模式」等等，都是人文學的思路。「文化熱」之所以消退，跟我所說的 90 年代這一批社會科學訓練出來的學者陸續走上學術崗位，有直接關係。當然，我不否認，80 年代人文學者的那一套啟蒙話語，更適合於在廣場上宣講；而到了 90 年代，空間在縮小，知識分子表達理想、關注社會的能力也在減弱。所以，在這個意義上說，人文學者影響國家命運的能力，在 90 年代，確實是在萎縮。但反過來，社會科學家開始成長起來了。此消彼長，就形成了 90 年代中國的學術格局。人文學者因強調理想性，多持批判立場，在「太平世界」裡，其聲音在逐漸隱退；而社會科學家注重實際操作，強調協調能力，跟政府合作、跟企業合作，獲得基金，影響國策，推動着社會進步。所以，社會科學在 90 年代中國的八面風光，是有其道理的。反而是人文學者因喜歡使用「大字眼」，有時顯得有些迂闊，大而無當，跟整個社會風氣不太協調。

問題在於，在這個社會轉型過程中，有些學社會科學的，特別是經濟學家，以為自己無所不能，用經濟學眼光打量世界，用經濟學趣味改造文化。依賴工程技術人員治國，這有問題；單靠經濟學家治國，同樣會出現一系列弊端。現在，從中央到地方，每次重大決策，確實都會傾聽專家們的意見。可你去調查調查，是哪些專家在說話。十個裡面，大概有七八個是經濟學家，再加上兩三個法學、社會學或政治學家。人文學者基本上淡出了國家決策的咨詢圈子，不會有哪位領導喜歡聽一個哲學家或文學家談論玄虛的「文化」，或者中國到底應該往哪兒走。這跟毛澤東時代大不一樣。正是

這一點，使得中國的經濟學家越來越自信，以為單憑他們那兩下子，就能「為萬世開太平」。客觀地說，經濟學確實有用，可自信過度，就容易出問題。前兩年北大搞改革，主事者立意很好，可用經濟學原理來改造大學，未必行得通。那時，有位著名的經濟學教授，說了這麼一句很傷人的話：人文學者別着急，不會輕易讓你們下崗的，比如中文系的教授，實在找不到工作，可以到國外去教漢語嘛。這就是我們常說的經濟學家的腦筋：一切以利益計算為中心。最典型的，還屬最近發生的一件事。張五常先生作為著名的經濟學家，竟撰寫《是打開始皇陵墓的時候了》，你看他怎麼論證。他說，秦始皇陵打開以後，每年可以接待遊客 500 萬人次，每個人收費 500 元，合計起來，就是人民幣 25 億。既然每年可以給陝西省增加 25 億收入，為什麼不打開？我突然間覺得，這很可怕，經濟學家眼裡，除了金錢，還是金錢，沒有別的任何信仰或顧忌。問題還在於，這種純粹以金錢來計算的思路，特別符合行政官員的胃口。所以，經濟學家的話，最容易被行政官員接受；而文學家的話、史學家的話，考慮得太長遠，沒有數字化，故不大會被那些熱衷於「數字化管理」與及時效應的官員接受。

最近，我到一個大學演講，因為和校長比較熟悉，請我吃飯。席間說起經濟學家的「趣味」，舉了他們學校經濟學院院長的例子。開學典禮上，院長大人發表演講，目的是「勸學」。一上來，院長就說：同學們，今天我來學校，開的是寶馬，我車子後備箱裡的現金，還可以再買一輛。諸位畢業兩年後，希望你們都開着寶馬來見我。話音剛落，掌聲雷

動。經濟學家比哲學家有錢，這很正常，在很多國家都是這樣；但像中國的經濟學家這樣「得志便猖狂」，擺闊擺到如此地步，實在少見。所以，我十分感慨，經濟學家社會形象不好，而他們對國家決策的影響力又這麼大，兩者合起來，是很可怕的事情。也正因此，人文學者應該站出來，抵制這種「獨尊經濟學家」的社會潮流。

在一個正常社會，大學校園裡有各種各樣的人，適應社會及學界的各種需求。比如，有的人致力於建立精神的標桿，純粹理想性質，不管你社會如何變，我都堅持自己的理念與立場，用我的眼光和趣味來衡量一切。沒有這種毫不妥協的追求，社會發展會缺乏方向感；但反過來，只有這些，缺乏可操作性，社會沒辦法正常運作。因此，那些腳踏實地，實實在在地承擔起改造中國重任的人物，同樣值得尊敬。如果不避以偏概全的話，這大概是人文、社科兩類學者所應該承擔的不同責任。也正是基於這一點，我才說：90 年代以來中國學界風氣的變化，比如轉向具體問題，轉向社會實踐，轉向制度性建設等，跟社會科學的崛起有關。

本來嘛，這兩種人，各有其價值；而且，也已經達成某種默契——你有你的金錢，我有我的理想，我們之間，既互相對立，也互相協調。這樣的話，社會可以正常運轉。假如你想以某一學科的趣味，甚至某種經濟模式，來影響、決定整個國家的命運，那是非常危險的事情。如果說 80 年代中國的學術界太玄虛的話，那麼，90 年代的中國學界，在我看來，則未免太實際了。

說到這裡，你可能會這麼提問：難道學問可以用「虛」「實」「雅」「俗」這樣很不準確的術語來概括嗎？我記得，1910年，王國維先生（1877－1927）在《國學叢刊序》裡，說了這麼一句話：學無中西，學無新舊，學無有用無用；凡是不懂得這一點，那就是「不學之徒」。這話經常被引用。可在我看來，這代表的是一種治學的理想境界，而不是實際狀況。實際狀況呢，今天中國的大學裡面，不僅僅學有中西，學有新舊，學有有用無用之分，甚至所有的學科差異，都可能導致學者之間的巨大隔閡。

諸位可能讀過華勒斯坦的《開放社會科學》（北京：三聯書店，1997年），那書中提到：我們過去所說的自然科學、社會科學、人文科學三分法，「已經不像它一度顯出的那樣不證自明了」（第73頁）。因為二戰以後，注重個別性的歷史學和注重普遍性的社會學之間的對話越來越多，已「成為一個非常引人注目的現象」（第44頁）。我不否認這一點，但我想引入另外一個學者的觀察，那就是薩義德（1935－2003）。薩義德不久前剛去世，他在晚年出版了一本書，題目叫《人文主義與民主批評》（朱生堅譯，北京：新星出版社，2006年），裡面提到：「無論如何，作為一個整體，人文學科已經失去了在大學中的顯赫地位，這是毫無疑問的事實。」（第16頁）我們知道，一直到18世紀，大學裡佔主導地位的，是人文學；大概從19世紀起，先是自然科學，後是社會科學，逐漸得到很好的發展，於是，人文學在大學裡逐漸被邊緣化了。這個事實，大概是今天所有在大學裡唸過書的、教過書的，都看得很清楚。

說到這，舉一個好玩的例子。北大法學院院長朱蘇力，他跟我們都是 77 級的，曾特別傷心當年沒能考進中文系，而去學了法律。對此，他始終耿耿於懷。今年三聯書店出版他的專著《法律與文學》，總算圓了他的「文學夢」。記得 77、78 那兩屆，中文系的錄取分數比法學、經濟學的都高。今天完全不一樣了，北大文科裡面，錄取分數最低的是哲學系。這讓我很感慨，學哲學的，本應是最聰明的才對。現在可好，越是實用的學科，關注的人越多；越是高深的學問，越可能面臨困境。

人文學在大學裡面日漸邊緣化，處境比較尷尬。這個時候，有些人文學者為了拯救自己心愛的學科，也提升作為研究者的地位，使出了各種各樣的花招。比如說，從事一些看起來很「有用」的工作。你們不是嫌我們人文學沒用嗎？不對，我們也有實際應用的能力，也能對國計民生產生看得見摸得着的成果。於是，大學裡設立了專門的研究院，開展「人文奧運」工程。這種服務社會的熱情，當然很好，可我不知道這個「有用化」的努力，會不會偏離了人文學所特有的對於價值、對於歷史、對於精神、對於自由的認知。為了得到政府及社會的高度重視，拚命使自己顯得「有用」，而將原來的根底掏空，這不但不能自救，還可能使人文學的處境變得更加危險。

以上是引言，下面我着重談幾個問題：第一，重建人文學的自信；第二，以人為中心的學問；第三，兩種讀書策略；第四，「尚友古人」的好處；第五，學者是怎麼成為風景的。

最後，會稍微談談所謂人文學的魅力。

二、重建人文學的自信

剛才是「開篇」，講了我們所面對的困境，接下來談如何建立自信心。華勒斯坦《開放社會科學》一書的「結語」，專門討論如何「重建社會科學」。所謂「重建社會科學」，意思是說，我們需要深刻反省並努力改變現有的學科邊界，人類的智慧，人類求知的慾望，不應該被具體的學科邊界所束縛。「總之，我們不相信有什麼智慧能夠被壟斷，也不相信有什麼知識領域是專門保留給擁有特定學位的研究者的。」（第 106 頁）不能說我是學文學或社會學的，這是我的領地，別人不能進入；更不能因為我是學文學或社會學的，我就只從文學或社會學的角度思考問題。無論對人對己，都要學會跨越學科邊界。這種追求，對於個體的學者，完全可以做得到 —— 只要你不考慮評職稱，不申請課題，也不靠它拿學位，那麼，你把整個的人類命運、或者把某一個具體的社會現象作為研究課題，然後在不同的學科之間來回穿梭，這完全沒有問題。而且，我覺得，這是一個相當理想的學術境界。可是，作為整體的學術界，不客氣地說，依然是「壁壘森嚴」。

平時不覺得，一到了利益攸關，比如評職稱，定課題，找工作，選拔人才，這個時候，學科的邊界馬上顯示出來。一道

道無形的障礙，使得主張跨學科者，處境相對尷尬。過去說「男兒有淚不輕彈，只因未到傷心時」。我則戲擬：「學問有牆不輕談，只因未到評獎時。」實際上，我們已經形成了一個牢不可破的偏見，你是學什麼的，首先必須歸隊，以後再來排座次。你想根據自己的興趣，從這個隊跳到那個隊，很難很難。我把我的學生推薦給近代史所，他們馬上說：「學文學的，我們不要；因為我們是歷史所。」諸如此類的問題，還在不斷向下延伸。我招聘的是教現代文學的，那麼，古代文學、近代文學、比較文學出身的，統統不要。反過來也一樣。似乎，你拿了博士學位，出去以後，就永遠只能在你的專業範圍內翻跟斗。所謂「跨學科」，只是個別學者的學術理想，或者說「一時衝動」。整個中國學界，在我看來，沒有比二十年前好到哪裡去。當然，作為個體的學者，你可以尊重、也可以蔑視、更可以跨越所謂的「學科邊界」。我並不認為有哪一種「學術姿態」是最優秀的，大家都非追摹不可；關鍵是要符合你個人的性情與趣味，那樣，就能出「成績」，就能有「境界」。

所謂學者之間的隔閡，有些是因為意識形態，比如政治立場對立；有些則是學術類型、學科分界、學術趣味不同所導致的。不要說科學家與人文學者之間的隔閡，就算同是人文學者，也因古今、中外、虛實等研究領域或學術趣味的差異，各自心存芥蒂。很可能，都是第一流的學者，都出於公心，可就是無法達成起碼的共識。

在我看來，今天中國大學校園裡面「學問的隔閡」，已不再

是斯諾想像中的那種文科和理工科之間的矛盾，而是人文學和理科為一方，社會科學以及工科為另一方。換句話說，一種是追求學理，一種是強調應用。這兩者之間，知識類型以及學術趣味有很大的差異，因此，導致了學術理念的巨大分歧。我甚至說，這形成了今日中國大學校園的「分裂」局面。

這個狀態，使得人文學者面臨一個困境，你如何安身立命？如果你不想「跨學科」，如果你不想做那個「有用」的學問，你還想固守書齋生活，還想堅持你的精神境界，你還有發展空間嗎？在我看來，對於人文學者來說，有三條路可以走：第一條，繼續堅持你的批判性，成為公共知識分子，不管風吹浪打，死守你的精神價值；第二條，進入大眾傳媒，「風風火火闖九州」，基本理念是降低立說的姿態，用自己的學問影響社會，今日中國，已有不少人文學者在這麼做，若轉型成功，名利雙收，這是一條「灑滿陽光」的路；第三條路，那就是，固守你的書齋，做好你的學問，別的我都不管。這三條路沒有高低之分，只是在走之前，必須意識到各自存在的陷阱。1992 年，我在《讀書》第 11 期上發了一篇文章，題目叫《獨上高樓》。92 年的中國是什麼狀態？「八九風波」剛剛過去，好多學生很迷茫，不知路在何方。當時我在北大嘗試開「現代中國學術史」課程，這是其中一講的講稿。我說，選擇文史之學，就是選擇寂寞和冷清，這一點，將隨着中國現代化進程的發展而日益顯示出來。對於那些年輕學者來說，明白這個前景，還願意選擇這個古老而蒼涼的文史之學，確實當得上「悲壯」二字。

談學問，我們很容易想到《論語・憲問》的說法：「古之學者為己，今之學者為人。」除了孔門的「為人」與「為己」，我更關注學問的「有待」與「無待」。這裡借用的是莊子《逍遙遊》的典故。在我看來，文史之學屬於「無待」之學——不講外在條件，沒有心靈羈絆，甚至不用考慮經費來源以及成果轉化等，單憑研究者個人的意志與趣味，就能夠繼續生存下來。在這個意義上，對於人文學者來說，陳寅恪（1890—1969）所提獎的「獨立之精神，自由之思想」，比較容易實現。因此，我對目前人文學的相對邊緣化，遠離舞台燈光，感覺沒有那麼壞。在我看來，關鍵是找到自己的位置，這樣，就能平靜、坦然、遊刃有餘地「直面慘淡的人生」，以及當今中國學術界正在發生的巨大變化。

三、以「人」為中心的學問

人文學是什麼？歷來眾說紛紜，我不想介入專家們關於人文學的對象、範圍、方法、宗旨等等的爭論，只採納一個最淺顯的說法，那就是，人文學是以人為中心的學問。我所說的「人」，不僅僅是指人性、人道、人情，這些屬於哲學家考慮的範疇，也不是人均國民生產總值，那是經濟學家討論的問題。我說的是活生生的，有血有肉的，一半是天使，一半是魔鬼，有靈氣也有缺陷的個體的人。換句話說，在我看來，人文學關注的，不是作為一個抽象符號的「群體的人」，而是有體溫有情感會得意也會犯錯誤的「個體的人」。

90 年代初，我曾經和一個現在很活躍的社會學家爭吵。那時候，我們有讀書會，一起討論某些問題，最後，他憋不住了，責問我：「我實在想不通，你們整天談魯迅，談《紅樓夢》，有什麼意義？研究了那麼長時間，有沒有弄出一個規律性的東西來。」我想了大半天，確實沒有。我們不能說有個「《紅樓夢》規律」，也不能說有什麼「魯迅定理」。沒有規律，沒有定理，你只是談論一個個具體的作家，甚至他寫的某一部作品，這有多大的意義？你說說，李白和杜甫在中國詩人中到底有多大的代表性，能否給個百分比？連這個都做不到，你那研究到底算不算學問。我當時被逼急了，就說：「你以為就你們是學問？你們那個社會學，不就是提出假設，建立模型，還有統計數字什麼的。表面上很客觀，很公正，但在我看來，你建立模型的時候，偏見就在其中。」我當時講了個故事：80 年代初，某社會學家作了一個研究報告，說中國女學生到美國唸書以後，50％嫁給了她們的導師。我們都說不可能，可他是做過認真研究的。為什麼會是這樣呢？因為他們學校總共只有兩個中國來的女生，其中一個嫁給了她的導師。這麼說來，模型沒錯，方法沒錯，統計也很準確，但結論沒有意義。你能說，這就是學問嗎？當然啦，這都是氣話，反唇相譏，互相攻擊，不解決問題。他沒有辦法說服我，我也沒有辦法說服他。最後，我得出的結論是：人文學和社會科學之間，除了理論設計、工具模型、研究方法等不一樣，最關鍵的，是我們對「個體的人」的看法不同。統計學上無關緊要的「個體的人」，是可以輕易省略的嗎？「個體的人」之喜怒哀樂、成敗得失、思考表達等等，是不是值得你去關注？回答「是」或「不是」，也許這就是

人文學和社會科學的絕大差異。

注重「人」，此乃中國史學的一大特點。錢穆先生（1895—1990）稱，中國的歷史書寫，有三種體裁，一重事（《西周書》），一記時（《春秋》），一寫人（《史記》）。「司馬遷以人物來作歷史中心，創為列傳體，那是中國史學上一極大創見。」這麼說沒問題。接下來批評西方史學「都像中國《尚書》的體裁，以事為主，忽略了人」，或者說，還沒有進步到以人物為中心的地步（《中國史學名著》第59頁，北京：三聯書店，2004年），可就有點離譜了。因為，西方歷史學之所以關注經濟的、社會的、文化的，乃至日常生活的演變，這跟20世紀西方史學受到社會科學的影響有很大關係。你要是看19世紀以前的西方史學著作，也多是以人物命運為中心的。但錢穆先生的思路，也有值得欣賞的。比如他說，中國史學的特點是，特別注重人的精神境界，有的人既無豐功偉績，也沒經歷過重大事件，可同樣在歷史上立起來。他舉了個例子，顏淵，他就是以道德以精神來感召後人的（《中國史學名著》第59頁）。還有，對於「失敗的英雄」的追懷和崇敬，此乃東方人的共同信仰。不僅是諸葛亮，還有項羽，項羽絕對比劉邦可愛得多；另外，比如說岳飛、文天祥、袁崇煥等，都是傳誦久遠的「失敗的英雄」。這些「失敗的英雄」，其道德感召力，很可能遠遠超過那些成功者。在錢穆看來，史家在記錄帝王功業的同時，也關注那些道德高尚但不得志者，「這是中國的史心，亦正是中國歷史文化傳統之真精神所在」（《中國歷史研究法》第100—101頁，北京：三聯書店，2001年）。中國的歷史學家，追求「通古

今之變，成一家之言」，這就要求其著述包含道德教誨與精神境界，而不僅僅是講故事。在這個意義上，錢穆所說的「只有人，始是歷史之主，始可穿過事態之流變，而有其不朽之存在」（《中國歷史研究法》第101頁），是很有道埋的。

其實，人文學不僅關心人，還描寫人；不僅關心人描寫人，還提倡知人論世。換句話說，人和世之間，互相闡釋，這是中國人文學者的共同趣味。當然，你可能會追問，知人，知什麼人？論世，論什麼世？上自朝廷決策，下至平民衣食，還有邊關戰事、士子舉業、瓦舍眾伎，何者不關乎「人」與「世」？你只說關心人，描寫人，實在有點籠統。皇帝、將軍、才子、佳人、乞丐、流氓，哪一個更值得你我關注？寫什麼人，這確實可以看出中國人文學者的趣味所在。這裡有一個變化，上世紀30年代，中國的歷史學家接受了馬克思主義的唯物史觀，突出經濟關係，突出階級矛盾。具體到人的研究，不再眉毛鬍子一把抓，而是關注主要矛盾，認準歷史發展的動力是工農，而不是帝王將相，才子佳人。這個思路，毛澤東再三談論過。最有名的一句話是，帝王將相、才子佳人佔領我們舞台的時代，應該結束了。因此，有一段時間，我們的舞台上，都是工農兵。可最近二十年，風水輪流轉，又回到了才子佳人，又回到了帝王將相。而且，這一回，似乎連30年代還不如。上世紀30年代的中國舞台上，有帝王將相，有才子佳人，還有流氓無產者，還有工農大眾。今天，我們打開電視，從頭到尾，都是皇帝的戲，有清代的，有明代的，也有漢唐的，都是「吾皇萬歲萬萬歲」。突然間，你會發現，我們仍然生活在一個皇權極端崇拜的時代裡。

假如你想靠閱讀皇帝來理解中國歷史，不管立場是正是反，都不可能做得很好。同樣是讀辯證唯物主義的著作，魯迅（1881—1936）發展出另外一套思路——其文學史著中極少涉及生產力和生產關係，關注的是一個時代的文化氛圍和士人心態。文學作為一種精神產品，並不直接反映社會的經濟關係和政治鬥爭；抓住「士人心態」這個中介，上便於把握思想文化潮流，下可以理解社會生活狀態。諸位有興趣的話，可以讀一下《中國小說史略》，你會發現，它每一章開頭都有一段描寫，描述這個時代讀書人的生活及思想狀態。圍繞社會習俗以及文人的命運、心態來展開，這樣來理解文化、闡述文學，最典型的一篇文章是《魏晉風度及文章與藥及酒之關係》。另外，魯迅的好友許壽裳（1883—1948），曾提及魯迅有一個撰寫中國文學史的計劃。他記得很清楚：第一章，「從文字到文學」；第二章「思無邪」，講《詩經》的；第三章「諸子」；第四章「從《離騷》到《反離騷》」，那是講漢代的；第五章，「藥·酒·女·佛」；第六章「廊廟和山林」（《亡友魯迅印象記》第50—51頁，北京：人民文學出版社，1977年）。藥和酒，那就是講魏晉風度這篇文章，至於女和佛，沒寫成，是關於六朝文章的。用四個字來概括幾百年間中國讀書人的生活狀態、審美趣味，以及他們的思想和文學創作，很精彩。先瞭解讀書人的生存狀態，然後才進一步闡釋一時代的文學風貌，這是魯迅先生的思路。實際上，這跟我們過去所說的知人論世，很接近。只不過魯迅先生把這個「人」，落實為一個特定的階層，那就是「讀書人」。

當然，我們都知道，讀書人有各種各樣的毛病，很可能不

是推動歷史前進的主要動力；但讀書人有一個好處，他敏感，比起其他社會階層來說，他敏感到社會變化的各種可能性。再加上，他把自己的這種敏銳的感覺，留在書本裡面，保存下來了。所以，我們可以借助讀書人的心態，來理解那個時代的大風大浪。幾年前，王朔寫文章，說魯迅不怎麼偉大，因為他連一部長篇小說都沒有寫出來。當時，很多人站出來反駁。我倒注意到，魯迅曾有過三部長篇小說的寫作計劃，只是都沒有寫出來。第一部，是關於唐明皇和楊貴妃的故事。1924 年，魯迅先生應西北大學的邀請，到西安去講學，當時的想法是，沿途好好考察，回來後完成這部長篇小說。這個寫作計劃，他跟好多人說起過，郁達夫有回憶，許壽裳也談及，都說魯迅先生信誓旦旦，準備寫這個「楊貴妃」。可到西安走了一趟，回來以後，魯迅先生說不寫了。不寫了，為什麼？因為，到了西安以後，發現西安的天空再也不是唐朝的天空，藝術感覺全都給破壞了。這是第一部流產的長篇小說。第二部，是關於紅軍長征。據說紅軍長征到了陝北以後，陳賡秘密到上海治傷，馮雪峰約魯迅先生一起聊天。魯迅談得很高興，表示想寫一部關於紅軍長征的長篇小說，還請陳賡隨手畫了好些地圖。問題在於，魯迅沒有從過軍，也不瞭解紅軍到底是怎麼打仗的，這個長篇小說寫不出來，很正常。第三部沒能完成，就有點可惜了，據馮雪峰（1903—1976）回憶，魯迅先生說過，他要寫一部長篇小說，講四代知識分子的命運：「一代是章太炎先生他們；其次是魯迅先生自己的一代；第三，是相當於例如瞿秋白等人的一代；最後就是現在如我們似的這類年齡的青年」（《魯迅先生計劃而未完成的著作》，《魯迅回憶錄》第 698 頁，北京：北

京出版社，1999 年）。讀過魯迅小說的，大都明白，他的《吶喊》和《彷徨》裡，已經隱含了這個思路，即時代的變革和讀書人的命運。可惜的是，這個計劃最後也沒有完成。但有一點，我想說，作為自覺接受馬克思主義的作家，魯迅先生的關注點是人，而且是文人，這很特別；換句話說，瞭解人，瞭解敏感的文人，瞭解文人的生活方式，進而理解一個時代的思想風貌乃至文化創造，這是魯迅先生獨特的思路。其實，這也是我們今天讀書的一個主要目的：讀書，讀文人，讀文人的敏感，讀文人對社會歷史的想像，然後，再來討論別的問題。

說到閱讀文人，以及閱讀文人寫的書，不能不牽涉第三個問題：兩種讀書策略。

四、兩種讀書策略

有兩種不同的讀書方法，或者說兩種讀書姿態，或高調，或低調。這裡指的是觀察者的立場，以及論述的視角。第一種居高臨下，把古人、前人看得很笨；第二種高山仰止，把古人、前人想像得特崇高。兩種各有其道理，但若就文章而言，前者氣勢如虹，「橫掃千軍如捲席」；後者的好處是體貼入微，對古人或前人的心理狀態有準確的把握。二者各有優長，對於今天的大學生，尤其是對於像清華大學、北京大學這樣自詡為國內一流大學的學生來說，

我更願意講兩個故事給大家聽。

第一個故事，是徐復觀（1903—1982）如何向熊十力（1885—1968）問學。徐復觀作為海外新儒家的代表人物，我相信對文史稍有興趣的，大體上都會知道其人。抗戰中，徐復觀在蔣介石的侍從室工作；抗戰勝利後，以少將軍銜退伍，一心研究學問。1943年，他到重慶的勉仁書院去找熊十力，想向他求學。據說，第一次去，他穿了一套筆挺的軍裝，被熊十力罵出來了。第二次，改穿長衫去，熊十力才接待他。知道他的來意，熊十力說，好，回去讀王夫之的《讀通鑑論》。徐復觀說，讀過了；熊十力說，回去再讀。於是，回去苦讀，若干天後回來，說，讀過了。好，那就說說你的體會。徐復觀噼里啪啦，把《讀通鑑論》的若干不是之處，數落了個遍。還沒等他說完，熊十力拍案而起，說，你回去吧，你這笨蛋，你這樣讀書，一輩子都不長進。讀書首先是看它的好處，你整天挑他的毛病幹什麼？這樣讀書，你讀一百部，一千部，一萬部，也都沒有意義。讀書就像是吃東西，首先是努力消化，吸取營養，然後再來談別的。你現在告訴我，說王夫之這個不是，那個不是，那你還讀他幹嗎？據徐復觀後來回憶，說這當頭一棒是起死回生，日後就知道該怎麼讀書做學問了。

這個故事，徐復觀自己講的，很多人都知道。後面的這個事，才是我的發現。我注意到，徐復觀1959年在台灣大學做過一個演講，那演講稿登在《東風》第1卷6期上，題目就叫《應當如何讀書》。他說，文科大學生讀書其實很簡單，

四年間，一定要徹底讀通一部有關的古典，養成良好的讀書習慣，這是最關鍵的。別的都是假的，無所謂。我相信他說這個話的時候，是把自己早年的讀書經驗帶進來了。尤其是，他接下來說，讀書最壞的習慣，就是不努力把自己往上提升，而是整天去找人家的毛病，用自己的趣味、成見來看待古人。這個時候，很容易栽贓、誣陷，把人家拉到和自己同等的知識和道德水平。「這種由浮淺而流於狂妄的毛病，真是無藥可醫的。」（《徐復觀雜文補編‧思想文化卷上》第114—115頁，台北：中央研究院中國文哲研究所籌備處，2001年）這樣讀書，一百年、一千年也不會有好的結果。我相信，他說這個事情的時候，肯定記得十五年前在重慶與熊十力的那一場對話。

其實，不僅是徐復觀、熊十力，新儒家大都主張這麼讀書。我記得，錢穆也說過類似意思的話：任何書，都有讓人滿意的地方，也都有讓人不滿意的地方，讀書首先是採擷其所長，而不是挑剔其瑕疵。我們今天則大都反其道而行之，讀書時，不屑於很好地汲取長處，而喜歡找人家的短處，何況，找出來的，還不見得真的是它的短處（參見《中國史學名著》第179頁）。這種讀書趣味的轉變，大約是在「五四」新文化運動中完成的。換句話說，「五四」之前的讀書人，大都缺乏懷疑的眼光，太相信古人了；「五四」以後的讀書人，喜歡先挑毛病，把古人想得太笨了。過猶不及，二者都有值得我們警惕的地方，過分「高看」或「低看」，都有問題。但有一點，我想略為發揮，那就是，「高看」「低看」裡面，很可能養成一種眼光與趣

味。而這對於閱讀經典，影響很大。

熊十力、徐復觀所說的讀透一部經典，養成眼光、趣味、能力，是經驗之談。傳統中國，讀書是以若干經典為中心的；現代中國的讀書人，則是以通論為中心來展開閱讀與欣賞。進大學，先學「文學概論」、「史學概論」、「中國文學史」、「中國通史」等，以通史通論為中心培養出來的這一代讀書人，容易養成一個毛病，眼高手低。另外，還容易讀粗了眼。如今是互聯網時代，沒有人願意深耕細作，讀書已經變成了翻書、查書，一目十行，很快就過去了，我們已經喪失了古人那種細心讀書的習慣。所以，我引一句話，提請大家注意。據清人梁章鉅稱，朱熹曾批評呂祖謙人很聰明，但讀書習慣不好：「看文理卻不仔細，像他先讀史，所以看粗了眼。」（參見《退庵隨筆》卷十六）。請注意，朱熹的意思是，從讀史入手者，以「事件」而不是「文理」為中心，容易養成「看粗了眼」的習慣。或許這麼說更恰當些：讀經與讀史有別，讀經的缺點是眼界狹窄，好處則是讀得很細，有深入的體會；讀史的好處是知識廣博，閱讀量很大，但容易「看粗了眼」，漏過了文本之間的各種縫隙。實際上，讀書時看花了眼，看粗了眼，看走了眼，不能細心體會，這正是現代人的通病。

我還想略為引申，人文學者引進了人類學、社會學、經濟學等思路，使得人文學者的眼界大為開闊，這很好；但我還是有點擔心，這種過於廣泛的涉獵，是否會導致人文學者原本擅長的閱讀、品鑒、分析能力的下降？確實，我們知道的東

西越來越多了，我們的視野也很開闊，整天東拉西扯都不會露餡，這都沒問題。但如果我們的文本閱讀能力在下降，還有，跟這個直接關聯的對人的命運、對人的精神的強烈關注在減少，那又實在可惜。我用一句話來概括：外面的世界很精彩，可是，心靈的探尋也很重要。

人文學關注的重點，本來就應該是心靈，可現在我們跟着社會科學跑，越來越關注外在的世界。回到我剛才說的薩義德，薩義德晚年寫了一篇文章，題目叫《回到語文學》。他說，現在流行的讀書策略有問題，從一些很粗淺的文本閱讀，迅速上升到龐大的權力結構論述，他對這個趨向非常擔憂。他認為，這麼做，相當於「放棄所有人文主義實踐的永恆的基礎」。「那個基礎實際上就是我所說的語文學，也就是對言詞和修辭的一種詳細、耐心的審查，一種終其一生的關注。」（《人文主義與民主批評》第 71—72 頁）也就是說，人文學者的實踐，最關鍵的是語文學。所謂語文學，就是對言詞、對修辭的一種耐心的詳細的審查，一種終其一生的關注。這是人文學的根基所在。你現在把這個根基丟了，拚命往外在的世界跑，找了很多很多材料，表面上很宏闊，但品味沒了，這是今天人文學的困境。所以，他認為人文學的發展途徑，最關鍵的，仍應保持對文辭的關注，這應該是人文學者的基本訓練，也是其安身立命的根基。以前有句老話，「書到用時方恨少」，諸位，現在是「書到用時方恨多」。你無論做哪一個課題，比如說做魯迅研究吧，總得先來個課題史總結吧。光是把那些已經發表的良莠不齊的東西，把它捋一遍，時間就沒有了。諸位要是做莎士比亞研究，做《紅樓

夢》研究，在互聯網上一檢索，很可能就是十萬條、百萬條。現在的問題是，我們的文獻檢索能力迅速提升，書也越出越多，這個時候，不光看搜集資料的能力，更重要的是閱讀、分析、闡釋。也就是說，該往回收了，回到文本，回到人文學本身的一些基本訓練，那才是我們安身立命的所在。

好，我想說的是，讀書先不必替古人擔憂。古人是不是很笨，我們先不管；我們先考慮那些聰明的，我相信，古人中是有很聰明的。讀那些聰明人寫的聰明的書，選擇那些聰明的書裡面對我有用的，用來提升我的精神境界和文化品味。至於那些笨的，我不管；天下那麼多笨人，我管得過來嗎？讀書的話，我只取聰明的；至於將來寫論文，需要上下褒貶，那是另外一回事。讀書的首要目的是汲取養分，所以要養成習慣，找好的書看，搜尋好書裡面值得你鑒賞、值得你追摹的地方。讀好書，目的是和古人交朋友，按我們過去的說法，這就叫「尚友古人」。當然，這個「古人」是很籠統的概念，可以是 20 世紀的魯迅，也可以是兩千五百年前的孔夫子。

五、「尚友古人」的好處

《禮記》說：「獨學而無友，則孤陋而寡聞。」這個「友」，可以是今人，也可以是古人。跟古人交朋友，有個好處：你愛交就交，不愛交拉倒；而且，今年要好，明年生疏，也沒

有關係。跟今人交友，可就不一樣了。你不能說咱倆今天特好，無緣無故的，明天我就跟你翻臉，那樣不行，隨便拋棄朋友，不是一個好習慣。我的一個師兄，他是做魯迅研究的，幾乎每篇文章裡，都會出現魯迅語錄。我半開玩笑說，你能不能寫沒有魯迅語錄的文章？下一回他寫文章，果然沒提魯迅怎麼說，可出現了「有個東方哲人」，引的還是魯迅的話。另外一個師兄，是做沈從文研究的，當年我們最怕跟他一起吃飯，因為他吃飯的時候，一定要跟你談沈從文。後來我們乾脆跟他說，你要是再提沈從文，我們就走，不吃了。他說好吧，那咱們今天就說說鳳凰的事情吧。我相信，很多學人都有類似的經歷，在某一個特殊階段，全身心地投入到某一個研究對象裡面，整天不斷地跟這個對象對話。這狀態，其實很正常，是人文學者做研究時容易達到的境界。

所謂「尚友古人」，也可以換一種說法，就是跟學者結緣。老北京有個習俗，在敦崇的《燕京歲時記》裡面有記載，說四月初八，和尚們煮了豆，撒上鹽，到街上請過路人吃，因為今天是佛誕日，大家吃了我的「結緣豆」，雖是萍水相逢，我們之間也都建立了某種聯繫。這習俗，我在中國沒遇到，反倒在日本見識了，不過他們將農曆四月初八，改為陽曆的四月八日。周作人（1885—1967）寫過一篇文章，題目就叫《結緣豆》，說他自己寫文章，也是一種「結緣」，風朝雨夕，花前月下，邀古人和自己對話，達到了一種難以言傳的風韻。對於學者來說，寫文章是結緣；對於讀者來說，讀文章也是結緣。跟古人，跟今人，跟一切你喜歡 —— 或者用周作人的話：「符合自己的口味，而且比自己高明」—— 的

人結緣。我用「結緣」這個詞，而不喜歡「粉絲」之類的說法。學生們說，老師，你那「結緣」，不就是「粉絲」嗎？我說不對，「粉絲」是不管人家好壞，也不問是非功過，沒有任何判斷力，一味狂熱地追隨；而結緣呢，當然會維護我喜歡的古人，但我也知道他的毛病，別人要是惡意攻擊，我會為他辯護，但我不會迷信。至於為什麼結緣？當然是源於喜愛，喜愛他傳奇的一生，喜愛他某本不朽的著作，喜愛他某句雋永的名言，都可以。說到底，所謂結緣，更多地基於對人性的理解，不過分挑剔，不排斥情感和偏見，這麼一種特殊的閱讀方式，使得我們和古代，或者說和已經過去的歷史，建立起一種特殊的聯繫。

剛才說了，十幾年前，我曾寫《獨上高樓》，稱選擇文史之學，就是選擇了寂寞。這自然是相對於熱鬧的法學、政治學、社會學、經濟學這樣的學科而言的。現在，我又要把話說回來：從事文史之學，天天跟古今中外第一流人才打交道，何寂寞之有？這個妙解，還以為是我的發明，可前幾天讀錢穆的書，突然發現，他早就說過了。他說，做學問一點都不寂寞，從周公、孔子到司馬遷，一直到清代的章實齋，整天這麼「尚友古人，轉益多思，何寂寞之有」（《中國史學名著》第264頁）？這麼說來，做文史研究的，整天和文獻打交道，是很幸福的事情。諸位知道，「文」是典籍，「獻」是人事，跟古今中外的典籍以及典籍背後的人物打交道，這種狀態，對於一個人文學者來說，確乎有值得誇耀之處。

當然，你可能會追問，為什麼要強調書後面有人呢？那書後

如果沒有確鑿的「人」，怎麼辦？是的，有些書後面，你找不到具體的人，比如說民間的說唱，或者早期的通俗小說，你是找不到作者的。即便像《金瓶梅》這樣偉大的小說，作者是誰，有幾十種說法，永遠吵不清。在可以預見的很長一段時間裡，《金瓶梅》的作者是誰，很可能永遠是個謎，學術界不斷有人考證，但不太可能有統一的見解。更重要的是，我們知道，自 50 年代起，「新批評」就特別強調「意圖的謬誤」，反對將作者的心境和文本的效果直接對應起來，質疑作者對於文本的絕對支配權力。以後，我們越來越知道，作者、文本、讀者之間，有聯繫，但也有很多縫隙。諸位可能讀過羅蘭‧巴特的《作者之死》，也瞭解福柯的《什麼是作者》，知道西方的文學批評界，不斷有「殺死作者」的主張。我同意，作者不能絕對支配文本，作者、讀者、文本之間有很大的張力，你把「文化語境」引進來，把「文學場」帶進來，有很廣闊的論述天地。但有些文體，比如散文，不管你怎麼說，文本背後的那個人，虛的實的，真的假的，依舊是我們關注的中心。我在北大講過「明清散文」的課，特別喜歡黃宗羲（1610—1695）晚年寫的《思舊錄》。《思舊錄》最後有這麼一段：「余少逢患難，故出而交遊最早。其一段交情，不可磨滅者，追憶而志之。」諸位知道，他是被閹黨迫害的東林黨人的子弟，從小就出來，在江湖裡闖蕩，見識了各種各樣第一流的人才，到了晚年，追憶平生，寫下這麼一冊小書。像這種文章，你當然會讀出書中人物，也讀出作者性情。這種文本和人生緊密相連的著述，也許是人文學者所應特別關注的。

說到「文」和「人」的關係，我特別關注的是那些有學問的文人，或者有性情有文采的學者。純粹的學者或純粹的文人，都不是我特別欣賞的。為什麼？這牽涉到一個問題，那就是現代西方教育體制進來以後，中國人原本的那種「文學兼修」的傳統，大體上消失了。換句話說，傳統中國的讀書人，他們有的偏於學問，有的偏於詩文，但不管怎麼說，在某種意義上，都是「文學兼修」的。戴震（1723—1777）是個大學者，但他古文寫得很好；姚鼐（1732—1815）是桐城古文大家，但他也在努力做考據。而現在呢，有學的人無文，有文的人無學，幾乎成為通例。前幾年，好多人在報紙上寫文章，嘲笑作家沒文化，喜歡舉兩個例子，一個是劉心武記錯了一首詩，一個是余秋雨用錯了一個典。其實，這沒什麼了不起。大家嘲笑作家沒文化，為什麼沒人反過來嘲笑學者不會寫文章？看看今天中國有多少文學教授，其中能詩善文的，我想並不是很普遍。

學者不會寫文章，文人又沒有多少學問，這不是個別現象，而是現代中國學科分治以後的共同傾向。正因此，我對清末民初那些曾經十分活躍的「有學問的文人」，和那些「有情懷有文采的學者」，特別感興趣。我今年在北京三聯書店出的《當年遊俠人》，就是談這個問題。在我看來，自然科學家不會寫文章，沒有問題；社會科學家文章不漂亮，也都關係不大；惟獨人文學者，如果文章寫不好，絕對有問題。對於人文學者來說，對詩文有無感覺，不僅僅是技術問題，還包含修養、趣味，乃至個人風采。

六、學者是怎麼成為風景的

抗日戰爭中，在重慶長江邊，有一天，國民黨的元老陳銘樞請學者熊十力吃飯，熊十力面對浩浩長江大發感慨，陳銘樞則背對長江，看着熊十力。熊十力說：「幹嗎？這麼好的風景你都不看？」陳說：「你就是最好的風景。」熊十力聽了非常高興，哈哈大笑。這個故事，是熊的弟子傳下來的，應該可信。我想略為引申：大學校園裡面，有學問，有精神，有趣味的老學者，很可能真的就是校園裡面絕好的風景。可是，這些風景即將消逝。

這裡有幾個問題，首先是退休制度的急遽推進。我進北大的時候，我的導師王瑤先生已經七十歲，我當時主要請教的幾位老師，也都是七十多歲。而今天，北京大學推行的是 63 歲退休的制度。我曾經提過一個動議，說這樣吧，乾脆把人文學和自然科學分開。因為，自然科學的專家，包括院士們，60 歲以後，基本不可能做什麼大項目了；人文學者不一樣，60 歲還正當年。我建議，人文學者的退休年齡，設為 70，自然科學專家則設為 60。我在一次演講中談到，報紙上還有人引證和爭論。我當然知道，做不到，為什麼？因為現在中國重點大學的校長，基本上都是自然科學家。但我自認為，這個說法的確是有些道理的。不同學科的學者，達到最佳狀態的時間都不一樣。比如數學家，如果 40 歲還沒有出頭，那基本上就沒有什麼希望了；而人文學者，50 歲還沒有出頭，問題不大，也許 60、70 歲才出大成果呢。人文學需要積累，需要慢火，就像慢火煲湯一樣的，慢慢煲，味道才能

出來。本來嘛，人文學和自然科學不太一樣。可是有了一刀切的退休制度以後，大學校園裡面就沒有老教授了。整個大學校園裡，所有的老師學生全都朝氣蓬勃，健步如飛，那絕對不是好事情。大學校園裡面，的確需要朝氣蓬勃的學生和年輕教師，但還要有一些歷經滄桑的、充滿智慧的、身體不太好不能參加百米跑的老教授。

我記得，當年我在北大唸書的時候，校園裡常見老教授在散步。那個時候，朱光潛先生還在，瘦老頭就這樣一步一步走，大家都讓開來，看着他慢慢走過去。吳組緗先生每天都坐在未名湖邊的石凳上，望着湖水，在冥想，大家也不打擾他。校園裡面，需要這樣的風景，沒有這樣的風景，太可惜了。假如是「選美」的話，女孩子，大概 20 歲上下吧最好；但學者不一樣，學者之所以耐看，是把閱歷、把學問、把情感、把才華凝聚在臉上，那已經是六七十歲了，那個時候，才值得你品味、鑒賞。當然，還有一個很現實的因素，六七十歲的學者，大項目做不動，也沒有必要申請國家課題經費，甚至不用吭哧吭哧寫論文，這個時候指導學生，有比較好的心思和眼光。年輕教授和學生太接近了，課題接近，年齡也接近，存在着競爭關係，作為導師，我沒有心思把我正在做的課題全都告訴你。其實，當伯樂，是需要有一段時空的距離的，如果我們倆正在競爭，我怎麼當伯樂？所以，我想像中的大學教授，跟學生保持一定的距離，有距離才好指點，有距離才能夠把真正的心得體會，比如如何少走彎路，毫無保留地告訴你。要不，會碰到這樣尷尬的局面 —— 我正在做一個課題，我的學生也在做，他來請教，

我怎麼辦，都告訴他了，我還做不做？所以，現行的這個制度，導致師生之間不能很好地互相鑒賞。

還有一個問題，清華還好，校園比較大，教授大都住在附近；北大的很多老師住得很遠，來也匆匆，去也匆匆，下課了，各奔前程，學生老師之間，沒有更多的互相鑒賞的時間和空間。如何改變這種狀態，我的辦法是，每星期堅持跟我的研究生一起吃一頓飯。我們各自到食堂打飯，然後聚在研究室裡，一邊吃飯，一邊聊天。專業的問題，我當然回答；生活上的，我們也聊得很開心。沒有一定之規，隨便聊，談完了，沒事，走人。關鍵是保持這麼一種對話的狀態，一個互相理解的時間和空間。但因為客觀環境的限制，很多人連這個也做不到。作為教授，只管上課，改作業，給分數，不涉及別的任何問題，有點可惜。

說到教授和學生之間的關係，大學校園裡面，師生之間最好能互相觀摩，互相鑒賞。為了說明這一點，即好學者可以成為大學校園裡絕妙的風景，我想講三個故事。第一個是黃侃（1886—1935）。黃侃原是北大的教授，後來到武漢、南京教書，他教小學訓詁，也教《文心雕龍》等。在北大校園裡面，流傳許多關於黃侃的故事，大部分是他如何「罵人」。據說，他講課時，三分之二的時間是在罵人，剩下三分之一，講的是真學問。因為他學問好，學生們不反感，前面權當休息，後面用心聽，這樣就行了。關於黃侃先生，無論在北大，在武大，還是在中央大學，都在講這個人如何性格狂狷，風流倜儻。春秋佳節，黃侃帶學生出去踏青、遊山、喝

酒、吟詩，諸如此類的故事很多。但有趣的是，這個為人狂狷的黃侃先生，做學問時又特別拘謹，學生拜他為師，他先丟給你白文本《十三經》，自己點，讀通了，再說別的。必須是肯下這個笨功夫的，才有可能成為他的學生。章太炎（1869—1936）先生說，「學者雖聰慧絕人，其始必以愚自處」（《菿漢閒話》），舉的例子，就是黃侃。做學問的人，一開始必須覺得自己很笨很笨，肯下死工夫，這樣才可能出成績。太聰明的人，反而不適合做學問，為什麼？因為不肯下死工夫，老想走捷徑。只有既聰慧又以笨人自居的人，才能做好學問；那些臉上寫滿「聰慧」兩個字的，其實是做不了大學問的。這是經驗之談。黃侃先生在指導學生時，再三說：「漢學之所以可畏者，在不放鬆一字」；「凡研究學問，闕助則支離，好奇則失正，所謂紮硬寨，打死仗，乃其正途。」（《蘄春黃氏文存‧黃先生語錄》）都說黃侃是「名士派頭」，可他做學問又那麼嚴謹，嚴謹到不輕易著書，以至章太炎先生感慨：有的人寫文章太隨便，黃侃又太拘泥了。黃侃先生自稱，50 歲以後著書；可 50 歲那一年，他不幸去世了。所以，他留下來的著述，大部分是後人替他整理的。

「謹重」和「放蕩」，這兩者在黃侃先生那裡，有如此奇妙的組合。唸文學系的，肯定會記得，梁簡文帝有一個說法：「立身之道與文章異，立身先須謹重，文章且須放蕩。」也就是說，做人要謹重，寫文章可以放蕩，這是梁簡文帝說的，唸過「中國文學批評史」課程的人，都會知道。但對於學者來說，這個話似乎應該倒過來，怎麼說？「立身不妨放蕩，文章且須謹重。」當然，這個「放蕩」指的是不受外在規範的拘束，隨心所欲的生活，就像黃侃先生那樣。不知

道的人，會覺得但凡學者都是很古板很拘謹，但我知道，很多學者內心世界很豐富，包括情感的表達等等，都有很特殊之處。整天面對古書，但生活仍然很有趣，這樣的學者多得是，比如像黃侃先生，就是這樣一個典型。這是我想描述的第一道風景。

第二道風景，我想講劉師培（1884—1919）。其實，從我開始讀研究生時，就不斷地關注劉師培，可一直不敢寫關於他的文章，因為他的學問太廣博了。一個只活了36歲的人，竟寫了那麼多著作，實在讓我很佩服。但是，令我困惑不解的是，劉師培一輩子政治上為什麼老是摔跤。讀現代文學的人都知道，新文化運動起來，他組織《國故》月刊與之對抗；這不算什麼，只是表達不同的政治立場而已，你愛講新文化也行，愛講舊文化也行，這都不成問題。可往前推，袁世凱稱帝的時候，他是「籌安會六君子」，後來被通緝，這個大家會嚴厲批評。更嚴重的問題是，1907年，當時在日本提倡無政府主義的劉師培，回到南京，向兩江總督端方獻計，如何來抓革命黨。而且，還真的帶人去上海抓革命黨人陶成章，可惜晚了一步，沒有捉到。在晚清，有各種思想潮流，無政府主義思潮無疑是最最激進的。可你沒想到，一個無政府主義思潮的積極提倡者，回到國內，竟搖身一變，當了密探。所以，魯迅先生很不屑地說，劉師培哪裡是研究《文心雕龍》的，他那應該叫「偵心探龍」。對於劉師培來說，別的好解釋，當密探這頂帽子，怎麼解也解不開。連弟子們都沒有辦法替他辯護，只能說他上了「小人」的當。很多人都說是因為他老婆不好，把劉師培落水的責任推到何

震那裡，這有點太不公平。讓我感到困惑的是，一個那麼聰明的人，劉家可是四代傳經呀，四代學問集於一身，而且正在提倡革命，提倡最最時髦的無政府主義，怎麼會突然間變成一個密探？這我實在不能接受。後來讀到一篇文章，我恍然大悟。那篇文章 1904 年發表在《中國白話報》上，題目叫《論激烈的好處》，署名「激烈派第一人」。激烈派第一人，你可以想像，那是劉師培的自我期待。但是，真正的激烈派，很可能是永遠的反對派，而劉師培不是這樣。他之所以看好「激烈」，不是守護精神之火，也不是堅持自己的信仰，而是將其視為一種論述策略。也就是說，他所標舉的，是一種策略上的「激烈」。劉師培說，寫文章做事情，有個訣竅，那就是無論如何，把它做到頂點，做到極端，就會有效果。很多人不懂這個，守着「中庸之道」，說話老是「一方面……」，「另一方面……」，而不願走極端，這樣的話，沒人聽你的。必須記得，無論說話做事，就是要走極端。我突然間明白了，為了追求效果，而不惜把事情做到頂點，把話說到極端，這正是劉師培不斷翻跟頭的原因。需要講革命的時候，他走到了無政府，這是極端；反過來，也不必調整，一下子又給清廷當密探，這又是走到了極端。辛亥革命成功，劉很不得意，袁世凱稱帝，他又賭了一把，又輸了。你會發現，每回他從左到右，從東到西，都沒有什麼過渡，而是直接走到頂點。這個思路，強調的是效果，而不是內心的真實感受，更不是什麼思想信仰。為了效果而不惜採取非常激烈的行為，這個思路，誤了一代才子劉師培。大家都說，中國人很頑固，很保守，我發現，不是這樣的，中國人沒有、或者說很少真正保守的。中國人一點都不頑固，大勢

所趨，「咸與維新」，這才是絕大部分中國人的選擇。回過頭來，你看，在某一個特定的歷史時刻，不管立場如何，能夠挺得住，站得穩，不隨大流的，極少極少。笨的人隨大流，聰明的人又太看重「效果」，因而極少真正的「頑固」和「保守」。也正是這，導致了我們的「風水」老是輪流轉。連大學者都不見得真的洞察世情，都因為「內心燥熱」，為了某種現實利益，而守不住自己的立場，那實在有點可怕。

第三道我想評說的風景，是金克木（1912—2000）。2000年去世的金克木先生，原是北大東語系的教授。東語系當時有兩個名氣都很大的教授，一個是季羨林先生，一個就是金克木先生，可兩個人的學術路徑絕然不同。季先生是在德國哥廷根大學接受正規的學術訓練，從大學到研究院，畢業回來後就一直做研究，是真正的學院派。雖然季先生日後也寫大量的散文，可做學問無疑更為拿手。季先生現在還住在301醫院裡面，一邊養病，一邊寫作，我們祝願他健康長壽。季先生的學問很好，一看就是科班出身的，或者說是「正統派」；而金克木先生不是這樣，他是我們所說的「自學成才」。他年輕時在北大待過，但不是北大的學生，他是在北大「偷聽」。據他在回憶錄中說，他當年聽法語課，學得比正式的學生還好，所以老師很高興。更不同凡響的是，他在北大圖書館當館員，瞭解北大裡面有哪些教授是最厲害的，他們來借書，他就抄下書單，等他們把書還了，他就跟着讀。他說，這幾個教授，有學問，有眼光，借書不會亂借，他們讀什麼，我就跟着讀，讀得懂讀，讀不懂也讀。幾年下來，金先生也成為一個眼界頗高的「學者」。當然，日後他到印度

去遊歷，跟和尚唸書，回來以後到武大、到北大教書，走的是學問的路；但總體上說，他是自學成才的。他出版過《梵語文學史》、《印度文化論集》等專業著作，但始終有一種躁動，就是想掙脫學院的這種框架。他和季先生不太一樣，季先生在大學體制裡面如魚得水，而金先生則對大學體制總是冷嘲熱諷，雖身在其中，但不太以為然。一個偶然的因素，導致晚年的金克木先生突然間大放異彩，那就是 1979 年《讀書》雜誌創刊，請他寫文章。剛才說了，金先生是自學成才，這樣的人，一般不守學科邊界，他不管你是天文學（金克木先生真的對天文學特別有興趣），還是文學、史學、地理學什麼的，他都敢說，這就是「亂讀書」的好處了。金先生興趣特別廣泛，他寫著作，也當教授，但始終對「雜學」更感興趣。到了晚年，突然間碰見了《讀書》雜誌，這很適合他。他就擅長寫那種有學問、但又不太學術的文章，以便把自己的人生感悟、閱歷以及學問和趣味全都凝聚在一起。對於《散文》來說，他太學術了；對於《北大學報》來說，他又太不學術了，而這，恰好符合《讀書》的需要。所以，如果說八、九十年代，誰最能夠代表《讀書》雜誌特殊的文體，我以為那就是金克木。金先生剛剛去世時，我準備寫紀念文章，檢索了一下「《讀書》雜誌二十年」光盤，發現金克木先生發表文章 101 篇，比馮亦代先生少 11 篇，雖然馮先生寫的是介紹西方文化的短文，不像金先生文章那樣有原創性，但感覺上還是有點遺憾。但後來我想，不對，金克木還有個筆名叫辛竹，我把辛竹的二十幾篇加進去，這樣，《讀書》二十年的「第一作者」，非金克木莫屬。更重要的是，金先生那種博學深思，有「專家之學」作底的「雜家」，以

及那種活蹦亂跳、「不倫不類的文章」，代表了八、九十年代《讀書》雜誌的風格，也代表了我想像中的「文」和「學」二者兼得的追求。

最後，還是回到「人」的問題。我想像中的人文學，必須是學問中有「人」——喜怒哀樂，感慨情懷，以及特定時刻的個人心境等，都制約着我們對課題的選擇以及研究的推進。做學問，不僅僅是一種技術活兒。假如將「學問」做成了熟練的「技術活兒」，沒有個人情懷在裡面，對於人文學者來說，是一個很大的悲哀。所以，我首先想說的是，學問中有人，有喜怒哀樂，有情懷，有心境。

第二個，我想說，學問中不僅有「人」，學問中還要有「文」。超越學科的邊界，更重要的是，超越文章與學問之間的鴻溝。別的我不敢說，對於人文學者來說，這點很重要。博士生入學考試，我會要求他們臨場寫個小東西，不要求文采飛揚，但也不能乾巴巴，甚至病句連篇。胡適說過，清代學者崔述讀書，先從韓柳文入手，最後成為大學者。錢穆是個歷史學家，但他早年也曾經花了很大功夫學習韓愈的文章。有早年的文章工夫做底，對歷史資料的解讀，會別有洞天，更不要說對自己文章的刻意經營。

第三個，學問中要有精神，有趣味。任何學問，都不應該被做成枯燥無味的練習題，人文學尤其如此。強調這些，是因為在專業化大潮下，很多人被自己那個強大的專業知識給壓垮了，學問越做越沒趣。

好，就這些，謝謝大家！

2007 年 3 月 12 日據記錄稿整理成文

⊿　附記：去年秋冬，我曾就此話題，先後應邀在中國人民大學（2006
年 10 月 26 日）、武漢大學（11 月 28 日）和清華大學（12 月 18 日）做專
題演講，這回發表的整理稿，以在武大所講為主。

（初刊《現代中國》第 9 輯，北京：北京大學出版社，2007 年 7 月）

人文學之「三十年河東」

中國有句老話：「三十年河東，三十年河西。」大意是說，
時局總在變化，歷史不會停滯，世界不可能永遠定於一尊。
結果呢，可能旁枝逸出，可能異軍突起，可能循環往復，
也可能「無可奈何花落去」。中國的改革開放已經三十年了
（從中共十一屆三中全會召開的 1978 年 12 月算起，為論述
方便，不求精確年月）。三十年河東，接下來的三十年呢，
不見得就一定是「河西」，還可能是「河南」或「河北」，
當然也有可能打個盹，依舊還是回到「河東」。因為，黃河
九十九道灣，身處不同的彎道，觀察的角度及立場不同，努
力的方向及效果也可能迥異。

不說經濟、政治、軍事，就說大學教育以及我所從事的人文
學。身處其中者都深切感受到，當代中國的人文學正在轉
型；至於往哪個方向轉，怎麼轉，則不太清楚。面對此「轉
型」，人文學者很少能置身度外，區別僅僅在於，自家的生
存處境及思考方式，既受制於浩浩蕩蕩的世界潮流，也與本
學科乃至本單位的小環境有關。我的建議是，平日裡冷眼旁
觀，明確自己的位置，不怨天尤人；適當的時候主動出擊，

鼓動「風」朝自家認為正確的方向「吹」，而不是坐以待斃。

本文以觀察、描述為主，略帶一點戰略性思考。只是限於篇幅，以下討論的五個問題，大都點到為止。

一、日漸冷清而又不甘寂寞的人文學

反思中國改革開放這三十年「人文學」的進路，有人高屋建瓴，有人畫龍點睛，有人邏輯推演，有人切身體會，各有各的好處。我傾向於「不高不低」、「不即不離」—— 即在總體論述與個人體會之間、在隔岸觀火與貼身緊盯之間，尋找觀察與發言的最佳位置。

去年（2010）10 月，應邀參加香港中文大學主辦的「亞洲人文學與人文學在亞洲」國際學術研討會，靈機一動，摘引十八年間自家所撰十文並略加評說：「既看急劇變化的當代中國，也談自家的心路立場，希望藉此分析近二十年中國大學的演進以及『人文學』在其中扮演的角色，討論在政治／經濟迅速轉型的當代中國，『人文學』如何在校園內外錯綜複雜的各種夾縫中掙扎、生存與發展。」（參見陳平原《當代中國的「人文學」》，《雲夢學刊》2010 年第 6 期）本以為這話題到此為止，可今年（2011）3 月，上海哈佛中心召開「人文學與高等教育」工作坊，5 月間山東大學《文史哲》雜誌社組織「反省與展望：中國人文研究的再出發」學術研討

會，我只好重做馮婦。這回紐約大學演講，希望把思路理得更清晰些。

所謂「校園內外」，「外」指向大學與社會之隔閡，「內」則是大學內部各學科間的競爭。前者關注的人多，後者則往往被忽略。幾年前，我發表《大學公信力為何下降》（《中國青年報・冰點週刊》2007 年 11 月 14 日），此文本有副標題——「從『文化的觀點』看『大學』」。之所以如此自我設限，是因為意識到你我都可能因知識生產的「制度化」而產生學科偏見：「作為一種組織文化，大學內部的複雜性，很可能超越我們原先的想像。知識分子聚集的地方，並非『一團和氣』，很可能同樣『問題成堆』。有政治立場的差異，有經濟利益的糾葛，有長幼有序的代溝，還有性別的、宗教的、地位的區隔，但最頑固、最隱晦、最堂而皇之的，是『學科文化』在作怪。雙方都『出於公心』，但就是說不到一起。不同學科的教授，對於學問之真假、好壞、大小的理解，很可能天差地別；而『學富五車』的學者們，一旦頂起牛來，真是『百折不回』。有時候是胸襟的問題，有時候則緣於學科文化的差異。」帶入「學科文化」的眼光，觀察最近這三十年中國人文學的命運，當有比較通達的見解。

所謂「學問」，是由諸多學科構成的；不同學科之間，既互相支持，又相互競爭。六年前，我曾談及上世紀 90 年代的學術轉型，與社會科學在中國的迅速崛起有關。「以前的『文化熱』，基本上是人文學者在折騰；人文學有悠久的傳統，其社會關懷與表達方式，比較容易得到認可。而進入 90 年

代，一度被扼殺的社會科學，比如政治學、法學、社會學、經濟學等，重新得到發展，而且發展的勢頭很猛。這些學科，直接面對社會現狀，長袖善舞，發揮得很好，影響越來越大。這跟以前基本上是人文學者包打天下，大不相同。」（參見陳平原《大學何為》第 246 頁，北京：北京大學出版社，2006 年。）

在我看來，英國學者 C·P·斯諾的「兩種文化說」早就過時了。當下中國，「科學」與「人文」之爭不是問題；需要關切的是同屬「文科」的社會科學與人文學之間的隔閡。說誇張點，當下中國的大學校園，基本上處於「分裂」狀態（參見陳平原《人文學的困境、魅力及出路》，《現代中國》第9 輯，北京：北京大學出版社，2007 年 7 月）。上世紀 80 年代，我們習慣說「知識分子問題」，認定那是一個「同呼吸共命運」的特殊群體。現在不是這樣了。不說政治立場的差異，不同地區、不同大學、不同專業的教授，其經濟收入與精神狀態，已經「不可同日而語」了。比如，同在北大教書，做人文學的，與研究金融、管理、法律、政治的，趣味不相投。這邊嘲笑那邊「迂腐」，那邊嘲笑這邊「淺薄」，彼此之間很難進行真誠且深入的對話。

近三十年的中國學界，若談「舞台」與「掌聲」，可以大略這麼區分：第一個十年，那是人文學的黃金時代，社會科學處於恢復性增長階段；第二個十年，社會科學迅速崛起，人文學內外受困（政治突變與經濟大潮）；第三個十年，社會科學佔壓倒性優勢，人文學日漸邊緣化。我的立場是：慶幸

中國社會科學之突飛猛進，但更關心人文學在當下以及日後如何自我更新、自強不息。

去年秋天，北大中文系舉行百年慶典，我在《「中文教育」之百年滄桑》(《文史知識》2010 年第 10 期）以及《中文百年，我們拿什麼來紀念？》(《新京報》2010 年 10 月 9 日）中，根據思想潮流、社會需求、學生擇業，以及人文學者自信心的恢復，做出一個大膽判斷：隨着中國人日漸「小康」，中文系等人文學科開始「觸底反彈」了。這裡所說的「觸底反彈」，不是重唱 80 年代那首《在希望的原野上》，而是認準這些傳統學科正從前一階段萎靡不振的狀態中走出來。當今世界，無論「語言」、「文學」，還是「歷史」、「哲學」，都不可能成為門庭若市的顯學；但中國的人文學科正逐漸走出低谷，且有可能「貞下起元」，這是很值得注意的現象。

二、官學與私學之興衰起伏

1994 年 4 月，就當代中國社會與文化問題，我與東京大學法學部教授渡邊浩先生有過三次長談，在岩波書店那一次，根據錄音整理成文（刊《思想》1995 年第 7 期）。談話一開始，渡邊先生就問我為什麼要辦《學人》集刊，我的回答是：「如果對 1950 年代以來中國報刊、書籍的生產方式有所瞭解，不難明白《學人》作為獨立的集刊出現的意義。在基金會及出版社的支持下，學者獨立辦刊，這與此前只能由政府及其

所屬機構組稿、審稿的運作方式大不相同。現在中國國內此類學術集刊逐漸多起來，我以為是大好事。也有一些名義上有掛靠單位，但基本上由學者獨立操作的。這是近年中國思想、學術日趨多元化的前提。」（參見陳平原《當代中國人文觀察》（增訂本）第 35 頁，北京：北京大學出版社，2010 年）「發表」及「出版」本身不是「學術」，屬於輔助性工作；但卻反過來嚴重制約着學者們的思考與創造。熟悉「研究無禁區，發表有紀律」之類論述的，當能明白此「紀律」可能扼殺各種不合時宜的獨立思考。長此以往，即便政府不明說，也會形成許多不成文的「禁區」。

稍微瞭解上世紀八、九十年代之交中國政治的劇變，對當時人文學者的「幻滅」、「動搖」與「追求」（套用茅盾的《蝕》三部曲），多少會有所體會。作為「追求」的一部分，我和王守常、汪暉合作，在日本「國際友誼學術基金會籌備委員會」的鼎力支持下，主編人文學術集刊《學人》（江蘇文藝出版社刊行）。此集刊 1991 年創辦，2000 年停刊，十年間共發行了十五冊。無論作者名聲、論文質量，還是民間學刊的象徵意義，《學人》在當代中國學術史上都有其地位。正因此，近年不斷有人建議我重出江湖，復辦《學人》，我都謝絕了。不是經費問題，也不是政策問題，困難在於，到哪裡去找好文章。一個沒有「刊號」、並非「官辦」、不算「分數」的學術集刊，很難吸引優秀的學術論文。「友情出演」，一次可以，多了做不到。這就說到了問題的關鍵——在我看來，民間學術的路子基本上已被堵死。

《學人》第 2 輯（1992 年 7 月）上，刊有我撰寫的專業論文《章太炎與中國私學傳統》，其中特別提及章太炎對於「學在民間」的自信。某種意義上，那也是當初我們的心態與立場。此文與前一年的《在政治與學術之間 —— 論胡適的學術取向》（《學人》第 1 輯，1991 年 11 月），以及後一年的《當代中國人文學者的命運及選擇》（《東方》創刊號，1993 年 10月），共同構成了當年我對人文學者命運及責任的思考。後者的結尾是：「我曾經試圖用最簡潔的語言描述這一學術思路：在政治與學術之間，注重學術；在官學與私學之間，張揚私學；在俗文化與雅文化之間，堅持雅文化。三句大白話中，隱含着一代讀書人艱辛的選擇。三者之間互有聯繫，但並非邏輯推演；很大程度仍是對於當代中國文化挑戰的一種『回應』—— 一種無可奈何但仍不乏進取之心的『回應』。」（《當代中國人文觀察》（增訂本）第 33 頁）這三句「悲壯」的大白話，明顯帶有精英主義色彩，在「拒絕崇高」的 90年代，或讀書人爭相標榜「底層寫作」的新世紀，都顯得不合時宜。我明白這些，但不改初衷。雖撰寫《千古文人俠客夢》，且最早在北大開設「武俠小說類型研究」專題課，還是「中國俗文學學會」會長，但無論文學趣味還是文化立場，我都不夠「大眾化」。承認自家局限性，好處是敢於堅持，不隨風轉舵。而這一立場，既針對人多勢眾的「大眾」，也針對財大氣粗的「官府」。

傳統中國講究「學為政本」，照張之洞《勸學篇·序》的說法，「古來世運之明晦，人才之盛衰，其表在政，其裡在學」。問題在於，引領或制約一個時代學術風尚及士林氣象

的，到底是官府還是民間。以最近三十年的中國學界為例，80 年代民間學術唱主角，政府不太介入；90 年代各做各的，車走車路，馬走馬道；進入新世紀，政府加大了對學界的管控及支持力度，民間學術全線潰散。隨着教育行政化、學術數字化，整個評價體系基本上被政府壟斷。我的判斷是，下一個三十年，還會有博學深思、特立獨行的人文學者，但其生存處境將相當艱難。你可以「只講耕耘不問收穫」—— 即不追隨潮流、不尋求獲獎、不申報課題、不謀求晉陞，全憑個人興趣讀書寫作，但這只能算是「自我放逐」，其結果必定是迅速淡出公眾視野。

三、為何人文學「最受傷」

既然中國社會在轉型，各學科都須重新定位。我關心的是，在這一重新洗牌的過程中，為何「人文學」所受的傷害最深？最近十幾年，中國教育界及學術界喜歡避「虛」就「實」，不斷呼籲政府加大投入，而很少思考制度上的改良以及精神上的提升。隨着政府對高等教育投資的加大，強化引導與管理是大趨勢。管理者的策略很明確：寬猛相濟，王霸雜用，獎勤罰懶，扶正驅邪。在這一切分蛋糕的過程中，人文學處境相當尷尬。因為，比起自然科學與社會科學來，人文學評價標準不一，其成果很難量化。所有的「數字」——包括排行榜、影響因子、引用率、獲獎著作等，用來衡量人文學，都顯得有點可疑。確定一個物理學家在國際學界的地

位相對容易，確定一個人文學者的「價值」則很難 —— 後者容易受政治立場、社會風潮及個人趣味左右。

對於管理者來說，人文學有兩個致命的弱點：一是「標準」模糊，二是「用處」不大（雖然不好公開說出來）。分配資源時，必定往「有用」的社會科學傾斜。經由十幾年磨合，越來越多的人文學者轉過彎來了，因應時局變化，努力使自己的研究顯得非常「有用」—— 其實用性一點都不比社會科學差。比如，服務國家發展戰略，中國人民大學成立了「人文奧運研究中心」、同濟大學則有「世博會研究中心」，不少人文學者藉此完成華麗轉身。至於申請「重大課題」，更是一門學問，需要編造激動人心的故事。比如，若編纂大書，非論證「亂世揚武，盛世修典」不可；若研究西藏佛教，從維護祖國統一說起；若探討西域歷史，則強調「東突」的危害性；至於談論東南亞華文文學，甚至扯到了南海主權問題……。表面上是權宜之計，目的是拉大旗作虎皮；可實際上，一次次編撰申請材料，不知不覺中，已經在移步變形了。為了獲得政府資助（不僅是錢的問題，還涉及晉陞職稱等），不少人文學者扭曲自身的學術思路及價值觀念，努力向「有用」的社會科學靠攏。

我曾戲稱當下中國人文學面臨「三座大山」—— 政治權威、市場經濟、大眾傳媒。其實，還應該加上社會科學的思路、方法及趣味。如今衡量人文學者成功與否的標準，已經跟社會科學家很接近：申請重大項目、獲得巨額資金、擁有龐大團隊、輔助現實決策。此等研究思路自有其合理性，但相對

壓抑個人化的思考與表達，對文學、哲學等專業明顯不利。原本心高氣傲、思接千古的人文學者，如今遠離「文辭」、「趣味」與「想像力」，徹底摒棄老輩學者的「文人氣」，恨不得馬上變成經濟學家或政治學家。

對所有學者來說，過於急功近利或片面追求科研項目，都不是好事；但人文學最容易受傷。為什麼？梅貽琦、潘光旦在《大學一解》中，努力闡述大學需要「閒暇」，因為「仰觀宇宙之大，俯察品物之盛，而自審其一人之生應有之地位，非有閒暇不為也」。現在的狀態，即便是幽雅的北大校園，也都極少「一個孤獨散步者的遐想」（借用盧梭書名），更多的是步履匆匆，像在趕地鐵。如果連生活在大學校園裡的教授及學生都沒有「閒暇」，沒有不講功利的思考，沒有「脫離實際」的精神追求，那麼，我們就只能做一些迫在眉睫的「職業培訓」了。

近年的中國大學，還有若干抗爭，過了這個震盪期，那些崇信「為己之學」的老派學者退出歷史舞台，新一代將很快適應新的遊戲規則。那個時候，充分職業化的人文學者，再沒有那麼多胡思亂想，一心一意爭項目、做課題、謀晉陞。至於人文學本該有的詩意、豪情、俠氣與想像力，很可能難覓蹤影。唐人杜甫有「獨立蒼茫自詠詩」（《樂遊園歌》）的感歎，辛亥革命領袖之一黃興將其鋪排成一首七律：「獨立蒼茫自詠詩，江湖俠氣有誰知？千金結客渾閒事，一笑相逢在此時。浪把文章震流俗，果然意氣是男兒。關山滿目斜陽暮，匹馬秋風何所之。」（《贈宮崎寅藏》）此等俠氣與豪情，

不僅屬於革命家，同樣屬於志向遠大、獨立不羈的人文學者。我擔心的是，隨着人文學的「項目化」，絕大部分人文學者將變得越來越平庸，越來越猥瑣，越來越沒有「氣象」。

四、能否拒絕「大躍進」

最近十五年，大學擴招、經費猛增以及數字化管理，三者合力，共同促成了中國的「學術大躍進」。教育部對此沾沾自喜，我則憂心忡忡。2011 年 3 月 29 日《環球時報》刊《英報告稱中國將於 2013 年超美國成超級科研大國》，說的是英國皇家學會 3 月 28 日發佈了題為「知識、網絡、國家：21 世紀下的全球科技合作」的科技調研報告，稱中國有望在 2013 年取代美國，成為世界上科技出版物數量最大的國家。諸如此類的「好消息」充斥各種報刊，讓人應接不暇。從事專業研究的人都明白，數量與質量並不同步；而英美大學校長之所以熱衷於表彰中國大學「進步神速」，並非想「捧殺」，主要是說給本國政府聽，以爭取更多辦學經費。

四年前，我在新加坡舊國會大廳做題為《解讀「當代中國大學」》的演講，選擇十個關鍵詞（keywords），建構起我對這十五年中國大學的敘述思路與闡釋框架。我發現，其中最為關鍵的是「大學擴招」。這是一個影響非常深遠的措施，是談論當代中國的文化、學術、思想乃至政治、經濟等，都必須顧及的「背景」。中國大學生毛入學率，1998 年是 10％，

去年是 26.5%，教育部希望 2020 年達到 40%。如此迅猛的「擴招」，除了使大學生及研究生面臨越來越嚴酷的就業市場，再就是中國大學整體的學術水平及教學質量明顯下降。而我更關心的是，此舉背後那個「跨越式發展」的思路。不願夯實基礎，步步為營，而是希望一路快跑，多快好省，主政者似乎忘了當年「大躍進」的教訓（參見陳平原《大學‧文學與文學教育》第 7—38 頁，新加坡：南洋理工大學中華語言文化中心，2010 年）。

不否認近年中國高等教育發展神速（尤其在硬件設施及科研經費方面），我擔心的是走得太快、太急，方向不明確，沒有建立起合理的評價體系，也未能形成良好的學術風氣，如此「大躍進」，必定留下無數隱憂。爭論的焦點在於，能否在一段時間內，不談三七二十一，先竭盡全力「把餅做大」，有問題以後再說。結果怎麼樣？做得好叫「廣種薄收」，做不好則是「劣幣驅逐良幣」——就看你的立足點及視野了。提倡者稱，原本招一百個學生，現在擴大到一千，那一百個肯定還在其中；原來只需一百名教授，現在擴大十倍，理論上那一百名也在裡面。即便很多畢業生不合格，但好學生總是有的吧？反對者則擔心風氣不正，那一百個優秀學生被擠到了邊緣，根本發揮不了作用。以中文專業為例，最近這些年，每年培養一千多名博士。這些博士將來是要當教授的，說不定還要當系主任、院長或校長，若他們中有 30% 甚至 60% 不合格，日後將是何等局面？中文專業底子厚，還不太離譜；很多「新興學科」步子邁得更大，真不知日後如何收場。

與「大學擴招」相呼應的，是各種各樣的評估與獎勵。人文學本講究「博學深思」、「沉潛把玩」，是寂寞而又有趣的事業。現在不一樣了，很多人做學問就像江湖賣藝，敲鑼打鼓，熱火朝天。三分學問，七分吆喝，場面上很好看，但屬於「雷聲大雨點小」，學術上沒有明顯推進。可你不服氣還不行，人家每一步都踩到鼓點上，緊跟評價指標做學問，屬於數字化管理時代的「當代英雄」。

當下中國學界，因權威的缺失，對具體學者的評判，除了科研經費，就是論文數量。後者間接鼓勵粗製濫造，會有嚴重的後遺症，大家都明白。前者呢？工科院系的研究水平，或許真的錢多錢少見分曉；社會科學若做大型社會調查，對經費也有很大的依賴性；人文學並非如此——除非你是編纂性質，需要拉一杆大旗，集合大批人馬，否則，千里走單騎，頭腦是第一位的。現在可好，各大學全都買櫝還珠，不看成果，單看科研經費。

既然誰都明白，為何不實事求是，給教授及研究生較為寬鬆的學術環境？這就是評估體系鬧的。你當領導，就得肩起責任，努力抗拒這個潮流，即便因此而臉上無光，甚至被撤職，也在所不惜。記得當年傅斯年在中央研究院當史語所所長，曾要求所有剛進所的助理研究員三年內不寫文章；即便寫了，也不要發表。有些特立獨行的，希望早出成果，惹得傅先生很不高興。傅斯年是史語所的大家長，有這個權威，大家聽他的。這麼做有他的道理，那就是逼着你認真讀書，沉下心來做學問。我在北大讀博期間的導師王瑤先生，也認

定研究生在學期間不必發論文。他指導的碩士生錢理群、趙園、吳福輝、凌宇、溫儒敏等，都是在畢業後才開始大發文章的。因為在學這幾年，你可以心無旁騖，拼命讀書，這種訓練與積累，是管一輩子的。現在不一樣，碩士生、博士生都被要求多發文章，整個學習狀態完全變了。

以前我指導研究生，也是讓他／她們多讀書，勤思考，少寫作，不一定發表文章。現在不行了，扛不住，因為學生找工作需要「靚麗」的成績單。以前招聘單位一看是北大博士，出自名教授門下，質量肯定有保證，這樣就行了。現在各大學為「公平」起見，由人事部負責招聘新人。人事幹部只管數你有多少篇文章，發在哪個級別的雜誌上。在國外，博士論文答辯前，不允許提前發表；在中國則相反，答辯前最好先刊出若干章節。可這不等於把評鑒論文、發現人才的重任，交給雜誌社的編輯了嗎？

這是個惡性循環：管理者缺乏足夠的權威性與公信力，無法判定學者學術水平之高低，只好數字裡出英雄；而一旦數篇數成風，必定催生很多濫竽充數者。除非你是名家，否則，不隨波逐流，就可能會被淘汰出局。怎麼辦？一方面，敦促教育主管部門調整評價體系，以治理中國學術之「虛胖症」；另一方面，學者自覺追求「減產增效」——少寫文章，寫好文章，寫大文章。

五、一代人的情懷與願望

所謂「三十年」，學術史上明顯就是一個世代。上世紀 80 年代登上舞台的，如今正陸續謝幕。下一個「三十年」，不屬於今天活躍在台面上的人物。又到了轉折關頭，只好先「瞻前」，再「顧後」。

回頭看 80 年代登台的這一代學人，伴隨着改革開放的高歌猛進，闖出一條新路，確實有貢獻，但專業成績並不理想，起碼不像媒體渲染得那麼「偉大」。

去年，北大中文系為百年慶典而編寫了《我們的師長》、《我們的學友》、《我們的青春》等六書，讓我得以對北大中文系的學術傳統有更多體認。上面兩代學人，因多年戰亂以及新中國成立後的歷次政治運動，浪費了很多年華，在學術上是有遺憾的。而最近三十年，基本上是承平歲月，政治運動少，出版條件好，教學任務比較輕，出國開會或進修更是相當便利，我們這代人可謂「躬逢其盛」。雖有如此好條件，反躬自省，仍不敢說在學術上全面超越前輩。以北大中文系的語言學專業為例，按年齡排，比起已去世的王力、魏建功、袁家驊、岑麒祥、高名凱、周祖謨、朱德熙、林燾、徐通鏘等，現有的教授雖然也很努力，但很難說已經超越前賢。是什麼原因妨礙我們成為像王力、魏建功那樣的大家呢？小時學術環境不好，國學底子薄或西學修養不夠，固然是不可忽視的因素；但我以為更重要的是心境與情懷 —— 要說對學問的極端執着、志存高遠且心無旁騖，我們這一代明

顯不如前輩。

一代人在學術史上的貢獻，不只取決於其知識結構，更與所處的政治環境、思想潮流、社會氛圍密切相關。中國人喜歡說「長江後浪推前浪」，那是一種恭維，當然也是鞭策。人文學與社會科學不一樣，我們這一代沒能超越在顛沛流離中治學的民國學人，實在很遺憾。那麼，下一代呢？人們常說現在的年輕教師很幸福，生活條件比以前好多了（雖然還不盡如人意），求學路上也沒有碰到大的障礙（不像我們這一代深受十年文革的荼毒）。我很懷疑這種說法。

不同時代的年輕人，「脫穎而出」的機遇不一樣。現在的年輕博士要出頭，比我們當年難得多。我是 77 級大學生，文革後恢復高考的第一屆。我們那一代人，只要有才華，肯努力，就有機會「站到前排」來。因為那是一個大轉型的時代，年輕人更能感受新時代的曙光，也很容易獲得大展身手的機會。而現在，整個社會的學術、思想、文化等都處於「平台期」，要想取得「革命性」的突破，談何容易！

前面提及，以項目制為中心、以數量化為標誌的評價體系，社會科學容易適應，人文學則很受傷害。從長遠看，受害最嚴重的是從事人文研究的年輕學人。稍微年長的，或足夠優秀，或「死豬不怕開水燙」；40 歲以下的副教授或剛剛入職的青年教師，一方面有朝氣，還想往上走，不願意就此停下來，另一方面呢，學校壓給他 / 她們的任務比較重，因而心力交瘁。人文學需要厚積薄發，很難適應眼下早出活、快出

活、多出活的「時代潮流」，這就導致那些願意走正路、按老一輩學者的方法和志趣治學的年輕人，容易被邊緣化，甚至被甩出軌道。

一代人有一代人的困境，一代人有一代人的活法，大概是唸現代文學的緣故，我相信前路茫茫，既是墳墓，也有鮮花。在座諸君，肯定有畢業後願意申請中國大學教職的。我先表示歡迎（北大中文系連續好幾年都有歐美大學博士入職），再打預防針，告訴大家，在中國，人文學及人文學者所面臨的「機遇」與「陷阱」。有此心理準備，碰到難題，不至於大起大落或倉皇失措。

諸位既然選擇了人文學，也就選擇了獨立思考。因此，我專門挑胡適的一段話，作為此次演講的結語，也算是一種臨別贈言。記得胡適《〈王小航先生文存〉序》曾引晚清維新志士、官話字母的創始人王照《賢者之責》的末段：「朋友朋友，說真的吧！」然後大加發揮，稱生活在今日社會，在古人「貧賤不能移，富貴不能淫，威武不能屈」之外，還得添上一句「時髦不能動」。不怕「落伍」或「笨拙」的譏笑，方能有屬於自己的選擇；只要認準了，就一直往前走。我不是教育部長，也不是北大校長，既不負責宣講祖國形勢一片大好，也無權力當場拍板招聘人才。作為一個任職北大且關注中國教育的學者，我只能剖析當代中國人文學之「三十年河東」；至於接下來的「三十年河西」，題目如何定，文章怎麼做，拜託在座諸位了。

◿　附記：此乃作者 2011 年 11 月 8 日在美國紐約大學的演講稿。

（初刊《讀書》2012 年第 2 期）

校園裡的詩性 [1]

── 以北京大學為中心

無論古今中外，詩歌與教育（大學）同行。毫無疑問，詩歌需要大學。若是一代代接受過高等教育的青年學子遠離詩歌，單憑那幾個著名或非著名詩人，是無法支撐起一片藍天的。反過來，若校園裡聚集起無數喜歡寫詩、讀詩、談詩的年輕人，則詩歌自然會有美好的未來。這一點，早已被「20世紀中國文學史」所證實。但這只是事情的一個方面。我更願意強調的是另一面，那就是，大學需要詩歌的滋養。專門知識的傳授十分重要，但大學生的志向、情懷、詩心與想像力，同樣不可或缺。別的地方不敢說，起碼大學校園應該是「詩歌的沃土」── 有人寫詩，有人譯詩，有人讀詩，有人解詩。為一句好詩而激動不已、輾轉反側，其實是很幸福

---

1 此文據作者在吉隆坡為馬來亞大學中文系創系 50 週年而舉辦的「亞洲傑出人文學者系列講座」第一講（2012 年 8 月 12 日）的演講稿整理而成。因係講稿，多處引述自家文章，敬請諒解。

的。在這個意義上，不管你學的是什麼專業，在繁花似錦、綠草如茵的校園裡，與詩歌同行，是一種必要的青春體驗。能否成為大詩人，受制於天賦、才情、努力以及機遇，但「熱愛詩歌」，卻不受任何外在條件的拘牽。因癡迷詩歌而獲得敏感的心靈、浪漫的氣質、好奇心與想像力、探索語言的精妙、叩問人生的奧秘……所有這些體驗，都值得大學生們珍惜[1]。

本文主要追溯北京大學一個多世紀的詩歌創作及詩歌教育，描述二者如何相輔相成，結伴而行，既影響一時代的文學潮流，也對北大精神的形成發揮作用。

首先必須說明的是，我既非詩人，也不是詩評家，迄今為止，僅發表過一篇關於詩歌的專門論文，而且還是在 25 年前[2]。作為中文系教授，我有不少文學史著述，但主要討論小說史、小說類型、敘事模式、明清散文，乃至中國戲劇研究的學術史；可以這麼說，「詩歌研究」恰好是我的弱項。既不「揚長」，也不「避短」，故意選擇這麼一個自己並不擅長的話題，更多的是體現我的「人間情懷」—— 挑戰現有的大學理念，糾正中文系的培養目標，努力完善中國的「文學

1　參見陳平原《詩歌乃大學之精魂》，《人民日報》2011 年 1 月 6 日。

2　參見陳平原《說「詩史」——兼論中國詩歌的敘事功能》，初刊《文化：中國與世界》第 2 輯，北京：三聯書店，1987 年 10 月；收入《中國小說敘事模式的轉變》作為「附錄」二，上海：上海人民出版社，1988 年。

教育」。

而這一切，基於我所扮演的三個不同角色 —— 作為文學教授、作為北京大學中文系主任，以及作為北大中國詩歌研究院執行院長，若干視線交叉重疊，逐漸構成了本文論述的焦點。

一

作為文學史家，尤其是以研究「中國現代文學」起家的北大教授，如何理解／闡釋「五四」新文化運動，回應社會上以及學界中的各種質疑，是我們義不容辭的責任[1]。因為，在我看來：「人類歷史上，有過許多『關鍵時刻』，其巨大的輻射力量，對後世產生了決定性影響。不管你喜歡不喜歡，你都必須認真面對，這樣，才能在沉思與對話中，獲得前進的方向感與原動力。……對於二十世紀中國思想文化進程來說，『五四』便扮演了這樣的重要角色。」[2] 這是我在北大召開

---

1 「我所學的專業，促使我無論如何繞不過『五四』這個巨大的存在；作為一個北大教授，我當然樂意談論『光輝的五四』；而作為對現代大學充滿關懷、對中國大學往哪裡走心存疑慮的人文學者，我必須直面五四新文化人的洞見與偏見。在這個意義上，不斷跟『五四』對話，那是我的宿命。」參見陳平原《走不出的「五四」？》，《中華讀書報》2009 年 4 月 15 日。

2 陳平原：《如何與「五四」對話》，《中華讀書報》2009 年 5 月 20 日。

的「五四與中國現當代文學」國際學術研討會（2009 年 4 月 23—25 日）上的「開場白」。

為了此次研討會，北大中文系提供了兩個「禮物」，一是北大中文系教師論文集《紅樓鐘聲及其回響 —— 重新審讀五四新文化》，一是北大中文系學生創作並演出的「紅樓回響 —— 北大詩人的『五四』」詩歌朗誦會。在論文集的「小引」中，我提及：「『五四』新文化運動與北京大學的命運密不可分，更是『中國現當代文學』這一學科的重要根基，正是這兩點，決定了北大中文系同人常常與之對話 —— 或考察『五四』新文化運動內部錯綜複雜的關係，或探究『五四』的前世今生及其遙遠回響，或站在八十年代乃至新世紀的立場反省『五四』的功過得失。」[1] 至於如何創作這台詩歌朗誦會，曾有過不同的思路，我的建議是：此詩歌朗誦會須體現北大人的立場與視角，以便與研討會、論文集「三位一體」，呈現「我們的」精神風貌。

「紅樓回響 —— 北大詩人的『五四』」詩歌朗誦會 2009 年 4 月 24 日晚在北大辦公樓禮堂舉行，觀眾除北大師生，更有參加會議的國內外代表。演出剛結束，代表們紛紛跑來祝賀，最大的感歎，不是學生們精湛的表演技巧，而是沒想到「詩歌」在北大竟有如此的感召力！

1　陳平原：《〈紅樓鐘聲及其回響〉小引》，陳平原主編《紅樓鐘聲及其回響 —— 重新審讀五四新文化》，北京：北京大學出版社，2009 年。

學生中有擅長表演的，這我事先知道；讓我驚訝的是，這場詩歌朗誦會的整體構思——分國家篇、生命篇、哲思篇、情感篇四個部分，涵蓋「五四」以降各時期北大著名詩人的作品。撇開表演形式（合唱、獨唱、朗誦、伴舞、鋼琴或口琴伴奏等），只列篇目及作者，此節目單可按表演順序簡化如下：

《希望》（胡適）、《讚美》（穆旦）、《地之子》（李廣田）、《金黃的稻束》（鄭敏）、《井》（杜運燮）、《黃河落日》（李瑛）、《和平的春天》（康白情）、《月夜》（沈尹默）、《叫我如何不想他》（劉半農）、《過去的生命》（周作人）、《暮》（俞平伯）、《滬杭道中》（徐志摩）、《我們準備着》（馮至）、《春》（穆旦）、《青草》（駱一禾）、《滄海》（戈麥）、《過客》（魯迅）、《斷章》（卞之琳）、《牆頭草》（卞之琳）、《小河》（周作人）、《從一片氾濫無形的水裡》（馮至）、《再別康橋》（徐志摩）、《獨自》（朱自清）、《古木》（李廣田）、《音塵》（卞之琳）、《預言》（何其芳）、《異體十四行之二》（王佐良）、《異體十四行之八》（王佐良）、《女面舞》（楊周翰）、《訴說》（南星）、《夢與詩》（胡適）、《以夢為馬》（海子）、《新秋之歌》（林庚）。

除了特邀嘉賓北大中文系教授孫玉石先生朗誦《山——從平原走近高山的一種靈魂的禮讚》，其餘的詩作，基本上都是文學史上的「名篇」。

朗誦會兼及各種藝術形式，全方位地展現了新詩的美學空間，提供了一個重溫新詩發展歷程的特殊視角；加上學生們細膩的感受、專業的表演，以及貫串其中的激情，確實可圈

可點 [1]。參加演出的，全都是北大中文系學生（曾有人提議特邀某專業演員，後被否決）；而所朗誦的詩篇的作者，均曾在北大就讀或任教。前者不難，後者則很不容易——此乃這台朗誦會最出彩、最吸引人的地方。只是有三點需要說明：第一，國立西南聯合大學時期的學生（穆旦、鄭敏、杜運燮），其學籍不僅屬於北大，也屬於清華與南開；第二，名為「詩歌朗誦會」，只選新詩，不含古典詩詞，乃延續了未名湖詩會及未名詩歌節的傳統，可以理解，但並不全面；第三，為了減少爭議，新時期詩人中，只選了已去世的三位（海子、駱一禾、戈麥）。拋開這些自覺的「設計」，這台朗誦會還是不無遺漏，如缺了上世紀二三十年代的馮文炳（廢名）、四五十年代的吳興華——而這兩位，在我看來，都是值得大力稱誦的優秀詩人 [2]。

即便如此，一所大學的師生，與中國新詩發展史竟有如此密切的聯繫，實在讓人驚訝。搭建起這場朗誦會的，「明線」是國家、生命、哲思、情感這四大主題，「暗線」則是半部現代中國詩歌史——從胡適、魯迅、周作人、劉半農、沈尹默，到康白情、朱自清、俞平伯、馮至，再到徐志摩、何其芳、李廣田、卞之琳，再到穆旦、鄭敏、杜運燮、南星、王

1　參見《紅樓回響：北大舉辦「五四」主題詩歌朗誦會》（于瀟），北京大學新聞網（pkunews.pku.edu.cn），2009 年 4 月 28 日。

2　關於廢名、吳興華在中國現代詩歌史上的意義，參閱孫玉石及吳曉東的論述，見謝冕等著《百年中國新詩史略》第 79—80、138—139 頁，北京：北京大學出版社，2010 年。

佐良、楊周翰，最後是海子、駱一禾、戈麥。這條「暗線」如此清晰，以致任何對中國現代詩歌史略有瞭解的人，都不可能漠視（林庚先生早年是清華大學著名詩人，1952 年後轉為北大教授，講授文學史課程之餘，仍繼續創作新詩）。

詩人西渡曾談及：「在北大的詩人身上始終存在三個可以辨認的傳統，一個是西方現代詩歌的傳統，另一個是 80 年代以來朦朧詩的傳統，最後是北大詩歌自身的傳統。」[1] 他所說的「北大傳統」，是指上世紀 80 年代以來北大校園裡湧動的以現代主義詩歌為榜樣的「新詩潮」[2]。而在我看來，談詩歌的「北大傳統」，不應局限於 80 年代，而應從「五四」新文化運動算起 —— 若這麼考慮問題，這場本只是「應景」的詩歌朗誦會，可以有很多的思考與發揮。

一如世界上許多著名大學，北京大學除了關注人類的知識承傳、科技革新以及精神生活，還時刻浸染着「詩心」與「詩情」，甚至與特定時期的「詩歌創作」、「詩歌運動」結下了不解之緣。以「五四」新文化人的提倡白話詩為起點，一代代北大師生，鍥而不捨地借鑒域外詩歌藝術，同時努力與自家幾千年的詩歌傳統相結合，創作了眾多優秀詩篇。有人積

1　西渡：《燕園學詩瑣憶》，橡子、谷行主編《北大往事》第 171 頁，北京：中國文學出版社，1998 年。

2　作者此處着力表彰臧棣 1986 年上半年編選的《未名湖詩選集》：「通過這本選集這末一個傳統第一次被總結出來。也就是說從此北大詩歌有了自己的『經典』。」參見西渡《燕園學詩瑣憶》，橡子、谷行主編《北大往事》第 171 頁。

極關注詩經楚辭、漢魏樂府以及唐詩宋詞的形式演進，為理想的新詩寫作尋找借鑒與支持；有人「不薄新詩愛舊詩」，執著於傳統詩歌的魅力，堅信其仍有燦爛的明天；也有人關注中外詩歌的翻譯、詮釋與對話，努力探索人類詩歌的共通性。正是這種執著於自家傳統，而又勇於接受各種異文化的挑戰，在消融變化中推陳出新，才使得中國詩人的創造力從未枯竭。

但是，這一傳統並非「自然而然」；相反，大學校園裡的「詩性」，正日漸受到「科學」等各種專業知識的擠壓。最近十幾年，我一直關注中國大學為何以「文學史」為中心，思考這一文學教育之功過得失，辨析「學問」（知識）與「詩性」（文章）的合作與分離。我再三強調，大學校園裡的文學教育，其工作目標主要不是培養作家，而是養成熱愛文學的風氣，以及欣賞文學的能力。這樣來看待大學校園裡各種層次的「文學」——包括科系設置、課程選擇，以及社團活動等，會有比較通達的見解。

記得上世紀七十年代末八十年代初思想解放運動時，各大學的學生刊物曾發揮很大作用。我曾撰文談及中山大學的《紅豆》，以及全國大學生雜誌《這一代》等。現在呢？北大每年都舉行「未名詩歌節」，還有中文系學生辦《啟明星》等，很活躍，但影響有限。其實，從五四時期北大學生辦《新潮》起，校園文學始終生機勃勃，是文學人才的搖籃，也是文學創新的試驗田。[1]

1　陳平原：《大學校園裡的「文學」》，《渤海大學學報》2007 年第 2 期。

北京大學作為新文化運動的策源地，當初曾奮起抗爭，「新教育與新文學」配合默契[1]，凡談論「中國現代文學」或「五四新文化運動」者均會涉及。其實，其他大學也有類似的情況，比如上世紀 20 至 40 年代的清華大學、東南大學、西南聯大、延安魯藝等，都有相當精彩的文學活動[2]。

1903 年清廷頒佈《大學堂章程》，在「文學科大學」裡專設「中國文學門」，主要課程包括「文學研究法」、「歷代文章流別」、「西國文學史」等 16 種。其中最值得注意的是，提醒歷代文章源流的講授，應以日本的《中國文學史》為摹本。此前講授「詞章」，着眼於技能訓練，故以吟誦、品味、模擬、創作為中心；如今改為「文學史」，主要是一種知識傳授，並不要求配合寫作練習。這一變化，對於「文學教育」來說，可謂天翻地覆。

1　「教育改革與文學革命，二者不盡同步，但關係相當密切。大作家不一定出自名校，成功的文學運動也不一定起於大學，這裡所要強調的是，『文學教育』作為一種知識生產途徑，或直接或間接地影響了一時代的文學走向。教育理念變了，知識體系不能不變；知識體系變了，文學史圖景也不可能依然故我。大學裡的課堂講授，與社會上的文學潮流，並非互不相干：對文學史的敘述與建構，往往直接介入當下的文學創造。」參見陳平原《新教育與新文學——從京師大學堂到北京大學》，《學人》第 14 輯，南京：江蘇文藝出版社，1998 年 12 月。

2　關於這個問題，請參閱以下著作：張玲霞：《清華校園文學論稿》，北京：清華大學出版社，2002 年；高恆文：《東南大學與「學衡派」》，桂林：廣西師範大學出版社，2002 年；姚丹：《西南聯大歷史情境中的文學活動》，桂林：廣西師範大學出版社，2000 年；王培元：《抗戰時期的延安魯藝》，桂林：廣西師範大學出版社，2008 年。

這不是一個偶然的「突發事件」，而是進入現代社會，「文學」成為一門「學問」所必須付出的代價。十年前，我曾在一則題為《「文學」如何「教育」》的短文中談及：「文學教育的重心，由技能訓練的『詞章之學』，轉為知識積累的『文學史』，並不取決於個別文人學者的審美趣味，而是整個中國現代化進程的有機組成部分。『文學史』作為一種知識體系，在表達民族意識、凝聚民族精神，以及吸取異文化、融入『世界文學』進程方面，曾發揮巨大作用。至於本國文學精華的表彰以及文學技法的承傳，反而不是其最重要的功能。」[1]

具體到北京大學的文學教育，以「五四」新文化運動為界，可分為兩個階段：「前二十年的工作重點，是從注重個人品味及寫作技能的『文章源流』，走向邊界明晰、知識系統的『文學史』；後二十年，則是在『文學史』與『文學研究』的互動中，展開諸多各具特色的選修課，進一步完善專業人才的培養機制。」[2]所謂「後二十年」，因該文只討論到 1937 年抗戰全面爆發。其實，此後的半個多世紀，中國大學裡的「文學教育」，基本上是「蕭規曹隨」，沒有大的變化。

---

1 陳平原：《「文學」如何「教育」》，《文匯報》2002 年 2 月 23 日。
2 參見陳平原《知識、技能與情懷 —— 新文化運動時期北大國文系的文學教育》（上），《北京大學學報》2009 年第 6 期。

為何將「文學教育」突變的焦點鎖定在「五四」新文化運動？因當年引領風騷的北大國文系，文白之爭逐漸消歇，「文學史」成為主要課程，「小說」、「戲曲」開始登上大雅之堂，「歐洲文學」更是必不可少；與此相適應的，是胡適等新派教授之積極提倡「科學」精神、「進化」觀念以及「系統」方法。如此學術立場，恰好凸顯國文系的尷尬——我們亟需的，到底是「學問」還是「文章」？

經由「文學革命」與「整理國故」的雙重夾擊，國文系的古詩教學，面臨諸多危機，其中最為明顯的是，學者們都直奔考據而去，其講授越來越偏重「學問」而非「性情」或「文章」。古詩文的教學，如北大國文系長期開設的「中國詩名著選」和「中國文名著選」，均註明附「作文」或「實習」（清華、燕京等大學也都要求學生修習此類課程時須練習寫作）。可隨着時間的推移，此類古詩文習作越來越徒具形式。而新文藝研究及寫作的課程，歷經十年坎坷，終於正式啟程[1]。很可惜，同學們報名並不踴躍，經校方再三催請，由胡適、周作人、俞平伯任指導教員的散文組，由徐志摩、孫大雨任指導教員的詩歌組，由馮文炳任指導教員的小說組，由余上沅任指導教員的戲曲【劇】組，合起來也才招到了 11 名學生。實際上，喜歡文學創作的，不一定唸中國文學系；至於國文系學生，因專業課程分語言、文學及整理國故三

1　參見《中國文學系課程指導書》，《北京大學日刊》1921 年 10 月 13 日；《中國文學系課程指導書摘要》，《北京大學日刊》1931 年 9 月 14 日。

類，精挑細選時，很可能「喜舊」而「厭新」。這一大趨勢，一直延續到上世紀 50 年代，因意識形態重建的需要，才有了實質性的變化[1]。另一方面，很遺憾，一直到今天，各大學中文系的「文學教育」，依舊以「文學史」為中心，重考據而輕批評，重學問而輕文章。

我曾力圖在思想史、學術史與教育史的夾縫中，認真思考作為課程設置、作為著述體例、作為知識體系以及作為意識形態的「文學史」，四者之間如何互相糾葛，牽一髮而動全身，並進而反省當今中國以「積累知識」為主軸的文學教育，呼喚那些壓在重床疊屋的「學問」底下的「溫情」、「詩意」與「想像力」——這既是歷史研究，也是現實訴求[2]。作為中文系教授，我最大的感歎是，在現代巨型大學中，人文學科的地位正逐漸向邊緣轉移；而大學裡的「文學教育」，又在「專業」與「趣味」、「知識」與「技能」之間苦苦掙扎，始終沒能找到正確的位置，因而也就無法「大聲地」說出我們的「好處」。

---

1 參見陳平原《知識、技能與情懷 —— 新文化運動時期北大國文系的文學教育》（上）。

2 參見陳平原《〈假如沒有「文學史」……〉小引》，《假如沒有「文學史」……》，北京：三聯書店，2011 年；陳平原《〈作為學科的文學史〉後記》，《作為學科的文學史》，北京：北京大學出版社，2011 年。

二

2010 年秋天，北大中文系舉行百年慶典。此前，我們組織
教師們編寫「北大中文百年紀念」叢書，搶在慶典前由北
京大學出版社刊行。這六卷有關北大中文系歷史及人物的
文集，由 18 位教師分頭編選，大致邊界如下：《我們的師
長》追懷已經去世的教授，《我們的五院》記述仍然在世的
老師，《我們的園地》選輯 1977 級以來北大中文系的校園文
學創作，《我們的詩文》收錄北大中文系教師學術著作以外
的詩文 —— 這些都很明確，比較難以釐清的是《我們的學
友》和《我們的青春》。都是徵集校友文章，前者傾向於著
名學者，後者更多的是作家或文學愛好者。在實際操作中，
《我們的青春》徵稿最為艱難，也最具戲劇性。因為，如此
書名，任何一個系友都「有話可說」。誰都有自己一去不復
返的「青春」，北大中文系的學生們，如何在風景如畫的燕
園裡，盡情地享受或揮灑？讀《我們的學友》和《我們的青
春》，二者所追憶的校園生活完全不一樣。前者是淵博的學
識，後者是浪漫的性情。其實，此前北大百年校慶，學者編
的《北大舊事》關注學術與思想，詩人編的《北大往事》側
重文學與文化，已經顯示這一區隔[1]。這既與編者的立場及趣
味有關，也隱含着整個時代風氣的變遷 —— 上世紀八九十
年代，北大校園裡確實到處瀰漫着濃郁的「理想」、「激情」

---

[1] 陳平原、夏曉虹編：《北大舊事》，北京：三聯書店，1998 年；橡子、谷行主
編《北大往事》，北京：中國文學出版社，1998 年。

與「詩意」。

在校時並非詩人、畢業後赴美留學、現為美國馬里蘭大學教授的劉劍梅，在為北大中文系百年紀念而撰寫的《搭上了理想主義的末班車》中稱：

我記憶中的北大，是充滿詩歌和詩情的。……最有意思的是，我所在的 85 文學班，是一個人人皆詩人的班級。每次同學聚會，都有詩歌朗誦，都有吉它伴奏，都有輕聲吟唱，在朦朧的月光下，在寧靜的未名湖旁，我們靜靜地沉浸在心與心的交流中，體會着詩歌的美感，體會着文字的神秘，體會着彼此年青的心跳。現在回想起這些青春時期的場面，就像魯迅回憶少年時的閏土一樣，是一副神異的圖畫，連深藍的天空、金黃的月亮都有着傳奇般的迷人的氣味，而且這種氣味是根本無法複製的。是的，當時我們每一個人都是詩歌的戀人，文學的戀人，和思想的戀人，雖然當時我們沒有電腦，沒有手機，沒有網絡，可是我們卻共同擁有對文學的熱愛與激情，我們人人都會寫作，個個都有文才，都有浪漫的文人情懷，都能體會到藝術的「本真」，而這種浪漫情懷、這種本真的藝術感覺（或者「靈暈」）在電子數據時代和商業時代早已一去不復返了。[1]

不管是早年的「中國文學系」，還是現今的「中國語言文學系」，「文學教育」始終是重中之重。你可以說中文系不以培

1　劉劍梅：《搭上了理想主義的末班車》，臧棣、夏曉虹、賀桂梅編《我們的青春》第 241—242 頁，北京：北京大學出版社，2010 年。

養作家為主要目標[1]，但毫無疑問，這個學系應該是整個大學校園裡最有「詩性」的地方。

文革結束後的北大中文系，確實創辦了不少文學雜誌，從改革開放初期的《早晨》、《未名湖》，到後來的《啟明星》、《博雅》、《我們》，甚至還有專刊舊體詩文的《北社》等。關於「文學七七級的北大歲月」，以及《早晨》、《這一代》的故事，黃子平有精彩的描述[2]。那時的北大校園，文學創作很活躍，有小說，有散文，有詩歌，也有戲劇演出（劇本未見刊出）。換句話說，那時北大的校園文學創作，詩歌並不獨佔鰲頭。

到了 1990 年 3 月，為紀念中文系系刊《啟明星》創刊十週年，編輯出版了《啟明星作品選 1980 — 1990》，分詩歌卷和散文小說卷兩大部分，散文小說卷只收 8 篇作品，詩歌卷收了 33 位作者的近 200 首詩作。不全是篇幅問題，「可以說，詩歌創作佔據了《啟明星》的絕對主導地位」。據《我們的

1　關於北大中文系主任楊晦「中文系不培養作家」的名言（其實，西南聯大中文系主任羅常培已有此說法），有各種解讀方式，我的理解是：「作家需要文學修養，但個人的天賦才情以及生活經驗，或許更為關鍵。古往今來的大作家，很少是在大學裡刻意培養出來的。再說，北大中文系承擔培養語言研究、文學研究、文獻研究專家的任務，倘若一入學便抱定當作家的宏願，很可能忽略廣泛的知識積累，到頭來兩頭不着邊，一事無成。」參見《「文學」如何「教育」》，《文匯報》2002 年 2 月 23 日。

2　參見黃子平《〈文學七七級的北大歲月〉前言》及《早晨‧北大》，岑獻青編《文學七七級的北大歲月》第 8 — 9、71 — 75 頁，北京：新華出版社，2009 年。

園地》編者之一吳曉東分析:「《啟明星》從它誕生的那天起就一直在塑造着燕園自己的傳統。一屆屆未名湖畔的年青詩人們都在走進這座已經古老的校園之後帶着燕園文學傳統的或深或淺的烙印又從這座仍舊年青的校園走出去。每個詩人都在承受着這種傳統的影響的同時又參與了對這個傳統的塑造。在他們的身後拖着長長的執着求索的足跡直至年青的生命的代價。」[1] 為何最近三十年的「燕園文學傳統」以詩歌為主?這與學生的年齡、趣味以及知識背景有關。七七、七八級大學生有豐富的社會閱歷,若有才情及時間,撰寫長篇小說沒問題;以後的大學生,從校園到校園,社會閱歷很有限,在緊張的課業之餘,創作好的長篇小說(或多幕劇),可能性不大 —— 除非放棄學業。相對來說,詩歌的先鋒性、精神性以及實驗性,明顯更適合於時間有限但才華洋溢的大學生們。

於是,對於上世紀 80 年代以後北大中文系的學生來說,「詩歌」成了重要的生命記憶。1985 年進入北大中文系的郁文(以下論述,尊重詩人們的習慣,用筆名而非學籍簿上的本名),回憶《啟明星》以及諸多詩人的故事:「在未名湖畔,大家一起談新詩,是一件『美的不能勝收的事情』(一位同

---

1 吳曉東:《〈我們的園地〉編後記》,吳曉東、王麗麗、金銳編《我們的園地》
   第 375—379 頁,北京:北京大學出版社,2010 年。

學在畢業後寫給我的信中這樣說）。」[1] 兩年後（1987）考入北大中文系的李方稱：「我們都是詩人，每人一個大本，成天命根子似地帶着，沒事就寫兩行。每天最快活的時光要算熄燈後，一時還不睡，就點上蠟，一人一首地朗讀自己的得意之作，互相品評，免不了彼此吹捧或攻擊一番。」[2] 五年後（1990）步入燕園的冷霜也有類似的追憶：「有些沒課的上午，我們在靠窗的桌前相對而坐，各讀各的書，偶爾就因一個話頭聊起來，談的大多與詩有關。談各自對詩的理解，也把剛寫出不久的近作拿給對方看」[3]。

1981 年考入北大英文系、日後成為著名詩人的西川，曾撰文回憶在燕園學詩的過程，以及如何結識諸多詩友，開展一系列詩歌活動[4]。而 1983—1993 年就讀北大中文系的詩人麥芒，談及當初編《啟明星》以及與諸多詩人交往的經驗：「文學，尤其是詩歌，呈現的是個人與社會共同自由發展的美好遠景。某種類似於文藝復興的呼喚牽住了我們的鼻子。人能感到每天都在蛻去舊殼換上新的身體。具體表現在詩歌上就是：在北大的詩人既與校外各路人物有着廣泛交流，又在校園之內各個年級與系別之間保持着良性競爭與互補的關係。」[5]

---

1 郁文：《詩歌與騷動》，橡子、谷行主編《北大往事》（二）第 207 頁，北京：新世界出版社，2001 年。

2 李方：《文人之初》，橡子、谷行主編《北大往事》第 294 頁。

3 冷霜：《我們的青春》，臧棣、夏曉虹、賀桂梅編《我們的青春》第 298—299 頁。

4 西川：《小事物的精英》，橡子、谷行主編《北大往事》第 67—78 頁。

5 麥芒：《詩歌的聯繫》，橡子、谷行主編《北大往事》第 101—102 頁。

上世紀八九十年代，燕園裡到底有多少詩人，誰也說不清。據當初的詩人、日後的學者冷霜稱：「有一次和西渡兄聊天，他告訴我他大學時一個宿舍裡六個人都寫詩。那正是 80 年代後期。到了 90 年代初，詩歌熱已經消退，我的宿舍裡寫詩的還有一半，在 90 級中文系裡算『密度』最大的了。」[1]

值得注意的是，北大校園裡流行的不是一般意義上的「詩歌」，而是「五四」新文化人開創的「新詩」——尤其是深受歐美現代主義詩人影響的「現代詩」。至於傳統中國詩歌，或曰「舊體詩」，雖也有人研習，但備受壓抑。我接觸的教授中，如季鎮淮、陳貽焮、袁行霈等都喜歡寫舊詩，且有詩集存世或刊行。林庚有點特殊，長期講授文學史及古典詩歌，但目標卻是創造更有意境、更有發展前途的中國新詩。張鳴曾專門撰文，描述林庚先生講授楚辭的風采，並記錄下林先生關於文學史及新詩的議論[2]。北大校園裡，始終有寫作舊體詩詞的傳統，如成立於 2002 年夏的北社，其社刊

---

1 冷霜：《我們的青春》，臧棣、夏曉虹、賀桂梅編《我們的青春》第 298 頁。

2 當被問及更看重自己的學術研究還是新詩寫作時，林庚先生坦承自己更看重後者：「因為文學史研究主要是對古代人的研究，它也幫助我在新詩方面有好多提高，但作為我一生中主要的事情，還是從事新詩的創作，所以現在我的《文學史》交卷了，我還在整理我關於新詩的理論。因為我覺得，科研當然重要，但科研總還是能對新文壇起一點作用才好，如果我因為研究這些古典的東西而使得我在新詩壇上取得一些突破性的成績，我就很滿意了。」參見張鳴《那難忘的歲月，彷彿是無言之美》，岑獻青編《文學七七級的北大歲月》第 157 頁。研究舊詩是為了更好地創作新詩，類似的意思，林庚先生早年也曾表述過。

《北社》（專刊本社成員創作的舊體詩詞和文言文作品）已發行了 16 期，但力量與聲勢遠不及新詩。《我們的青春》一書中，僅有韓敬群追憶「在北大寫舊詩的經歷」[1]。

反過來，不少原先熱愛舊體詩的學生，進入北大校園後，轉為新詩寫作。如詩人西川在《小事物的精英》中提及：「我從 16 歲開始畫畫，寫詩。畫畫是我的主業，寫詩只是副產品（為了用文字填充畫幅），所以上大學之前我一直寫古體詩。進了大學門，古體詩的形式不夠我用來表達新事物、新情感了，加上又讀了《聖經》和巴金的《家》，我這才改寫新詩。」[2]而畢業於北大中文系的博士／詩人麥芒，也在《詩歌的聯繫》中講到：「我當時主要仍迷戀於舊詩，律詩、絕句和詞都寫，從中學帶來的習慣，冥頑未化。」進入北大後，受周圍風氣的影響，麥芒很快轉向了新詩，並與同學王清平、臧力、徐永恆、蔡恆平等組織詩社，開展一系列活動[3]。

北大校園裡，讓在校生及校友夢牽魂繞的詩歌活動，除了宿舍裡的埋頭寫作，圖書館旁的如切如磋，更有未名湖畔的詩歌集會。其中最典型、影響最大的，莫過於未名湖詩會——未

1　參見韓敬群《和陶——回憶在北大寫舊詩的經歷》，臧棣、夏曉虹、賀桂梅編《我們的青春》第 228—233 頁。

2　西川：《小事物的精英》，橡子、谷行主編《北大往事》第 74 頁。

3　參見麥芒《詩歌的聯繫》，橡子、谷行主編《北大往事》第 99—104 頁。

名詩歌節。冷霜在《中文系，青春與詩歌的過往》中稱：「當我想到青春，想到大學讀書的日子，最珍貴的記憶都與詩有關」；「對在北大寫詩的人來說，最重要的日子莫過於每年一屆的未名湖詩會」[1]。另一位北大中文系畢業的詩人錢文亮，也在《北大和我的後青春時代》中說：「在我進校的時候，北大的詩人群體已經成為當代詩壇不可小覷的重要力量，每年舉辦的『未名詩歌節』也成為國內持續時間最長、最穩定的校園詩歌活動，吸引着全國各地的詩人藝術家。從某種意義上，在全國高校文科學生的心目中，『未名詩歌節』已經成為北大的標誌和象徵，北大人對詩歌的一往情深和堅貞不渝，在當下愈趨物質化、世俗化的時代，本身就是對於當代詩歌最重大的推動和貢獻。」[2]

未名詩歌節由原北大未名湖詩會演變而來。未名湖詩會創辦於 1983 年，原定每年秋天舉行；1993 年起，為了紀念在春天去世的詩人海子，改為每年 3 月 26 日（海子忌日）舉辦。2000 年起，未名湖詩會擴展為未名詩歌節 —— 號稱「中國第一個詩歌節，或許也是影響最大的詩歌節」。「詩歌節的前身是詩會，所不同的是，詩歌節的時間更長，活動更豐富，不僅包括詩會朗誦會，一般還有系列講座、沙龍、專場朗誦、印行詩集等內容，全方位多角度地展開，讓更多的人接觸到

1　冷霜：《中文系，青春與詩歌的過往》，《新京報》2010 年 10 月 19 日。

2　錢文亮：《北大和我的後青春時代》，臧棣、夏曉虹、賀桂梅編《我們的青春》第 381—382 頁。

詩歌，並和詩歌發生關係」[1]。這一更具當代文化色彩的詩人聚會形式，為以後各屆未名詩歌節所承襲，只不過為了凝集對話的焦點，每屆確定一主題：第二屆（2001）是「黑暗的回聲」，第三屆（2002）乃「雙重眼界」，第四屆（2003）為「我詩故我在」，第五屆（2004）則是「交叉路徑」；第六屆（2005）開始，北大新詩研究所積極介入，與北大中文系和五四文學社聯手，力圖打造規模更大、影響更廣的詩歌節。第七屆（2006）的主題是「距離的組織」，第八屆（2007）為「耳中火炬」，來源於諾貝爾獎得主卡內蒂的同名自傳；第九屆未名詩歌節（2008）恰逢北京大學校慶 110 週年，於是定為「詩響家 110」；第十屆（2009）為「半完成的海」，第十一屆（2010）乃「昨天，空間，現在」，第十二屆（2011）則是「第二自我」；2012 年春天舉辦的第十三屆未名詩歌節，以「結局或開始」為名，邀請了生於 70 年代和 80 年代的約二十位詩人嘉賓參與開幕式講讀活動，力圖讓詩歌節的範圍更加開闊，更加年輕……[2]。

參加未名詩歌節，欣賞當代詩壇諸多詩人的英姿，看他們在五光十色的舞台上朗誦詩作，或嚴肅「佈道」，或自我調侃，還伴有民謠演唱等，對於熱愛文學的年輕人，頗具視覺衝擊

1　參見拉家渡、王璞《一個特殊的詩歌群落 —— 未名湖詩會 20 年》，《南方週末》2002 年 4 月 18 日。

2　關於歷屆北大未名詩歌節的主題，承蒙詩歌節的積極參與者、我指導的博士研究生徐鉞整理並提供，特此致謝。

力及文化吸引力。更何況，無論是傳統教育，還是現代傳媒，都對大學生參與這種狂歡節般的「詩歌活動」持讚賞態度。「對一個普通的北大學生而言，這是一個新奇的活動、一個另類的節日；對詩人，同樣也如是。」著名詩人、北大副教授臧棣在接受記者採訪時稱：「對詩歌節的種種形式，我都能接受，不反對不討厭。純粹的詩歌朗誦我喜歡，像這種熱熱鬧鬧的詩歌聚會我也不拒絕，因為對詩歌來說，這些詩歌藝術節都是一件好事」。結論是：「朗誦既能毀滅一首詩，也能復活一首詩」[1]。

要說「朗誦」可以「復活一首詩」，最典型的，莫過於海子的《祖國（或以夢為馬）》。日後熱心參與未名詩歌節的組織活動且貢獻甚大的詩人、中文系 1997 級古典文獻專業學生馬雁，如此描述其第一次參加未名湖詩會的情景：

到了未名湖詩會，見到好多詩人，尤其是擅長朗誦的劇社成員用表演性的腔調朗誦海子《祖國（或以夢為馬）》，我們才真的被詩歌震懾住了。朗誦者完全是用一種舞台的氣魄在進行，催人淚下是絕對不過分的描述。我記得坐着校車回到昌平以後，幾乎整夜我們宿舍裡同學都沒有合眼，開着應急燈，朗誦海子的詩，想要獲得朗誦會上催人淚下的效果而不可得。簡直如同一場醒不過來的急夢，把人急得啊沒辦法，為什麼我們就不能朗誦出那種澎湃來呢？大概就是從那晚起，忽

<hr>

1 參見侯虹斌《朗誦既能毀滅一首詩，也能復活一首詩 —— 詩人臧棣訪談》，《南方都市報》2005 年 4 月 26 日。

然掀起了一陣寫詩的熱潮⋯⋯[1]

1979 級北大法律系學生海子（原名查海生），大學期間開始詩歌創作；1989 年 3 月 26 日在山海關臥軌自殺，年僅 25 歲。作為 20 世紀 80 年代後期新詩潮的代表人物，海子在中國詩壇佔有十分獨特的地位，他的詩以及他的死，影響極為深遠。可以這麼說，海子乃北大詩歌的神話，而其《祖國（或以夢為馬）》，又最適合於廣場朗誦：

萬人都要將火熄滅　我一人獨將此火高高舉起
此火為大　開花落英於神聖的祖國
和所有以夢為馬的詩人一樣
我借此火得度一生的茫茫黑夜[2]

凡參加過未名湖詩會或未名詩歌節的同學，大概都會對集體朗讀海子的詩記憶猶新。因為，「連續好幾屆未名湖詩會都以朗誦海子的《祖國，或以夢為馬》作為開場」[3]。不難想像，在詩人集會上，「或十幾個或數百人齊聲朗讀着『以夢為馬』和『面向大海，春暖花開』」，那情景確實很有震撼力。「直到現在的每年春天，都會有一些知名或不知名的人從各個高校和全國各地趕來，聚集在未名湖邊用『以夢為馬』為暗號

1　馬雁：《我在中文系的日子》，臧棣、夏曉虹、賀桂梅編《我們的青春》第 349—350 頁。
2　西川編：《海子詩全集》第 434 頁，北京：作家出版社，2009 年。
3　參見拉家渡、王璞《一個特殊的詩歌群落 —— 未名湖詩會 20 年》。

接頭，紀念海子和詩歌逝去的光環」[1]。

就像臧棣在接受《南方都市報》記者採訪時說的，上世紀 80
年代，詩歌集會很有人氣，活動時也不需要多少資金；「而
今天，活動有一個資金問題，單是場租一個下午或晚上就
要四五千塊錢，學生已付不起了」[2]。也正因此，「未名詩歌節
的形成有一個資本介入的過程」—— 一開始是北大中文系的
有限撥款，2005 年起則有北大新詩研究所的積極介入以及中
坤集團的慷慨解囊。研究者稱，「對於資助與被資助的雙方
來說，這一舉動是雙贏的」，理由是：「北京大學以及北京
大學中文系借由這場聲勢浩大的年度詩歌狂歡來提醒人們對
於新文學歷史中以及新詩史中北大特別是北大中文系的重要
傳統和作用，而中坤集團則借助於此來證明它們是一個有文
化和素養的企業」[3]。談論北大的未名詩歌節，由「資本介入」
聯想到「商業利益」以及「權力支配」，很深刻，但似乎有

1 參見許秋漢《未名湖是個海洋 III》，錢理群主編《尋找北大》第 222 頁，北
   京：中國長安出版社，2008 年。

2 參見侯虹斌《朗誦既能毀滅一首詩，也能復活一首詩 —— 詩人臧棣訪談》。

3 參見許莎莎《從神壇走向狂歡 —— 未名高校詩歌節文化符號意義闡釋兼論
   詩歌現狀》，《新詩評論》第 11 輯 70 — 87 頁，北京：北京大學出版社，2010
   年。論及詩歌節的「資本介入」，作者的立場有點猶疑，既稱：「中坤集團
   的董事長駱英是一位詩人，也是北京大學中文系的校友，他的資助肯定有個
   人情感因素在裡邊，但如此之大和持續性的資助，對於一個商人來說，也肯
   定有市場化和利益化的考慮在其中」；又說：「過於強調資助者一方的利益是
   不合適的，也許對於北大的詩人群乃至於高校詩人群來說，甚至是對於學院
   派詩人，對於當代詩人的整個群體來說，詩歌節的存在可能是更重要的。」

點過度闡釋。到目前為止，此詩歌活動的民間性仍得以保持——學生們自作主張，獨立操作，中文系或新詩所（詩歌研究院）只是表達強烈關注，需要時給予人力、物力及道義上的支持。

2010 年，為了紀念北大中文系百年系慶，諸多系友積極撰文。請看詩人西渡的《傳奇的開篇》：

從 1977 年恢復高考以來，北大中文系一直是詩人窩。在這裡，詩人不是一個一個出現，而是一夥一夥湧現的。三十多年來，這個詩歌的鏈條從沒斷過。1998 年北大百年校慶，臧棣和我合編過一本《北大詩選》，收 1977 級到 1996 級北大出身的詩人 78 家，其中中文系出身的詩人 51 家，是當然的主力。其後十多年，這一詩人隊伍又有可觀的壯大。這些詩人有的本科畢業後即離開母校，有的碩士、博士一直唸到學位的盡頭，更有少數幸運兒至今仍在中文系或在北大其他院系任教。無論前者還是後者，在中文系求學的經歷都是其生命中的一個華彩樂章，同時也是其或平淡或傳奇人生一個不平凡的開篇。對他們中的多數人，種子就是在這個階段埋下的，精神的成長也由此開始。收穫的季節也許美不勝收，但它的開篇卻更精彩。[1]

北大中文系能出大詩人，那是最好的；若做不到，則退而求其次，希望同學們在校期間曾與詩歌有過「親密接觸」。有人稱，「對我而言，北大的形象是隨着北大的詩歌而愈發聖

---

1 西渡：《傳奇的開篇》，臧棣、夏曉虹、賀桂梅編《我們的青春》第 244 頁。

潔的，如果沒有海子和西川，也許北大就不再是個夢想」[1]；也有人說北大盛產詩人，詩人多的地方是非多矛盾多，各種詩歌團體背後蘊含着權力與慾望[2]；更有人嘲笑北大詩人毫無來由的「狂傲」，以及如何用艱深文飾其淺陋[3]。在我看來，這三種描述，都是真實可信的。熱愛詩歌，並不一定「聖潔」，更多的是代表着青春，代表着精神，代表着夢想。因此，我更關注的，是那些當初不是詩人、或日後放棄寫作的曾經的詩人，他／她們對於燕園生活的記憶——如果他們覺得，因為有了詩歌，「在中文系求學的經歷都是其生命中的一個華彩樂章」，那就值得我們為之慶幸與驕傲。

三

談及這些，涉及我的另一個身份——北京大學中國詩歌研究院執行院長。成長在一個「詩的國度」，北京大學幾乎從創立那一刻起，就與「詩心」、「詩情」、「詩歌創作」、「詩歌運動」結下了不解之緣。這已被過去的歷史所證實，至於能否延續這一光榮，端看今天以及日後的燕園主人是否爭

1　參見劉煜《與飛翔有關》，橡子、谷行主編《北大往事》（二）第 356 頁。

2　參見許紅《兒子才當作家》，橡子、谷行主編《北大往事》（二）第 217 頁。

3　參見譚五昌《世紀末的北大》，橡子、谷行主編《北大往事》（二）第 379 — 380 頁。

氣。當下中國，如何有效地協調詩歌的創作與研究、校園與社會、經典化與普及性，是個不太好解決的難題。2010 年秋天，借助中文系百年慶典的機遇，在北大校方及中坤集團的大力支持下，原北大中國新詩研究所、北大中國古代詩歌研究中心合併，再整合其他學術資源，創建了北大中國詩歌研究院。北大中國詩歌研究院院長由謝冕擔任，我是執行院長，副院長為駱英，也就是北大中文系系友、中坤集團董事長黃怒波。

因北大中國詩歌研究院成立，《人民日報》約了一組文章 —— 謝冕的《時代呼喚詩歌的擔當》、陳平原的《詩歌乃大學之精魂》、駱英的《詩歌走到了一個門檻》，以「今日詩意何處尋？」為題，刊《人民日報》2011 年 1 月 6 日「副刊」。報社專門為這組文章加了「編者按」：「詩和詩意，是一個美好時代的指針。一個生機盎然、和諧美好的時代，需要自己的詩人，需要涵養詩意。/ 網絡寫作便捷了，出版渠道豐富了，詩歌寫作和發表的門檻降低了，詩人的潛在隊伍似乎在擴大。與此同時，在大眾文化盛行，物慾上揚的今天，曾經追求理想與浪漫、極致與美好的詩歌似乎淡出視野。為何詩作多了，而有影響力的詩人和作品卻少了？能否期待詩歌創作高潮的再次到來？/ 詩人和學者在此進行真誠深入的探討，表述思考。」

三篇文章的作者，謝冕是詩評家，駱英是詩人，我不一樣，只是一名普通的「文學教授」。因此，我的關注點在教育 —— 現代中國大學注重的多是專業教育，且強調「與

市場接軌」，我擔心其日漸淪為「職業培訓學校」。而這，有違人類精神搖籃的美譽與期待。「或許，除必要的課程外，我們可以借助駐校詩人制度、詩歌寫作坊、詩社以及詩歌節等，讓大學校園裡洋溢着詩歌的芬香，藉此養成一代人的精神與趣味。因為，讓大學生喜歡詩歌，比傳授具體的『詩藝』或選拔優秀詩人，更為切要。」[1]

北大詩歌研究院的工作計劃是，與北大中文系合作，在大學校園裡積極「播種」詩歌 —— 包括繼續出版現代詩研究集刊《新詩評論》（已刊 14 輯），編印提倡「風雅性情，道德文章」、着力於古典詩文研習的《北社》（已刊 16 期），以及支持每年一度的「未名詩歌節」等。此外，設立「駐校詩人」制度，以及受中坤詩歌發展基金委託，負責評審並頒發「中坤國際詩歌獎」。這兩年一度的國際性詩歌獎，倡導理想主義、批判精神以及藝術探索，兼及本土性與國際性，希望藉此促成當代中國詩歌的繁榮昌盛。第三屆「中坤國際詩歌獎」授予中國詩人牛漢（1922 —　 ）及日本詩人谷川俊太郎 (1931 —　)，而我在 2011 年 12 月 6 日的頒獎儀式上，做題為《未名湖的夢想》的「開場白」：「表彰那些畢生從事詩歌創作（或研究）並取得驕人業績的詩人，同時，將他們的精神產品推展開去，讓社會各界瞭解與接納，這是我們的責任。希望通過不懈努力，十年二十年

1　參見陳平原《詩歌乃大學之精魂》，《人民日報》2011 年 1 月 6 日。

後，未名湖不僅成為學者的搖籃、詩歌的海洋，還能成為全中國乃至全世界詩人嚮往的精神家園。」[1]

第四屆亞洲詩歌節 2012 年 6 月 16—20 日在土耳其的伊斯坦布爾舉辦，北京大學中國詩歌研究院乃主辦者之一，我不是詩人或詩評家，談的依舊是「大學」與「詩歌」之關係：

讓未名湖成為全中國乃至全世界詩人嚮往的精神家園，這當然只是我們的夢想 —— 可這夢想屬於每個熱愛詩歌的北大人。明年春天，隨着北京大學中國詩歌研究院小樓「採薇閣」的正式落成，未名湖畔將有更多詩人雅聚的身影，以及「風聲雨聲讀『詩』聲」。我相信，綿綿春雨中，「隨風潛入夜」的，不僅是青春的笑語，更有那大學校園裡永遠不滅的詩歌的精魂。[2]

上世紀 80 年代，燕園裡流傳一個笑話：在北大，你隨便扔一個饅頭，都能砸死一個詩人。一般解讀為：這是在嘲笑北大詩人太多，北大食堂的饅頭太硬。在我看來，還有第三種可能性：詩人們喜歡在綠草如茵的校園裡閒逛，而不願意呆在實驗室或圖書館裡，這才可能輕易被砸中。

引兩段北大中文系學生的文字，看詩歌對於大學生活的意義及局限。1987 級學生李方稱：「我總以為，人在二十歲

1　陳平原：《未名湖的夢想》，《文匯報》2011 年 12 月 30 日。
2　陳平原：《作為大學精魂的詩歌》，《文藝報》2012 年 6 月 25 日。

的時候，都是詩人；而到了三十歲的時候，若還有心弄這些分行的東西，才可稱為真正的詩人。可惜的是，現在我們三十歲還不到，已沒有一個再寫那勞什子了，可見原來都是瞎鬧。」[1]1985級學生郁文也反省：「我曾站在瘋狂的邊緣，青春期的騷動不安加上詩歌差點使我毀滅。詩歌不應該有這麼重要的地位，它只是生活的『餘事』。現在詩歌於我是一種信仰，靠得很近，但已不是時時意識到它的存在。」[2]是的，大學校園裡，寫詩、讀詩、評詩，以及各種轟轟烈烈的詩歌活動，都只是生活的「餘事」，並非「全部意義」所在。

可在我看來，世界上最虛幻、最先鋒、最不切實際、最難以商業化，但又最能體現年輕人的夢想的，就是詩歌。十八歲遠行，你我心裡都揣着詩；三十歲以後，或許夢想破滅，或者激情消退，不再擺弄分行的字句了。可那些青春的記憶，永遠值得珍惜，值得追懷。眼下中國各大學都講專業化，且為爭取更高的就業率，紛紛開設各種緊貼市場的實用性課程，我則反其道而行之，告訴大家，大學就應該有詩，有歌，有激情，有夢想。這種事，中文系不做，太對不起學生了。

我當然明白，絕大多數北大學生走出校門後，不再寫詩，不

1　李方：《文人之初》，橡子、谷行主編《北大往事》第 295 頁。

2　郁文：《詩歌與騷動》，橡子、谷行主編《北大往事》（二）第 211 頁。

再讀詩，也不再做夢了。之所以如此堅持，強調「詩歌乃大學之精魂」，有三件事對我觸動很大：

最近許多年，在北京大學全校畢業典禮上，有兩個節目一直沒換，且深受畢業生歡迎，一是朗誦中文系教授謝冕的散文《永遠的校園》，一是合唱中文系已故教授、著名詩人林庚作詞的《新秋之歌》。每當這個時候，我都深感驕傲 —— 這就是我們的校園，這就是我們中文系對這個校園的貢獻。

2009 年 12 月 12 日，畢業於北京大學的一群音樂人聚集深圳音樂廳，舉辦了一場名為《未名湖是個海洋》的「北大校園歌手音樂會」。那是一場商業演出，我在場觀察，演員與觀眾都極為投入。尤其輪到北大校園歌手許秋漢創作的《未名湖是個海洋》，全場起立，跟着歌手齊唱 ——

未名湖是個海洋，
詩人都藏在水底，
靈魂們都是一條魚，
也會從水面躍起。……

如此青春想像，屬於北大這樣「永遠的校園」。像我這般年紀，輕易是不會落淚的，可那一瞬間，也都控制不住。這首歌的創作，明顯受謝冕那篇收入《精神的魅力》中的散文《永遠的校園》的影響，包括起首那句「這真是一塊聖地」。許秋漢在自述中提及這一點，只不過記憶略有偏差，把文章題

目搞混了 [1]。

參加第四屆亞洲詩歌節期間，有一場活動讓我格外震撼。開幕式上，土耳其詩人的兩段話，我是半信半疑的：「土耳其現在有 200 多家刊物發表詩歌，有 40 多個詩歌獎」；「這裡幾乎人人都寫詩，雖然發表詩歌根本賺不來稿費，但是可以說詩歌仍然是生活的重要組成部分。」[2] 可 2012 年 6 月 19 日的活動，讓我深感慚愧。晚上九點半，中國代表團應邀在 Kibele 酒店用晚餐。事先沒說清楚，以為只是普通的宴請。到了佈置得十分華麗的現場才知道，主人是十幾位企業家。這些並不寫詩的企業家，拿著兩種不同譯本的詩集，要求用土耳其語與漢語輪流朗讀。那天因交通堵塞以及兩重翻譯等問題，中國詩人大都顯得很疲憊，十一點多就要求結束宴會，這讓一直興致很高的主人很錯愕。這場「業餘」的詩歌朗誦會，遠比詩人間的切磋詩藝更讓我感動。單憑這一點，中國大學裡的「文學教育」就該好好反省 —— 你能想像在中國，企

1 參見許秋漢《未名湖是個海洋 III》，錢理群主編《尋找北大》第 220 — 229 頁。許文稱：「反正在我大學一年級時，看到了一本紀念北大的散文集 ——《精神的魅力》，其中有篇文章標題叫做『未名湖是個海洋』，於是把它寫在了這首我自己都唱不好的歌裡。『這真是一塊聖地』，這首歌的第一句，也是這本《精神的魅力》引言的起始句。」（第 226 — 227 頁）這首在北大流傳甚廣的歌，標題得益於張首映的《未名湖是海洋》（見北京大學校刊編輯部編《精神的魅力》第 313 — 316 頁，北京大學出版社，1988 年），立意及旨趣則更接近謝冕的《永遠的校園》（見《精神的魅力》第 139 — 143 頁）。

2 參見涂志剛《共慶土耳其詩人希克梅特誕辰 110 週年　第四屆亞洲詩歌節揭幕》，《新京報》2012 年 6 月 18 日。

業家們願意且能夠以「讀詩」來宴客嗎？不用說，中西各國各有其寫詩、讀詩、誦詩的傳統；而在古代中國，吟詩、吟詞、吟誦古文，也都各有自己的一套[1]。1930 年代朱光潛、朱自清等人曾移植英倫經驗，在北京組織「讀詩會」，從事種種「聲音試驗」，努力完善「新詩理論」，其間的功過與是非，更是深受文學史家的關注[2]。可今天，仍能繼承這一光榮傳統的中國大學，並不多見。

在我看來，無論任何時代，詩歌都應該是大學的精靈與魂魄，不能想像一所大學裡沒有詩與歌 —— 那將是何等地枯燥乏味！幸好，北大是一所有詩有歌的大學，而且新詩、舊詩並重，研究、創作同步，再加上蔚為奇觀的詩歌節，此乃燕園的魅力所在。

在我看來，談論當下亞洲各國大學的高下，在大樓、大師、經費、獎項之外，還得添上「詩歌」。對於具體的大學來說，願意高揚詩歌的旗幟、能夠努力促成詩歌在大學校園裡的「生長」，則自有高格，自成氣象。

2012 年 8 月 7 日初稿，8 月 30 日改定於香港中文大學客舍

（初刊《學術月刊》2012 年第 11 期）

1　參見葉揚《詩為何要吟》，《文景》2012 年第 7 期。
2　參見梅家玲《有聲的文學史 ——「聲音」與中國文學的現代性追求》，《漢學研究》第 29 卷 2 期 189 — 221 頁，2011 年 6 月。

責任編輯　　向婷婷

書籍設計　　陳小巧

書　　名　　學問、思想與情懷——當代中國的「人文學」

著　　者　　陳平原

出　　版　　三聯書店（香港）有限公司

　　　　　　香港北角英皇道 499 號北角工業大廈 20 樓

　　　　　　Joint Publishing (H.K.) Co., Ltd.

　　　　　　20/F., North Point Industrial Building,

　　　　　　499 King's Road, North Point, Hong Kong

香港發行　　香港聯合書刊物流有限公司

　　　　　　香港新界大埔汀麗路 36 號 3 字樓

印　　刷　　美雅印刷製本有限公司

　　　　　　香港九龍觀塘榮業街 6 號 4 樓 A 室

版　　次　　2014 年 6 月香港第一版第一次印刷

規　　格　　16 開（170 × 238 mm）304 面

國際書號　　ISBN 978-962-04-3566-9